MARIE LOUISE FISCHER

SPÄTE LIEBE

Roman

PAVILLON VERLAG
MÜNCHEN

PAVILLON TASCHENBUCH
NR. 02/0223

Umwelthinweis:
Dieses Buch wurde auf
chlor- und säurefreiem Papier gedruckt.

Taschenbuchausgabe 05/2002

Der Pavillon Verlag ist ein Unternehmen der
Heyne Verlagsgruppe, München
http://www.heyne.de
Printed in Germany 2002
Umschlagillustration: Bildagentur Mauritius/age fotostock
Umschlaggestaltung: Nele Schütz Design, München
Gesamtherstellung: Elsnerdruck, Berlin

ISBN: 3-453-21275-4

Es war ein warmer Vorfrühlingsabend, kurz vor Einbruch der Dämmerung.
Als sie das Verkehrsgewühl der Münchner Innenstadt hinter sich gelassen hatte, kurbelte sie das Fenster ihres wendigen Kabrioletts herunter. Ein kühler Luftzug entstand, der die Locken ihrer rötlich blonden Abendperücke zerzauste, aber nicht stark genug war, sie aus der Form zu bringen.
Tief durchatmend, bemühte sie sich zu entspannen. Sie hatte den wichtigen Cocktailempfang bei einem potentiellen Auftraggeber vor dem allgemeinen Aufbruch verlassen. Nachdem sie Charme und Liebenswürdigkeit nach allen Seiten versprüht hatte, war sie ohne langen Abschied gegangen, überzeugt davon, ihr Pensum erledigt und ihre Pflicht getan zu haben. Wann immer es möglich war, vermied sie es auf diese Weise, aufdringlichen oder auch nur wohlmeinenden Männern einen Korb geben zu müssen. Die Erfahrungen hatten sie gelehrt, daß es immer noch jemanden gab, der mit ihr ausgehen wollte, zum Essen oder sonstwohin. Aber angeheiterte Männer und ihre Flirtversuche langweilten sie nur, besonders, da sie selber stocknüchtern geblieben war; sie hatte sich an Orangensaft ohne Sektzugabe gehalten.
Ursprünglich hatte sie vorgehabt, gleich nach der Party noch einmal ins Büro zu fahren, da ihr eine Idee gekommen war, die sie sofort zu Papier bringen wollte. Aber jetzt stellte sie fest, daß ein unbestimmtes Gefühl sie in Richtung Zoo dirigiert hatte. Kinder hatte sie nie gehabt, aber manchmal

dachte sie, daß Mütter zu ihren Kleinen wohl ganz ähnlich stehen müßten wie sie zu ihren Bauten. Auch wenn sie mit ganz anderen Dingen beschäftigt war, sorgte sie sich ständig um ihr Wohl. Arthur Stolze, ihr stiller Teilhaber und Geschäftsführer pflegte sie wegen dieser Einstellung, die er übertrieben fand, zu hänseln, und sie lächelte selber zuweilen darüber. Aber so war sie nun einmal, und sie konnte und wollte sich auch nicht ändern.

Auf der Wolfratshauser Straße hielt sie auf der unbebauten Seite, öffnete das Fenster und blickte zu dem Rohbau, »ihrem« Rohbau, hinüber. Mit schwarzen klaren Buchstaben waren auf einer Tafel Embleme und Namen der Schaffenden angegeben, des Bauunternehmers, Installateurs, Heizungstechnikers, des Malers, des Parkett- und Fliesenlegers und, nicht zuletzt ihr eigener. »Architekt D. Beck«, das war sie, Donata Beck, und es erfüllte sie immer noch mit Freude es dort zu lesen. Es war ein langer, steiniger Weg bis zu diesem Ziel gewesen. Erst seit wenigen Jahren hatte sie, jetzt 42, es erreicht, in ihrem Beruf ernst genommen zu werden.

Nach kurzem Überlegen stellte sie den Motor ab und stieg aus, um den Bau besser betrachten zu können. Es waren kaum mehr als die Außenmauern hochgezogen, und einem Laien hätte der Anblick nicht viel gesagt. Aber vor ihrem inneren Auge entstand die Illusion des Hauses, wo sie es auf dem Papier entworfen hatte und wie es einmal in vollkommen harmonischen Proportionen dastehen sollte, mit seinen fast quadratischen Fenstern, dem großzügigen Eingang und dem breiten, angenehm bewohnbaren Balkon.

Doch etwas störte sie, etwas stimmte nicht.

Entschlossen öffnete sie die Autotür, schloß das Fenster, zog den Zündschlüssel ab und nahm ihren Zollstock aus dem Handschuhfach. Mit einer raschen Bewegung streifte sie die alt-indianische Stola ab, legte sie auf den Beifahrersitz und schloß ab. Es war ihr nicht bewußt, daß ihre schönen Schultern und makellosen Arme jetzt voll zur Geltung kamen, sondern sie tat es aus einer rein praktischen Erwägung heraus. Ihr schwarzes Kleid war von raffinierter Schlichtheit, von Spaghettiträgern gehalten und in der Taille mit einem Band in den gleichen leuchtend bunten Farben ihrer Stola geschmückt.

Mit leichtem Schritt – nicht so weit ausholend wie gewöhnlich, denn sie trug hochhackige Pumps – überquerte sie die Fahrbahn. Die schmale Brettertür im Bauzaun war nicht verschlossen, denn noch waren einige Männer mit Aufräumungsarbeiten beschäftigt.

Ohne darauf zu achten, daß ihre schwarzen Abendschuhe grau vom Zementstaub wurden, durcheilte sie die Halle, in der die geschwungene, aus Holz geplante Treppe noch fehlte. Sie kletterte, auf den Fußballen balancierend, die Leiter hoch, stieg im ersten und zweiten Stock, Handtasche und Zollstock unter den Arm geklemmt, die geländerlosen Treppen hoch.

Im Dachgeschoß trat sie, ein am Boden liegendes Drahtgitter sorgsam umgehend, bis an die Brüstung vor und klappte den Zollstock aus, um sie zu messen.

»He, Mädchen!« ertönte eine barsche Männerstimme hinter ihr. »Was fällt Ihnen ein?«

Donata erschrak nicht, noch ließ sich sich stören. – »Dreißig Zentimeter zu hoch«, stellte sie fest, »als ob ich's geahnt hätte!«

»Sie, was soll das?« fuhr der Mann sie abermals an.

Jetzt drehte sie sich zu ihm um und klappte ohne Eile den Zollstock zusammen.

Der Mann musterte sie unverschämt, und unverhohlene Bewunderung leuchtete aus seinen tiefblauen, fast schwarz wirkenden Augen. Er war jung, er war groß, und er war stark. Ein Schutzhelm saß ihm schief auf den braunen Locken, die schmutzigen Hosen waren eng gegürtet, und auf dem nackten, glatten Oberkörper hatte sich Zement mit Schweiß vermischt.

»Wenn Sie eine Wohnung suchen, Mädchen«, sagte er milder und konnte sich ein Grinsen nicht verkneifen, »müssen Sie sich an ein Maklerbüro wenden oder eine Annonce aufgeben. Sie können nicht so einfach in Neubauten herumkraxeln. Das ist streng verboten und dazu noch gefährlich.

»Danke für die Belehrung«, erwiderte sie kühl.

»Nur nicht frech werden!« Er streckte die Hand nach ihr aus.

Sie funkelte ihn aus ihren grünen, schwarz ummalten Augen an. »Wagen Sie nicht ...«

Aber da war es schon passiert. Mit hartem Griff hatte er ihren Arm gepackt, und ihr geschah etwas Seltsames. Es durchfuhr sie wie ein elektrischer Stromstoß. Das kam so unerwartet, daß es sie aus der Fassung brachte. Sie war dankbar, daß sie wenigstens nicht errötete. Aber es dauerte Sekunden – jedenfalls schien es ihr so –, bis sie sich wieder in der Gewalt hatte.

»Ich bin der Architekt!«

Impulsiv wollte er widersprechen. Er hatte den Mund schon geöffnet, sein klares Gesicht drückte Zweifel aus, Unglauben, Belustigung über die Kühnheit ihrer Erklärung. Dann aber begriff er, daß sie doch die Wahrheit gesagt haben mochte, und wenn es so war, konnte er es sich nicht erlauben, sie zu beleidigen. Er schluckte schwer und brachte dann mühsam heraus: »Das hätte ich nicht gedacht.«

Sie genoß seine Verwirrung, war nahe daran, ihn noch

tiefer zu demütigen, verbot es sich dann aber. »Glaube ich Ihnen«, sagte sie nur, steckte den Zollstock in ihre Abendtasche und wollte an ihm vorbei.
Doch er vertrat ihr den Weg. »Machen Sie das öfter so? Auf Stöckelschuhen Baustellen inspizieren, meine ich?«
»Ja«, erwiderte sie ruhig.
»Und es ist Ihnen noch nie was dabei passiert?«
»Ich passe schon auf.« Er wirkte immer noch so bestürzt, daß sie sich dann doch zu einer Erklärung herabließ. »Man hat nicht immer Zeit sich umzuziehen.«
»Dann sollten Sie wenigstens immer ein Paar Schuhe zum Wechseln dabei haben.«
»Gute Idee. Wenn ich irgendwann mal einen Rat brauche, werde ich mich an Sie wenden.«
Ihr Spott prallte an ihm ab. »Ich heiße Tobias Müller«, erklärte er mit einer leichten Verbeugung, die in seinem Aufzug ungemein komisch wirkte.
»Fein«, sagte sie, »jetzt wissen wir also beide, mit wem wir es zu tun hatten. Aber lassen Sie mich jetzt bitte gehen. Sonst breche ich mir im Dunkel wirklich noch das Genick.«
»Ich werde Ihnen helfen«, erbot er sich.
»Oh nein. Das werden Sie nicht. Ich finde meinen Weg allein.« Sie trat auf ihn zu, den Kopf hoch erhoben, das feste runde Kinn weit vorgestreckt und ihre Handtasche schwingend, als würde sie im Notfall bereit sein, sie als Waffe zu benutzen.
Er war ein gutes Stück größer als sie, mehr als doppelt so stark, aber es blieb ihm nichts anderes übrig als sie vorbeizulassen, wenn er es nicht auf ein Handgemenge ankommen lassen wollte.
Sie stöckelte auf die Treppe zu und stieg die Stufen hinunter, ohne den Versuch, sie im Zwielicht auszumachen, sich nur auf ihr Gefühl verlassend. Dabei spürte sie, daß er sie

mit seinen Blicken verfolgte, und es prickelte in ihrem Rückgrat.

Die Leiter mußte sie rücklings nehmen, und als sie sich umdrehte, bemerkte sie, daß er ihr nachgekommen war. Er hielt ihr die Hand hin, damit sie sich abstützen konnte. Aber sie nahm sie nicht, sondern wehrte ihn mit einem ihrer funkelnden Blicke ab.

›Sehen Sie lieber zu, daß Sie an Ihre Arbeit kommen!‹ hätte sie beinahe gesagt, aber sie verzichtete auf diese Mahnung, weil sie sie selber als zu billig empfand.

»Wie kann man nur so trotzig sein!« bemerkte er kopfschüttelnd, und dann, als sie den sicheren Boden erreicht hatte: »Gute Heimfahrt, Frau Beck ... Sie sind doch Frau Beck, nicht wahr?« Er folgte ihr die Sprossen hinab und stand mit einem Sprung neben ihr.

Sie hatte überhaupt keine Lust sich mit ihm zu unterhalten. Ihr Herz raste, und sie fürchtete, er könnte es merken, wenn sie den Mund aufmachte. So ließ sie ihn denn einfach stehen und eilte zu ihrem Auto.

Als sie aufgeschlossen und sich hinter das Steuer gesetzt hatte, atmete sie auf. ›Noch einmal davon gekommen!‹ schoß es ihr durch den Kopf.

Aber schon, als sie den Motor anließ, begriff sie nicht mehr, was eigentlich mit ihr geschehen war. Wie hatte ein junger Mann sie so durcheinander bringen können? Wer war er überhaupt? Ein Bauarbeiter? Er hatte so ausgesehen, aber nicht so geklungen. Sie schätzte ihn eher als einen Studenten ein, der sich in den Semesterferien etwas dazu verdiente. Wer auch immer er sein mochte, es gab keinen Grund über ihn nachzugrübeln. Sie würde ihn nie wiedersehen.

Was sie aber nicht so schnell vergessen konnte, war die Schwäche, die sie überfallen hatte. Dergleichen hatte sie noch nie erlebt, nicht einmal als junges Mädchen, und ein

Mädchen war sie ja beileibe nicht mehr, auch wenn er sie so angesprochen hatte. Ihre Figur mochte das vortäuschen, und das Dämmerlicht das Ihrige dazu getan haben. Aber sie war eine erwachsene Frau, eine selbständige Frau, und sie mußte, wenn sie im Dschungel des Existenzkampfes überleben wollte, ihre Gefühle unter Kontrolle halten.
Es war nicht der etwas naive, sympathische und zweifellos auch mit Sexappeal ausgestattete junge Mann, der sie erschreckt hatte, mußte sie sich eingestehen, sondern ihre eigene Reaktion. Niemals hatte sie damit gerechnet, vor sich selber auf der Hut sein zu müssen. Aber vielleicht war es ganz gut, daß sie das jetzt erfahren hatte. Sie war gewarnt.

In dem Bürohaus in der Schlierseestraße war um diese Zeit kaum noch Leben. Als Donata aus der Tiefgarage in den 5. Stock hinauf fuhr, empfand sie sehr deutlich diese Leere. Aber Einsamkeit war ihr nur recht, denn aus Erfahrung wußte sie, daß sie ihr zu stärkster Konzentration verhalf.
Sie schloß die Tür auf, betätigte den Schalter, und der Empfangsraum, ganz in grauen und weißen Tönen gehalten, erstrahlte im Licht. Die fast grelle Klarheit tat ihr wohl. Sie ging an den aufgeräumten Zeichentischen ihrer Mitarbeiter vorbei und legte Handtasche und Stola auf der langen Theke ab. Dahinter waren die elektronischen Bürogeräte aufgebaut – eine Schreibmaschine mit Bildschirm, Telefonanlage und Telefax mit Drucker –, sie wollte schon ihren eigenen Raum betreten, als sie sich anders besann und zuerst das Bad aufsuchte. Die Räume im 5. Stock waren ursprünglich als Dachwohnungen gedacht gewesen. Donata hatte sie noch im Rohbau für ihre eigenen Zwecke umbauen lassen, dabei aber die Anlagen für Bad und eine Küche aus praktischen Gründen belassen. Es kam zuweilen

auch dazu, daß sie – zumal im Winter bei schlechten Straßenverhältnissen – hier übernachtete.
Das Bad war praktisch, aber nicht komfortabel eingerichtet; es gab eine Wanne, eine Dusche, zwei Waschbecken und an der Schmalseite einen Einbauschrank aus hellem Holz. Die Toiletten waren separat.
Vor dem großen Spiegel, der die Breite der beiden Becken einnahm, zog Donata sich die Perücke vom Kopf, stülpte sie über einen entsprechenden Kunststoffständer. Ihr eigenes Haar war glatt und von einem so hellen Blond, daß man später, so dachte sie oft, die ersten weißen Strähnen gar nicht bemerken würde. Jetzt gab sie sich nicht einmal die Mühe, es mit den Fingern aufzulockern, überlegte nur kurz, ob sie sich abschminken sollte, entschied dann aber, daß dies Zeit bis zu ihrer Heimkehr hatte.
Aus reiner Gewohnheit und ohne daß es notwendig gewesen wäre, denn ihr Kleid war ohnehin nicht mehr einwandfrei und mußte in die Reinigung, nahm sie einen ihrer grauen Kittel aus dem Schrank und schlüpfte hinein. Die Perücke – sie besaß 6 davon, alle in verschiedenen Blondtönen gehalten – versorgte sie in einem Spezialkoffer. Schon seit Jahren fand sie es bequemer, sich mit Perücken, passend zu der jeweiligen Garderobe, zu verschönern, als selber zum Friseur zu gehen. Sie brachte gerade noch die Geduld auf, sich das eigene Haar alle drei Wochen schneiden zu lassen. Und diese Prozedur durfte nie länger als 20 Minuten dauern.
Mit dem Perückenkoffer in der Hand verließ sie das Bad, knipste das Licht aus und stellte ihn zu ihren anderen Sachen auf die Theke. Links davon lag ihr eigener Arbeitsraum. Er war bescheiden und zweckmäßig ausgestattet, denn sie benutzte ihn nur zum Nachdenken, Schreiben, Rechnen und Zeichnen. Für Verhandlungen war das pom-

pöse Zimmer mit dem riesigen Teakholzschreibtisch und den schwarzen Ledermöbeln ihres Geschäftsführers gedacht. Hier, in ihrem eigenen Reich, spielte der Zeichentisch die beherrschende Rolle. Außerdem gab es noch eine schmale Couch, einen bequemen Schaukelstuhl, einen Schreibtisch mit Schreibmaschine und Telefon und ein niedriges Regal mit Fachliteratur. Keinerlei Bilder. Der einzige Schmuck bestand in einer der dekorativen, verglasten Dachgauben, mit denen auch die anderen Räume des Architekturbüros ausgestattet waren. Sie waren vorhanglos und versorgten die Anlage an hellen Tagen mit Licht. Meist mußten allerdings Rasterleuchten und Wandfluter dafür sorgen.

Donata kramte in den Papieren auf ihrem Schreibtisch und zog ein Blatt heraus, auf dem sie sich Notizen für ein bestimmtes Bauprojekt gemacht hatte.

Ein Ehepaar Pallenberg hatte ein schönes Grundstück am Stadtrand erworben und um einen Entwurf für ein Haus mit Garage gebeten. Mit freier Hand und einem Bleistift hatte Donata das Projekt flüchtig skizziert, den Grundriß des Erdgeschosses mit Eingangshalle, Gästetoilette und Garderobe, Wohnraum, Speisezimmer und Küche, und dazu die Straße angedeutet, die vier Himmelsrichtungen bestimmt.

Auch die Fassade war in etwa schon entworfen und die anschließende Garage.

Die Pallenbergs waren von Donatas Vorstellung einigermaßen angetan gewesen, wenn auch nicht begeistert, und man hatte einen Termin für die Besichtigung des Baugeländes ausgemacht.

Erst nachträglich war Donata eingefallen, daß sie sich zu sehr hatte beeinflussen lassen. Inzwischen erschien es ihr sehr viel zweckmäßiger und befriedigender, eine Tiefgarage

anzulegen. Auf diese Weise konnten Tiefe und Breite des Hauses erweitert und möglicherweise sogar Platz für eine Terrasse nach Süden gewonnen werden.
Der Zeichentisch war schon mit Transparentpapier bespannt. Donata stellte ihn schräg, um den Rücken zu entlasten – sie hatte einen anstrengenden Tag hinter sich – und klemmte den Erstentwurf oben an. Dann begann sie mit der Zeichenmaschine, zwei im rechten Winkel zueinander stehenden Linealen, die sich mühelos von links nach rechts und oben nach unten verschieben ließen, die ersten Linien zu ziehen, wobei sie die vorgegebenen Maße berücksichtigte. Zuerst den Grundriß: Garage für zwei Autos – die Pallenbergs besaßen vorerst zwar nur eins, aber das konnte sich bald ändern –, Heizungskeller, Vorratsraum, Aufstieg. Sie zeichnete rasch und sicher, nur selten mußte sie zum Radiergummi greifen. Als sie fertig war, schrieb sie zügig darunter: »Grundriß Keller Pallenberg«.
Dann löste sie die erste Skizze, denen sie die Maße entnommen hatte, und das Transparentpapier vom Zeichentisch, das sie sorgfältig aufrollte. Anschließend fertigte sie zwei Querschnitte des Kellergeschosses an, was erheblich schwieriger war, weil sie die Schräge der Einfahrt zur Tiefgarage bedenken und berechnen mußte.
Damit hatte sie geschafft, was sie sich für den heutigen Abend vorgenommen hatte. Sie hatte ihre Idee auf Papier gebracht. Grundsätzlich, weil sie dann oft keine Nachtruhe gefunden hatte, nahm sie sich keine Arbeit mit nach Hause. Morgen würde sie sich mit dem Erdgeschoß und dem 1. Stock befassen und, falls ihr die Zeit dazu blieb, die Bleistiftstriche mit dem Rapidographen in schwarzer Tusche nachziehen. Sie liebte die Klarheit dieser Ausführung. Aber wahrscheinlich würde sie sie einem Mitarbeiter überlassen müssen; zu viele Aufgaben warteten auf sie.

Das eigentlich Schöpferische war mit der Bleistiftzeichnung getan.
Sorgfältig räumte Donata die Arbeitsutensilien auf, ließ ihren Kittel jedoch achtlos zu Boden fallen – die Putzfrau würde ihn am nächsten Morgen zur Schmutzwäsche tun –, raffte ihre Siebensachen zusammen, löschte alle Lichter, schloß ab und fuhr in die Garage hinunter.
Als sie ihr Kabriolett auf die Straße hinaus steuerte, überfiel sie eine Müdigkeit, der sie sich jetzt noch nicht hingeben durfte. Weit kurbelte sie das Fenster hinunter, so daß der Fahrtwind ihr durch das kurzgeschnittene Haar strich und ihr Stirn und Nacken kühlte.
Nachdem sie die hell beleuchtete Innenstadt hinter sich gelassen hatte, bog sie in die Tegernseer Landstraße, die Ausfallstraße zum Villenvorort Grünwald, ein.

Ihr Haus lag von der Straße zurück gesetzt, gleichsam geduckt zwischen mächtigen alten Bäumen. Die Umrisse waren in der Dunkelheit kaum auszumachen, nur die Außenbeleuchtung über der Haustür und der Garage leuchtete.
Donata fuhr ein.
Dies war das erste Haus, das sie entworfen und gebaut hatte, für sich und ihren Mann, den wesentlich älteren, vor sieben Jahren verstorbenen Philipp Beck. Sie war immer noch stolz darauf, wenn sie auch heute manches anders machen würde. Aber immerhin hatte es ihren Ruf begründet.
Damals, sie hatte nach dem Abitur eine Schreinerlehre hinter sich gebracht, dann erst Architektur studiert, war sie in Holz vernarrt gewesen. Sie hatte die Auffahrt zur Garage und den Fußweg zum Haus nicht asphaltiert und nicht mit Kies ausgestattet, sondern mit dicken Bohlen aus altem abgelagerten Holz belegt. Auch für die Fassade hatte sie viel Holz genutzt, so daß das Haus, ohne daß sie es beabsichtigt

hatte, Erinnerungen an die Pionierzeiten im Wilden Westen herauf beschwor. Der schon vorhandene Baumbestand, knorrige Eichen und schlanke Buchen, der beim Bau weitgehend geschont worden war, hatte sie dazu inspiriert. Manche hatten darüber gelacht, aber ihr gefiel es heute noch so, wie es war, und Philipp hatte stets alles bejaht, was sie unternommen hatte.

Er war es auch, dessen Geld – er war ein erfolgreicher Börsenmakler gewesen – ihr den Bau überhaupt ermöglicht hatte, wenn sie auch darauf bestanden hatte, ihr eigenes kleines Erbe mit hineinzustecken.

Aber es war nicht sein Geld und auch nicht sein Verständnis und seine Ermunterung, die sie vermißte; es war er selber. Er fehlte ihr sehr.

Wie immer genoß sie das weiche Rumpeln der Bohlen, als sie zur Garage hinauffuhr. Von dort führte eine Tür ins Haus. Sie raffte ihre Sachen zusammen, trat ein und blieb lauschend stehen. Musik und Geräusche aus dem sogenannten Frühstückszimmer zeigten ihr an, daß Silvia Münsinger, ihre sechs Jahre ältere Schwester, daheim war. Donata schaltete die Außenbeleuchtung aus und durchquerte die Diele.

Silvia saß, sehr mager, sehr gepflegt, das dünne Haar kastanienbraun gefärbt und zu einer komplizierten Frisur gelegt, vor dem Fernseher. Das elegante Kleid, das sie trug, war für Donatas Geschmack zu rot.

»Hallo, Silvia!« grüßte sie von der Tür her. »Ich mach' mich nur frisch und dann komme ich zu dir. Oder störe ich dich?«

»Wie könntest du? Es ist schließlich dein Haus.«

Donata, die wußte, daß die Schwester dazu neigte, auch die harmloseste Bemerkung als Kränkung aufzufassen, blieb ganz ruhig. »Ich will nur wissen, ob es sehr spannend ist.«

»Nein, durchaus nicht. Jedenfalls verglichen mit dem, was du so täglich erlebst.«

»Dann bin ich gleich bei dir«, versprach Donata ungerührt. Ihr Schlafzimmer – das vormals eheliche Schlafzimmer – lag im Erdgeschoß. Ihr Mann und sie waren noch vor dem Frühstück gern in das Schwimmbecken gesprungen, das sich gleich an die Terrasse hinter dem Haus anschloß. Donata tat das immer noch. Der große Raum hatte mit seinen schlichten, fast strengen Möbeln eine nahezu maskuline Note, wirkte aber dennoch, Polster und Vorhänge in gelben und grauen Tönen gehalten, ausgesprochen heiter, ein Zimmer, das eher das frühe Aufstehen am Morgen als das späte Zubettgehen erleichterte. Das anschließende Bad, in grauweißem Marmor gehalten, mit Armaturen aus Messing, war riesig und wirkte luxuriös.
Donata nahm dies alles ohne Kritik und ohne Bewunderung wahr. Für sie war es ganz selbstverständlich so, es war die Umgebung, in die sie gehörte. Sehr rasch zog sie sich aus, tat Kleid, Strümpfe, Unterwäsche in den dazu bestimmten Messingbehälter, die indianische Stola dazu. Dann schminkte sie sich gründlich ab, ging unter die Dusche und wusch sich von Kopf bis Fuß.
In einem leichten, taubenblauen Hausanzug und Samtpantoffeln, das Haar noch feucht, kam sie wenig später wieder in das Frühstückszimmer, nahm ein Glas aus der Vitrine und machte es sich neben der Schwester in einem der hellen Sessel bequem. »Ich darf doch?« fragte sie und griff nach der schon halb geleerten Weinflasche.
»Er ist aus deinem Keller.«
»Das ist doch ganz egal. Bitte, laß die Haarspaltereien!« Donata schenkte sich ein und schnupperte an ihrem Glas, bevor sie einen Schluck nahm. »Jedenfalls ist er gut.«
»Du kannst mir mit Recht vorwerfen, daß ich mir meine Getränke auch selber besorgen könnte ...«
Donata fiel ihr ins Wort. »Bitte, fang nicht wieder an, die

arme Verwandte zu spielen. Die Rolle steht dir nicht. Ich und du, wir wissen beide, daß Leo dich sehr gut versorgt. Andererseits macht es mir überhaupt nichts aus mit dir zu teilen. Über was beklagst du dich also?«

Silvia war nach einer gewaltigen Auseinandersetzung mit ihrem Mann zu ihrer Schwester geflüchtet, und Donata hatte sie mit offenen Armen aufgenommen. Es hatte eine vorübergehende Lösung sein sollen. Inzwischen waren seit der Scheidung Monate, ja, Jahre vergangen, und Silvia war geblieben. Donanta war ganz froh darüber, denn sie empfand deutlich, daß das Haus für sie allein zu groß war. Wenn Silvia auch nicht die angenehmste Gesellschaft bot, so war sie ihr doch mit all ihren Marotten vertrauter als jeder andere Mensch auf der Welt.

Jetzt steckte sie sich eine neue Zigarette an – der Aschenbecher auf der gläsernen Tischplatte, die von einem bizarren Stück Treibholz getragen wurde, war schon fast gefüllt mit Asche und Stummeln – und stellte den Fernseher leiser. »Ich habe mich nicht beklagt, sondern verteidigt.«

»Auch dazu besteht kein Grund.«

Silvia hob die Schultern, um sie gleich darauf mit einer resignierenden Geste tief fallen zu lassen. »Ich komme mir so überflüssig vor.«

»Unsinn. Erstens bin ich froh, daß du hier bist, und zweitens hindert dich niemand daran, dir eine Beschäftigung zu suchen. Aber darüber haben wir schon oft geredet.«

»Ich denke nicht daran, Leo auch noch finanziell zu entlasten.«

»Es gibt reichlich ehrenamtliche Aufgaben im Wohltätigkeitsbereich.«

»Sowas liegt mir nun mal nicht.«

Donata unterdrückte ein Gähnen. »Ja, ich weiß. Gibst du mir bitte eine von deinen Zigaretten?«
Silvia schob ihr das Päckchen zu und ließ ihr Feuerzeug aufspringen.
»Danke!« Donata zog den Rauch tief ein; im Gegensatz zu ihrer Schwester rauchte sie selten, dann aber mit Genuß.
»Hast du dich wenigstens gut amüsiert?« erkundigte sich Silvia.
Donata verstand nicht gleich. »Wie? Was meinst du?«
»Der Empfang scheint ja recht lang gedauert zu haben.«
»Ach so. Nein, überhaupt nicht. Höchstens zwei Stunden, glaube ich. Ich war schon früher fort.«
»Warum?«
»Aber, Silvia, du kennst mich doch. Dieses allgemeine Gerede über Opernpremieren und Vernissagen und In-Lokale interessiert mich nicht. Es kostet mich Nerven zuzuhören, und meinen eigenen Senf dazu zu geben, ist manchmal ein Kraftakt.«
»Ach, tu nicht so! Niemand beherrscht das Party-Blablabla besser als du.«
»Ich habe es lernen müssen, Silvia.« Sorgsam streifte sie den Aschenkegel ihrer Zigarette ab. »Es gehört zu meinem Beruf, potentiellen Auftraggebern Honig ums Maul zu schmieren.«
»Bist du an Mittermeier herangekommen?«
»Ja. Wir haben uns ganz nett unterhalten – geflirtet, wenn du es so nennen willst.«
»Du bist genau sein Typ. Das habe ich schon immer gesagt.«
»Was besagt das schon? Anton Mittermeier würde mich nicht von der Bettkante stoßen, das ist schon wahr. Aber mir einen Auftrag geben? Nie und nimmer.«
»Es käme auf einen Versuch an.«
»Da kennst du ihn schlecht. In seinen Augen sind Frauen

nur für die Küche, das Bett und das Kinderkriegen da. Auf die Reihenfolge will ich mich nicht festlegen. Er ist der tief verwurzelten Überzeugung, daß eine Frau gar nicht Architekt sein kann.«

»Aber das hast du doch schließlich bewiesen.«

»Du kannst niemandem etwas beweisen, gegen das er sich innerlich sträubt – was er einfach nicht glauben will. Übrigens habe ich ihn ja auch gar nicht nötig. Ich habe im Moment ganz schöne Aufträge und einige interessante Ausschreibungen laufen. Irgendwas wird sich da schon ergeben.«

»Aber er ist ein Baulöwe, nicht wahr? Der Mächtigste auf seinem Gebiet.«

»Stimmt. Aber gerade deshalb – für ihn bin ich doch nichts als eine kleine graue Maus.«

Silvia musterte die Schwester aufmerksam. »Also grau kann man dich nun wirklich nicht bezeichnen. Bei deinen Augen! Wenn du nur etwas mit deinem Haar machen würdest ...«

Donata drückte ihre Zigarette aus. »Auch das ist ein Thema, das wir längst abgehakt haben sollten.«

»Willst du ihn nicht wenigstens mal einladen?«

Donata dachte nach. »Das ist vielleicht gar keine schlechte Idee. Die Frage ist nur, ob er kommt. Er ist ja nicht nur ein Bau- sondern auch ein Gesellschaftslöwe.«

Silvia wurde lebhaft. »Wann?« fragte sie. »Wann geben wir unser nächstes Dinner?«

Als ihr Mann noch lebte und auch später als Witwe hatte Donata stets in regelmäßigen Abständen Abendeinladungen veranstaltet, für einen kleinen, stets wechselnden Kreis. Das gehörte dazu, wenn sie im Geschäft bleiben wollte. Ihr schönes Haus, die erlesenen Speisen und Getränke und die unbeschwerte Konversation hatten ihre Wirkung nie verfehlt. Seit Silvia bei ihr lebte, hatte sie die Organisation

dieser Abende an sich gerissen, und Donata ließ es zu, weil die Schwester sich darauf verstand und sie selber genug andere Aufgaben hatte, die sie stärker interessierten.
Es machte ihr auch nichts aus, daß Silvia bei solchen Gelegenheiten versuchte, sich in den Mittelpunkt zu stellen. Denn was war die Schwester schon? Eine geschiedene Frau mit gesellschaftlichen Ambitionen, die nicht einmal zum Tragen kommen konnten. Die wirkliche Schwierigkeit bestand darin, daß sie meist eine Frau zu viel am Tisch war. Dann mußte Sohn Christian, einer der zahllosen Studenten der Betriebswissenschaft in München, einspringen, und der machte das gewandt, wenn auch äußerst unwillig.
»Nun sag schon!« drängte Silvia. »Warum antwortest du nicht?«
»Laß mich mal nachdenken! Ich meine, wir warten, bis es wärmer geworden ist und wir die Terrasse mit einbeziehen können.«
»Aber warum? Das Haus ist doch groß genug.«
»Stimmt schon«, gab Donata zu; sie mochte der Schwester nicht zum hundertsten Mal erklären, daß die Terrasse, die sie parkettartig aus dicken Holzbohlen hatte legen lassen, etwas ganz Besonderes war, das Eindruck auf die Gäste machte, die zum ersten Mal kamen.
»Also nenn mir, bitte, einen Termin, damit ich Zeit für die notwendigen Vorbereitungen habe.«
»Die hast du ganz bestimmt.« Donata leerte ihr Glas und stand auf. »Aber, tut mir leid, ich kann das nicht hier und jetzt entscheiden.«
»Und warum nicht?«
»Weil ich andere Dinge im Kopf habe.« Sie lächelte der Schwester versöhnlich zu. »Entschuldige mich, bitte. Ich habe einen langen Tag hinter mir.«
Endlich stellte Silvia die Musiksendung im Fernsehen aus.

›Warum hat sie das nicht schon eher getan?‹ dachte Donata erleichtert. »Ich gehe jetzt auch zu Bett«, erklärte Silvia. Donata wußte, daß das nicht ohne eine Flasche Whisky geschah, aber sie verbiß sich eine Bemerkung darüber, weil sie einsah, daß sie das nichts anging. »Vielleicht sehen wir uns zum Frühstück«, sagte sie, »ich schalte jetzt die Alarmanlage ein.«

Aber zum Frühstück erschien Silvia natürlich nicht. Donata hatte es auch weder erwartet, noch war sie böse darüber. Die Schwester pflegte in den Tag hinein zu schlafen, während sie selber sehr früh aufstand, und erst einmal einige Runden im leicht geheizten Schwimmbecken hinter sich brachte. Es lag unter dem Haus und, wenn in der warmen Jahreszeit die Schleuse geöffnet wurde, reichte es bis in den Garten hinein. Innen, gleich daneben, lag der Fitneßraum, den sich ihr Mann hatte einrichten lassen. Erst nach seinem Tod hatte sie sich angewöhnt, ihn auch selber aufzusuchen, erst eigentlich nur, um ihn nicht ungenutzt leer stehen zu lassen, später, weil sie die Erfahrung gemacht hatte, daß sie sich danach wohler fühlte. Erst absolvierte sie einige Übungen auf der lederbezogenen Bodenmatte, dann an der Sprossenwand und zum Schluß auf dem stehenden Fahrrad. Danach ging sie unter die Dusche und machte sich für den Tag zurecht. Sie brauchte eine knappe Stunde für ihren Frühsport, aber diese Zeit war ihr wichtig.
Danach betrat sie in langer Hose, Bluse, ein Jackett über dem Arm, ohne Perücke, aber immer mit hohen Schuhen, um größer zu wirken, das Frühstückszimmer.
Am Abend war nur die Ecke mit dem Fernseher schwach beleuchtet gewesen, jetzt, am hellen Morgen, kam der weite Raum, in den drei Stufen hinunter führten, erst voll zur Geltung. Vor der Terrassentür war der Tisch gedeckt, die

Vorhänge waren aufgezogen und die Glastüren gaben den Blick auf das dekorative Parkett frei und auf die Bäume und Büsche, die dahinter den Garten begrenzten. Das leère Außenbad, das etwas tiefer lag, war aus dieser Perspektive nicht sichtbar. Donata freute sich an dem jungen Grün.
Wie immer war der kleine Tisch für zwei Personen gedeckt, aber Donata war ganz froh, allein zu sein.
Frau Kowalsky, die Haushälterin, kam herein und grüßte fröhlich. Auf einem Tablett brachte sie eine Kanne Kaffee und ein Glas mit frisch ausgedrücktem Orangensaft. »Ein schöner Morgen«, sagte sie, »man merkt richtig, daß es Frühling wird.«
»Zum Glück, ja«, stimmte Donata zu, »das ist gut fürs Gemüt und fürs Bauhandwerk.«
»Ach, Frau Beck, als wenn Sie nicht immer fröhlich wären!«
»Ziemlich gelassen, sagen wir lieber. In meinem Alter hat man gelernt, die Dinge so zu nehmen, wie sie kommen, Frau Kowalsky.«
Die Haushälterin stellte das Glas vor Donata auf den Tisch und schenkte ihr Kaffee ein. »Ach was, das reden Sie sich doch nur ein. Tatsächlich sind Sie noch so jung.«
Donata hörte das nicht ungern; sie lachte.
»Sie brauchen doch bloß in den Spiegel zu schaun! Sie sehen eher wie ein kleiner Junge aus, als wie eine reife Frau.«
»Nun übertreiben Sie aber mal nicht!«
»Soll ich vielleicht die Gartentür öffnen? Ich hab' zwar schon gründlich gelüftet, aber ...«
»Wir könnten es versuchen.«
Die Frau öffnete die Tür einen Spalt breit, und ein Schwall sehr frischer Luft drang ins Zimmer.
»Danke, Frau Kowalsky«, sagte Donata, »sehr gut.«

»Wird es nicht zu kühl werden?«
Donata lächelte über ihre Besorgnis. »Dann mache ich einfach wieder zu.«
Frau Kowalsky preßte das leere Tablett gegen ihren Busen. »Soll ich irgendwas richten für heute abend?«
»Nein, danke. Keine besonderen Wünsche.«
»Na, dann wünsche ich Ihnen einen guten Tag.«
»Danke, Frau Kowalsky.«
Die Haushälterin verließ das Zimmer.
Sie und ihr Mann, beide schon nahe dem Rentenalter, betreuten Haus und Garten, und beide dachten nicht daran, wie Donata wußte, sich in absehbarer Zeit zur Ruhe zu setzen. Sie fühlten sich wohl bei Donata, und sie freute sich, daß sie sie hatte. Oskar Kowalskys Aufgabe bestand darin, das Schwimmbad in Ordnung zu halten, Wasser- und Lufttemperatur zu regeln und das Holz, ihr Auto und den Garten zu pflegen. Sie putzte, machte die Wäsche und die Besorgungen. Zu kochen brauchte sie nur bei besonderen Gelegenheiten, denn Donata war keine große Esserin. Sie lebte weitgehend vegetarisch und nahm nur dann eine Kleinigkeit zu sich, wenn sie gerade Hunger hatte. Wenn sie zuhause war, pflegte sie sich gern selber etwas zuzubereiten. Für ihre Dinners allerdings waren die beiden Kowalskys unbezahlbar. Dann nahm sie ihre Nichte zur Hilfe und kochte mit Erfahrung und Begeisterung, und ihr Mann pflegte, mit weißen Handschuhen und steinerner Miene zu servieren. Beide wohnten im Souterrain neben der großen Küche.
Donata trank zwei Tassen schwarzen Kaffee und ihr Glas Orangensaft, aß eine Schnitte Vollkornbrot, dick mit Butter bestrichen, und gönnte sich dann eine Zigarette.
Bevor sie aufbrach, kontrollierte sie noch einmal ihr unauffälliges Make up, stellte fest, daß ihre grünen Augen, nur

leicht ummalt, sehr wach und munter in die Welt blickten, und zog sich die Lippen nach.
Dann schlüpfte sie in ihr Jackett, holte ihren Aktenkoffer aus der Garderobe, nahm vorsichtshalber noch ihren hellen Trench mit und stieg ins Auto.
Ein neuer Tag hatte begonnen, und sie freute sich darauf.

Auf der Baustelle an der Wolfratshauserstraße wurde schon eifrig gearbeitet. Kurz schoß Donata der Gedanke durch den Kopf, ob ihr jener junge Mann vom Abend zuvor begegnen würde. Doch sie verwarf ihn sofort wieder.
Die schwere graue Limousine des Bauunternehmers verriet ihr seine Anwesenheit. Sie parkte, stieg aus und blieb abwartend stehen. Daß Peter Blume sie bemerken und zu ihr kommen würde, wußte sie. Aber, mit Sicherheit, wie immer, würde er sich Zeit damit lassen, um ihr und seinen Leuten deutlich zu machen, daß er es nicht nötig hatte, nach ihrer Pfeife zu tanzen.
Als er endlich aus dem Rohbau kletterte, begrüßte er sie mit einem schiefen Lächeln; im Gegensatz zu seinem poetischen Namen war er ein gedrungener, fast bulliger Mann mit kleinen, tief liegenden Augen und einer weit fortgeschrittenen Glatze. Er trug einen Sicherheitshelm zum Straßenanzug.
»Guten Morgen, Herr Blume!« Sie schüttelten sich die Hand. »Irgendwelche Schwierigkeiten?«
»Keine Sorge, Frau Beck, es läuft alles nach Plan.«
»Wie ich sehe, kommen Sie prächtig voran.«
»Kann man wohl sagen.«
Es war ihm anzumerken, daß er sich unbehaglich fühlte. Er gehörte nicht zu den Männern, denen es leicht fiel, zu einer Frau aufzusehen. Zudem war er sich bewußt, daß er das Haus zu hoch gezogen hatte, und natürlich fürchtete er, daß sie es bemerkt haben würde.

Donata bemühte sich diplomatisch zu sein. »Unser Bauherr hat Ihnen in den Ohren gelegen, wie? Keine angenehme Situation für Sie.«
Peter Blume blickte zu Boden und malte Kreise mit der Schuhspitze. »Wie kommen Sie darauf?«
»Liegt doch auf der Hand, meine ich. Ihm und seiner Frau hat es doch am Herzen gelegen, das Dachgeschoß auszubauen.«
»Ja. Schon. Aber das ist doch abgelehnt worden«, erinnerte er, immer noch ohne sie anzusehen.
»Schwer sich mit so etwas abzufinden, wenn man sich eine andere Lösung in den Kopf gesetzt hat.«
»Ist ja auch die reinste Schikane!« platzte er heraus.
»Finden Sie? Dann sehen Sie sich doch mal etwas genauer die Nebenhäuser an. Sie sind zu ganz verschiedenen Zeiten gebaut, zwischen der Jahrhundertwende und heute, zeigen die unterschiedlichsten Baustile, und doch haben sie alle etwa die gleiche Höhe. Das sieht doch ganz annehmbar aus, nicht wahr? Nur unser Rohbau überragt sie.«
»Wie kommen Sie denn darauf?«
»Man sieht es mit dem bloßen Auge, Herr Blume.«
»Dann sehen Sie mehr als ich!«
»Außerdem habe ich es nachgemessen. Herr Blume, bitte, stellen Sie sich nicht stur! Sie wollten dem Bauherrn einen Gefallen tun. Das ist doch verständlich.«
Jetzt hob er den Kopf und sah sie herausfordernd an. »Ich weiß nicht, wem es was schaden soll, wenn das Haus nun ein paar Zentimeter höher wird!«
»Dem Gesamtbild, Herr Blume! Und selbst wenn es nicht so wäre: Die Entscheidung liegt nicht bei uns. Mein Entwurf mit dem ausgebauten Dachgeschoß ist abgelehnt worden. Wir müssen uns an die Vorschriften halten.«
Blume nahm den Helm ab und wischte sich mit dem Han-

drücken über die Stirn. »Ich habe den Herrn Kramer darauf aufmerksam gemacht, daß er sich wahrscheinlich eine Geldbuße einhandeln wird. Aber er hat gesagt, das ist ihm egal. Das Haus, sagt er, kommt ihn so teuer, daß er gern bereit ist, noch was draufzulegen. Das käme ihm nun auch nicht mehr darauf an.«

»Und weiß er auch, daß es unter Umständen mit einer Geldbuße nicht getan ist? Daß die Behörden verlangen können, daß die Höhe herabgesetzt wird?«

»Wenn das Haus erst mal steht, dann steht es.«

»Das glauben Sie doch selber nicht, Herr Blume! Dazu wird es ja gar nicht kommen. Schon bei der nächsten Zwischenkontrolle sind wir dran und kriegen die entsprechenden Auflagen. Wenn wir Einspruch erheben, werden die Bauarbeiten eingestellt. Dann bleibt die Arbeit womöglich monatelang liegen, und an einen Einzug im Herbst kann nicht mehr gedacht werden. Nach menschlichem Ermessen wird der Herr Kramer dann doch nachgeben müssen. Die Behörden sitzen immer am längeren Hebel.«

»Und ich sage, das ist eine Schande! Schließlich leben wir in einem freien Land ...« Er steigerte sich, wenn auch künstlich, in eine gewaltige Wut hinein.

Donata gab ihm Gelegenheit sich auszutoben, wenn sie auch dachte, daß seine Tiraden besser an einen Stammtisch gepaßt hätten.

»Ich verstehe ja Ihren Standpunkt«, sagte sie besänftigend, als sie endlich wieder zu Wort kam, »eine zusätzliche Wohnung wäre natürlich eine schöne Sache. Aber wir können sie nicht erzwingen. Ich habe wirklich alles versucht, sie der Behörde schmackhaft zu machen. Gerade deshalb wird sie in unserem Fall besonders genau sein. Sie ist gewarnt.«

»Was soll ich jetzt nur machen?«

»Sich an den Plan halten, Herr Blume. Noch ist ja nicht viel passiert. Lassen Sie das überflüssige Mauerwerk abtragen – es muß ja nicht gleich heute sein.«

»Aber ich habe dem Herrn Kramer versprochen ...« Blume drehte den Helm zwischen den Händen und ließ den Satz unausgesprochen.

»Verweisen Sie ihn an mich! Ich werde ihm die Situation schon klar machen.« Sie schenkte ihm ein ermutigendes Lächeln. »Das soll doch nicht das letzte Projekt sein, an dem wir zusammen arbeiten, nicht wahr? Also dürfen wir uns nicht in Verruf bringen. Wenn es erst mal heißt: ›Blume und Beck, die halten sich nicht an die Vorschriften, denen muß man auf die Finger schauen‹, dann schaden wir nicht nur uns, sondern auch unseren Auftraggebern.«

»Das sehe ich schon ein«, gab er zu.

Sie hätte ihm auch sagen können, daß letztlich nicht er, sondern nur sie die Verantwortung für den Bau trug. Das hatte sie vermieden, um sein männliches Ehrgefühl nicht zu verletzen.

»Die Verhältnisse können sich ja auch ändern«, erklärte sie, »ein genereller Ausbau der Dachgeschosse steht ja jetzt schon zur Debatte. Ich habe das Dach so konstruiert, daß es sich auch nachträglich noch ohne besondere Schwierigkeiten und Kosten heben läßt, und auf den Boden kommt auf alle Fälle schon mal ein Estrich als Unterlage, wie vorgesehen.«

»Das werde ich dem Herrn Kramer erklären.«

»Ich wäre Ihnen schon sehr dankbar, wenn Sie mir das abnehmen würden, Herr Blume. Aber notfalls schicken Sie ihn ruhig zu mir!«

Sie schüttelten sich die Hände.

»Wenn ich's mir recht überlege«, sagte er, »ich kann die paar Zentimeter auch gleich 'runterhaun lassen.«

Sie hatte ihm das nur deshalb nicht zumuten wollen, damit

den Arbeitern nicht zu deutlich wurde, daß er es auf ihre Anweisung hin tun mußte.
»Wäre gar nicht schlecht«, stimmte sie ihm zu, »wie gesagt – man sieht's mit dem bloßen Auge.«
»Doch nur Sie, Frau Beck!«
Dies Kompliment, das er sich mühsam abgerungen hatte, machte ihr keine Freude. »Fangen Sie bloß nicht an mir zu schmeicheln, Herr Blume«, erwiderte sie, »sonst werde ich noch mißtrauisch.« Aber sie lächelte ihm zu, bevor sie sich umdrehte und ging.

Wie so oft betrat Donata ihr Büro als erste in der Frühe. Aber kaum hatte sie ihr Jackett in dem langen Wandschrank untergebracht und einen frischen Kittel übergezogen, als auch die anderen erschienen: Rosemarie Sforzi, die Sekretärin, Günther Winklein, ein nicht mehr junger Architekt, der von Anfang an in der Firma mitgearbeitet hatte, und Arthur Stolze.
Die Begrüßung war kurz und kameradschaftlich.
»Kommst du einen Augenblick zu mir herein, Donata?« fragte Stolze.
Da sie darauf brannte, am Entwurf »Pallenberg« weiterzumachen, kam ihr die Aufforderung ungelegen. Aber sie folgte ihm sofort, denn der Geschäftsführer pflegte ihre Zeit niemals unnütz zu vertun.
Sein Büro war beeindruckend und sollte es auch sein. Vor dem gewaltigen Schreibtisch lag auf dem grauen Teppichboden ein alter, vorwiegend in Rottönen gehaltener Perser. Der schwarze Ledersessel dahinter war hochlehnig und wirkte streng, die Sessel davor waren schwer und bequem, die Sitzflächen hoch genug, daß man keine Mühe hatte, die Beine unterzubringen und nicht in ihnen versank. Die Schreibtischlampe mit dem bunten gläsernen Schirm war

echter Jugendstil und mehr zur Dekoration als zur Beleuchtung gedacht. Der Raum war ein Eckzimmer und verfügte über drei der schönen verglasten Gauben.
»Neuigkeiten?« fragte Donata und ließ sich in einem der Sessel nieder.
Arthur Stolze, ein hochgewachsener Herr, der durch seine Magerkeit noch größer wirkte, antwortete nicht gleich. Er hielt sich sehr gerade, auch als er schon saß, und strich sich mit dem Ringfinger rechts und links über das schmale Oberlippenbärtchen.
Donata wußte, daß dies eine seiner Gesten war, mit denen er Selbstzufriedenheit demonstrierte. »Nun sag schon!« drängte sie.
Er weidete sich an ihrer Neugier. »Ein Späher aus Rosenheim hat mir geflüstert ... begann er und legte sogleich eine Kunstpause ein.
»Wer?« fragte sie.
»Du weißt, meine liebe Donata, Namen von Informanten gebe ich grundsätzlich nicht preis.«
»Himmel, du tust, als arbeiteten wir in der Drogenfahndung!« rief sie ungeduldig.
»Auch in unserem so trivialen Beruf geht es ohne gewisse Winkelzüge nicht ab.«
»Ich weiß, ich weiß! Es dreht sich um das Projekt der ›Mercator Bank‹, ja? Was hast du in Erfahrung gebracht?«
»Direktor Polt hat eine Ausstellung der eingesandten Entwürfe arrangieren lassen.«
»Na und?«
»Gestern hat eine Art Vorausbesichtigung stattgefunden.«
Donata versuchte sich zu entspannen; sie lehnte sich tief in ihren Sessel zurück und schlug die Beine übereinander.
Als Stolze merkte, daß keine Zwischenfragen mehr zu erwarten waren, sprach er von sich aus weiter. »Dein Ent-

wurf, Donata, hat besonderes Interesse erregt. Die Herren sind davor stehen geblieben und haben darüber diskutiert.«
»Aber das bedeutet doch nichts«, sagte sie nüchtern.
»Oh doch. Mein Gewährsmann ist sicher, daß wir zumindest in die engere Wahl kommen.«
Es handelte sich um eine jener Ausschreibungen, zu denen die Entwürfe anonym eingereicht werden mußten, und Donata fragte: »Woran hat er meinen Vorschlag denn überhaupt erkannt?«
Wieder strich der Ringfinger über das Oberlippenbärtchen, das sehr viel dunkler war als das dichte, schon ergraute Haar Stolzes. »Ich konnte dem Mann einige diskrete Hinweise geben.«
»Das hast du gut gemacht, Arthur!«
»Nicht der Rede wert.«
»Sag mal, Einfluß auf die Entscheidung hat dein Späher wohl nicht?«
»Leider nein.«
»Um so besser, würde ich sagen«, widersprach Donata, »so sehr mir daran liegt, daß das Projekt verwirklicht wird – du lieber Himmel, sieben verschiedene Prototypen, war das eine Arbeit! –, eine Schiebung möchte ich mir nicht nachsagen lassen!«
»Du hast ein zu empfindliches Gewissen, Donata. Erinnerst du dich an die Ausschreibung des Gästehauses für die Firma Stimmbeck?«
»Nur zu gut. Kollege Kluge hatte einen Entwurf eingereicht, auf dem vor lauter Bäumen und Buschwerk gar nichts zu erkennen war ...«
»... und dann hat er den Auftrag doch bekommen«, ergänzte Stolze, »weil er, wie sich später heraus stellte, ein Studienkollege des Marketing Managers war.«

Obwohl Stolze so gut Bescheid wußte wie sie selber, konnte Donata es nicht dabei bewenden lassen. »Und der Gipfel der Unverschämtheit war, daß er sich dann noch erfrecht hat, meinen Entwurf zu kopieren!« rief sie mit funkelnden Augen.

»Wobei er so viel belanglose Veränderungen angebracht hat, daß man es nie hätte beweisen können!« stimmte Stolze ihr zu. »Ja, meine liebe Donata, so kann es einem in unserem Beruf ergehen.«

»Ich werde nie aufhören, mich darüber aufzuregen.«

»Wäre auch schade. Dich wütend zu sehen ist immer wieder ein besonderer Genuß.«

Sie lachten beide.

»Sag mal, Arthur, glaubst du ehrlich, daß wir bei der ›Mercator-Bank‹ Chancen haben?«

»Hätte ich dir sonst geraten, dich um das Projekt zu bemühen? Ich bin weder für vertanes Geld noch für verschwendete Zeit, das solltest du wissen.«

»Natürlich, Arthur, nur ... es sind uns in letzter Zeit so viele Dinge durch die Lappen gegangen.«

»Es gibt einige tausend Architekten allein in München – was erwartest du also?«

»Du hast recht, Arthur. Ich darf mich nicht beklagen. Ich arbeite ja auch nie für nichts und wieder nichts. Entwürfe, die sich nicht gleich verwirklichen lassen, kann ich ja fast immer bei anderer Gelegenheit vorholen und, abgeändert oder nicht, erneut zur Debatte stellen.«

»Na, siehst du«, sagte er trocken.

»Aber manchmal habe ich Angst«, gestand sie.

»Das paßt gar nicht zu dir.«

»Ich gebe es auch nur höchst ungern zu«, sagte sie mit einem schwachen Lächeln.

»Fürchtest du etwa, daß wir überhaupt keinen Auftrag

herein bekommen? Aber, liebe Donata, das sind doch Hirngespinste! Immerhin haben wir schon einige Durststrecken ohne Schaden überstanden.«
»Ja. Dank deinem Geld.« – Sie bereute sofort, als sie es gesagt hatte; Stolze war sich seiner Bedeutung in der Firma und seinem Recht auf ihre Dankbarkeit ohnehin schon mehr als sicher.
Er blickte sie aus seinen braunen, leicht getrübten Augen überrascht und sehr aufmerksam an. »Was ist falsch daran?«
»Nichts, so lange du es durchhältst. Aber du könntest doch auf die Idee kommen – oder Aline könnte dich dahingehend beeinflussen –, daß es sicherer und bequemer wäre, dein Geld in Wertpapieren anzulegen.«
Er hob die dunklen Augenbrauen. »Du wirfst mir Bequemlichkeit vor?«
Natürlich nicht! Du rackerst dich für die Firma ab. Gerade deswegen könnte es dir früher oder später zuviel werden. Aline hat sich schon bei mir beklagt, daß sie zu wenig von dir hat.«
»Wenn ich mich aus dem Arbeitsleben zurückzöge, würde ihr das noch weniger passen, ganz davon abgesehen, daß Geldausgeben zu ihren größten Stärken gehört. Wertpapiere und Kommunalobligationen sind sichere Anlagen, Donata, schön und gut. Aber ihre Zinsen bringen kaum die Hälfte von dem, was ich durch die Firma verdiene. Du kannst also ganz unbesorgt sein, Donata. Schon weil ich eine so teure Frau wie Aline habe, kann ich es mir nicht erlauben, mein Geld aus dem Betrieb zu ziehen.«
Donata atmete auf. »Ich bin froh, daß wir darüber gesprochen haben.«
Lächelnd entblößte er seine allzu perfekten Zähne. »Finde ich auch.« Er langte unter die Schreibtischplatte. »Darauf

sollten wir einen Schluck trinken. Meinst du nicht auch?« Er brachte eine Flasche mit altem Cognac ans Licht.
Donata sprang auf. »So früh am Morgen? Für mich nicht, Arthur, wirklich nicht.«
Er lachte. »Was ich nicht anders erwartet hatte. Aber ich darf mir ein Gläschen genehmigen?«
Sie lief zu ihm hin, drückte ihm einen flüchtigen Kuß auf die Stirn, um sich gleich darauf zur Tür zu wenden. »Du darfst dir erlauben, was du willst! Du bist es ja, der hier das große Sagen hat!«
Aber noch bevor sie den Raum ganz verlassen hatte, schoß ihr der Gedanke durch den Kopf, daß ihr Geschäftsführer reichlich viel trank in letzter Zeit. Zwar war er weit davon entfernt ein Alkoholiker zu sein, wählte nur die edelsten Tropfen und war bei Verhandlungen immer ganz klar und präsent. Auch an seinen Berechnungen war nichts auszusetzen. Dennoch schien ihr der gelbliche Schimmer seiner Bindehaut, die doch ganz weiß hätte sein sollen, bedenklich. ›Darüber‹, dachte sie, ›würde ich mir an Alines Stelle Sorgen machen, nicht weil er so selten zuhause ist.‹.

Rosemarie Sforzi war 30 Jahre alt, noch etwas kleiner als Donata und nicht gerade hübsch – Nase, Kinn, Mund und Zähne waren unbedeutend –, aber darüber täuschten ihre strahlend großen braunen Augen und ihre kastanienbraunen Locken hinweg. Ihren Chefs gegenüber benahm sie sich sachlich, zuweilen sogar mürrisch, aber an potentielle Kunden und Auftraggeber versprühte sie Charme. Bewußt, eine tüchtige und zuverlässige Kraft zu sein, hielt sie sich für unersetzlich, und Donata und Arthur Stolze ließen sie in dem Glauben. Ihr Austritt hätte die Firma zwar nicht ins Wanken gebracht, hätte aber doch eine erhebliche Störung des Betriebs bedeutet. Frau Sforzi brauchte kein Diktat

aufzunehmen, sondern war imstande, auf Anweisungen hin die Geschäftskorrespondenz selbständig zu führen. Das fiel ihr um so leichter, als sie ein ganzes Arsenal möglicher Schreiben gespeichert hatte.
Wichtiger war, daß sie über organisatorische Fähigkeiten verfügte. Sie führte die Terminkalender, wußte jederzeit ganz genau, wo jeder einzelne im Augenblick tätig war oder sein sollte und wann eine Besprechung stattfinden konnte. Donata ließ sich nicht gern durch Anrufe in ihrer schöpferischen Arbeit stören und fand es gut, daß die Sforzi die Telefonate erledigte.
Jetzt, als Donata am Empfang vorbei in ihr Arbeitszimmer wollte, hielt Frau Sforzi sie auf. »Einen Augenblick, Frau Beck.«
Donata blieb stehen. »Ja?«
»Der Herr Pallenberg hat angerufen.«
Sie sagte das mit so düsterer Miene, daß Donata schon fürchtete, daß der Kunde sich einen anderen Architekten gesucht haben könnte.
»Er hat sich den Nachmittag freigenommen«, verkündete Frau Sforzi mit der gleichen Leichenbittermiene, »er und seine Frau wollen sich mit Ihnen beim Grundstück treffen. Drei Uhr. Ich habe zugesagt.«
»Sehr gut, Frau Sforzi«, sagte Donata und dachte: ›Woher sie nur immer ihre schlechte Laune nimmt! Wahrscheinlich hat sie Krach mit ihrem Mann gehabt.‹
»Wissen Sie, wie Sie nach Krailling kommen?«
»So ungefähr. Richtung Starnberg, nicht wahr?«
»Ich habe schon mal auf dem Stadtplan nachgeguckt und die Straßen aufgeschrieben.« Sie reichte Donata einen Notizzettel über die Theke.
Donata nahm ihn entgegen. »Sie sind wirklich unübertrefflich, Frau Sforzi.«

Das Lob änderte durchaus nichts am düsteren Ausdruck der Sekretärin. »Umleitungen und Einbahnstraßen weiß ich natürlich nicht. Die müssen Sie schon selbst herausfinden.«
»Werd' ich schon«, erklärte Donata freundlich.
»Daran habe ich auch nicht gezweifelt«, erwiderte die Sekretärin in einem Ton, als wäre sie beleidigt worden.
Donata lächelte ihr zu. »Bitte, besorgen Sie die üblichen Blumen für das Konferenzzimmer, Frau Sforzi!«
»Und einen Imbiß?« fragte Frau Sforzi, allmählich munterer werdend.
»Gute Idee. Notfalls vertilgen wir ihn selber. Allerdings weiß ich noch nicht, wann ich zurück bin. Wenn es später wird, brauchen Sie nicht zu bleiben. Ich serviere dann schon selber.«
Frau Sforzi erwiderte nichts, verzog nur skeptisch die Mundwinkel. Damit wollte sie ausdrücken, daß dies nicht in den Aufgabenbereich der Chefin gehörte und daß sie ihr das wohl auch nicht zutraute.
»Wahrscheinlich wird dann ja auch Wilhelmina da sein«, beruhigte Donata sie und ging in ihr eigenes Büro, um die Rollen mit den am Abend zuvor gefertigten Entwürfen zu holen. Sie brachte sie an den Zeichentisch von Günther Winklein.
Er blickte auf. »Kann ich was für dich tun?«
»Du hast es erraten, Günther. So leid es mir tut, ich muß dich bitten, mir diese Skizzen hier nachzutuschen. Und sag bitte nicht, daß ich mir bloß die Finger nicht schmutzig machen will.«
Er lachte. »Himmel, du bist nachtragend! Bloß, weil ich mir einmal und auch nur im Scherz so eine Bemerkung erlaubt habe!«
Sie wußte, daß er sich durch ihren Wunsch tatsächlich gestört fühlen mußte. »Bitte, spiel's nicht herunter, Günt-

her! Es tut mir wirklich leid. Aber ich muß bis zum frühen Nachmittag das ganze Haus wenigstens in großen Zügen fertig haben. Wie kommst du denn voran?«
Er zögerte mit der Antwort.
»Nicht sehr gut, wie?« half ihm Donata – er hatte die Aufgabe übernommen, ein Bürohaus, das im Unstil der fünfziger Jahre errichtet worden war, durch einen Anbau nicht nur zu vergrößern, sondern auch zu verschönern. »So etwas ist immer eine knifflige Angelegenheit.«
Günthers hellblaue Augen hinter der randlosen Brille nahmen einen treuherzigen, fast flehenden Ausdruck an. »Siehst du es dir nachher mal an?«
Donata mußte sich immer wieder über ihn wundern. Günther Winklein war ein durchaus nicht einfallsloser Architekt und überdies ein exzellenter Statiker. Aber es fehlte ihm gänzlich an Selbstvertrauen. Als sie ihn eingestellt hatte, ganz am Anfang ihrer Karriere, hatten sie und auch er gedacht, daß dies nur ein Übergang für ihn sein würde. Aber er war geblieben. Manchmal, besonders, wenn er etwas getrunken hatte, redete er davon, sich selbständig zu machen. Aber niemand glaubte ihm mehr. Selbst Donatas Angebot, ihn als Teilhaber in die Firma aufzunehmen, hatte er nach schweren inneren Kämpfen – vielleicht auch nach einem Gespräch mit seiner Mutter, bei der er wohnte – abgelehnt. Er konnte sich nicht entschließen, ein Risiko einzugehen. Sein sicheres monatliches Gehalt war ihm lieber.
Dabei bedeutete eine Anstellung in einem Architektenbüro durchaus keine Versorgung auf Lebenszeit. Wie ihre meisten selbständigen Kollegen pflegte Donata den Stab ihrer Mitarbeiter sofort zu vergrößern, so bald die Auftragslage gut war und ihn entsprechend zu verkleinern, wenn eine Flaute eintrat. Aber sie mochte den schlanken kleinen Mann

mit dem allmählich immer schütterer werdenden Blondhaar und brachte es nicht über sich, auch ihn mal in die Wüste zu schicken, und darauf verließ er sich. Praktisch würde es für ihn kaum etwas bedeuten, einige Monate lang Arbeitslosengeld zu beziehen. Aber Donata fürchtete, daß ihn das in seiner Unsicherheit völlig aus der Bahn werfen würde.
»Ich bin übezeugt«, sagte sie jetzt aufmunternd, »niemand kann das so gut wie du.«
»Trotzdem«, beharrte er, »solltest du einen Blick darauf werfen.«
»Mach ich«, versprach sie, »gleich nachher – sobald ich mit meinem Haus fertig bin.«
Sie legte ihm ihre Rollen Transparentpapier auf die kleine rote Box neben seinem Zeichentisch und zog sich in ihr eigenes Büro zurück.

Erst als Donata ihr Kabriolett aus der Garage fuhr, merkte sie, daß es leicht zu nieseln begonnen hatte. Das war nicht gerade das ideale Wetter für eine Grundstücksbesichtigung, aber die Pallenbergs würde es nicht in ihrer Begeisterung für das erworbene Bauland dämpfen, und sie war imstande, seinen Wert auch unter den widrigsten Umständen zu ermessen.
Um gegen die Nässe gewappnet zu sein, wechselte sie im Schutz der nächsten Tankstelle ihr Jackett gegen ihren Trench und ihre Pumps gegen ein Paar Gummistiefel, die sie aus dem Kofferraum holte.
Unterwegs regnete es stärker, immer schneller pendelte der Scheibenwischer hin und her, bis der Niederschlag dann endlich nachließ und, als sie ihr Ziel erreichte, aufhörte.
Krailling war ein Dorf, das sich in den letzten Jahren zu einem Vorort Münchens, verbunden mit der S-Bahn, zu wandeln begonnen hatte. Es gab noch zahlreiche Bauern-

häuser, verwitterte Wirtschaften und beackertes Land. Dazwischen aber waren moderne Ein- und Zweifamilienhäuser aufgeschossen. Ein auch nur in etwa einheitlicher Baustil war nicht auszumachen, wenn auch zum Glück Wohnsilos und Hochbauten nicht vorhanden waren.
Donata kurvte eine Weile herum, bis es ihr gelang, das Grundstück der Pallenbergs zu finden. Es stellte sich heraus, daß es sich um eine aufgelassene Gärtnerei handelte. Die Anpflanzungen waren verwildert, die Glasscheiben des Treibhauses abmontiert oder zerbrochen und ein Häuschen am Rande, in dem die ehemaligen Besitzer gewohnt hatten oder das zum Verkauf benutzt worden war, stand kurz vor dem Zusammenbruch.
Die Sonne schien durch die Wolken, als die Pallenbergs endlich auftauchten; sie hatten sich um gute 20 Minuten verspätet.
Herbert Pallenberg, ein dunkelhaariger, elegant gekleideter Mann um die 30, entschuldigte sich nur flüchtig. Er sei im Büro aufgehalten worden.
»Macht nichts«, erwiderte Donata, »ich weiß, wie das ist.«
Seine Frau, klein und zierlich, mit ihren ebenmäßig geschnittenen Zügen fast eine Schönheit, fügte hinzu: »Es tut uns wirklich leid, Frau Beck. Er selbst kann es nämlich auch nicht ertragen, warten zu müssen.« Sie hatte sich so fest bei ihrem Mann eingehängt, daß es aussah, als klammerte sie sich an ihn.
»Schon gut, schon gut«, wiegelte er ab, »das ist doch kein Thema, Irene.«
»Sie haben ein wunderbares Grundstück erworben«, sagte Donata und war froh, daß sie in diesem Fall nicht zu schwindeln brauchte, »gratuliere!«
»Es war nicht billig«, sagte Herr Pallenberg.
»Das läßt sich denken. Die Preise sind in den letzten Jahren

ganz schön angestiegen. Und dies hier ist ja wirklich ein Prachtgrundstück.«
»Es hat sogar schon Wasser- und Elektrizitätsanschluß.«
»Sehr schön. Das wird sich günstig auf die Kosten auswirken.«
Eine Weile stiefelten sie zusammen über das Gelände, was eigentlich ganz unnötig war. Donata hatte gesehen, was sie sehen mußte. Aber sie hatte Verständnis für den berechtigten Stolz der Besitzer.
Sie ließ sich Zeit, bis sie endlich sagte: »Ganz ähnlich habe ich mir das Bauland nach Ihrer Beischreibung vorgestellt. Kommen Sie, bitte, mit! Ich werde Ihnen jetzt mal meine ersten Entwürfe zeigen.«
Sie ging voraus zu ihrem Auto. Die Pallenbergs folgten ihr, sie, immer noch fest an ihren Mann geklammert. Beide schwiegen, und das erweckte in Donata ein ungutes Gefühl. Sie hatte die eine oder andere Äußerung des Gespanntseins erwartet. Aber es fiel kein Wort.
Donata holte die sorgfältig getuschten Entwürfe, die jetzt in langen Papprollen steckten, aus dem Auto, zog sie einzeln heraus und rollte sie aus. Ausführlich erklärte sie die Vorteile der Tiefgarage und ausführlich auch die Grundrisse der einzelnen Stockwerke. Zwischendurch blickte sie die Pallenbergs immer wieder aufmunternd und um Zustimmung heischend an und sah wohl, daß Irene Pallenbergs Augen zu glänzen begannen. Aber die junge Frau sah immer wieder fragend zu ihrem Mann auf, so, als wagte sie nicht, sich ohne seine Erlaubnis zu äußern.
»Alles gut und schön«, sagte er, als Donata das letzte der Transparenzpapiere schon wieder zusammenrollte.
»Es ist wirklich schön, was Sie sich da für uns ausgedacht haben!« fügte seine Frau hinzu, deutlich erleichtert, daß sie endlich sprechen durfte.

»Aber wir haben uns inzwischen überlegt«, fuhr er fort, »daß wir lieber etwas ganz anderes haben wollen.«

›Ach, du Schreck, einen ganzen Tag für nichts vertan!‹ schoß Donata durch den Kopf. – Mit unbewegtem, fast heiteren Gesicht erklärte sie: »Warum auch nicht? Noch steht uns jede Entscheidung frei.«

Irene Pallenberg riß die schönen Augen auf. »Sehen Sie das wirklich so? Da fällt mir ein Stein vom Herzen.« Sie drückte den Arm ihres Mannes.

»Natürlich«, sagte Donata, »müssen wir uns an die örtlichen Bauvorschriften halten. Das ist aber auch die einzige Einschränkung, der wir uns unterwerfen müssen. Ansonsten sind der Fantasie keine Schranken gesetzt.«

»Wir haben inzwischen gründlich über das, was wir wollen nachgedacht – vielleicht hätten wir das schon früher tun sollen ...«

›Wie wahr!‹ dachte Donata, sah ihm aber nur stumm und mit freundlicher Aufmerksamkeit in die Augen.

»... aber wir waren wohl besessen von dem Wunsch nach einem Eigenheim für uns und für unsere späteren Kinder.«

»Das müssen Sie doch verstehen, Frau Beck!« fügte seine Frau fast beschwörend hinzu.

»Aber ja«, stimmte Donata zu, »das scheint mir ganz natürlich.«

»Erst im Nachhinein sind wir darauf gekommen, daß es wesentlich vernünftiger wäre, ein Zweifamilienhaus zu bauen«, erklärte er.

»Mein Mann meint, daß die Mieteinnahmen uns helfen würden, die Hypotheken abzutragen.«

Er blickte sie strafend an. »Das wird die Architektin ja wohl kaum interessieren, Irene.«

»Da muß ich Ihnen aber ganz entschieden widersprechen, Herr Pallenberg«, sagte Donata, erleichtert, daß sie sich ein bißchen Luft verschaffen konnte, »mich interessiert nicht nur der Hausbau an sich, sondern auch die Kosten, die dabei entstehen, wie die Bauherren damit zurecht kommen und wie sie später in ihrem Haus leben werden. Das ist für mich ein zusammenhängender Komplex.«

»Siehst du, Herbert!« sagte Irene Pallenberg mit bescheidenem Triumph.

»Ich nehme an, daß Sie das Erdgeschoß bewohnen wollen«, meinte Donata, »mit Zugang und Verfügung über den Garten, das wäre das Normale. Bei einem Grundriß von hundertvierzig Quadratmetern – man kann ihn auch noch vergrößern – böte er ausreichend Wohnraum für eine zwei- bis vierköpfige Familie.«

»Aber dann würden die Mieter uns auf dem Kopf herumtrampeln«, gab Irene Pallenberg zu bedenken.

Donata lächelte ihr zu. »Man kann die Decken so schalldicht ziehen, daß Sie davon nichts merken würden, Frau Pallenberg. Aber ich verstehe schon, was Sie meinen. Es würde Ihnen das Gefühl fehlen, ein Haus für sich allein zu haben.«

»Wir haben uns nun mal für ein Zweifamilienhaus entschieden«, erinnerte er.

»Es wäre noch eine andere Lösung denkbar: Ein Doppelhaus!« schlug Donata vor. »Dann hätten Sie ein Haus für sich allein mit eigener Haustür, separatem Eingang und ...«

»Aber ich will später, wenn wir erst aus den gröbsten Schulden heraus sind, ein großes Haus für mich und meine Familie haben. Ich will mich nicht mein ganzes Leben in einer Hucke von hundertvierzig Quadratmetern quetschen.«

»Auch ein Doppelhaus«, erklärte Donata geduldig, »läßt sich sehr gut von vornherein so anlegen, daß sich später ohne große Mühe und Kosten beide Hälften vereinigen lassen. Aber sollten wir das nicht lieber in meinem Büro besprechen?«

Donata machte diesen Vorschlag so beiläufig wie irgend

möglich, aber sie war sich bewußt, daß jetzt der entscheidende Moment gekommen war: würden die Pallenbergs mitkommen, hatte sie den Auftrag schon so gut wie in der Tasche, machten sie Ausflüchte, war es fraglich, ob es überhaupt noch einmal zu einem Gespräch kommen würde. Auch Herr Pallenberg wußte das, und er zögerte sich zu entscheiden.

Es war seine Frau, die Donata half. »Bitte, ja, Lieber!« sagte sie. »Laß uns in die Stadt zurückfahren. Ich bekomme allmählich schon kalte Füße.«

Donata öffnete die Autotür und warf die Behälter mit den Entwürfen auf den Rücksitz. »Also dann«, rief sie, »in zwanzig Minuten bei mir!« Ohne eine Antwort abzuwarten setzte sie sich ans Steuer.

Aber sie fuhr langsam an und atmete auf, als sie im Rückspiegel sah, daß das Auto der Pallenbergs ihr folgte.

Im Büro wurden sie von einer geradezu aufgeblühten Rosemarie Sforzi empfangen. Sie half den Pallenbergs aus den Mänteln und führte sie in das Konferenzzimmer, während Donata rasch die Schuhe wechselte – in ihren gewohnten hochhackigen Pumps fühlte sie sich gleich viel wohler – und die Gelegenheit nutzte, sich im Bad frisch zu machen. Sie bürstete sich das kurz geschnittenen blonde Haar und stellte dabei fest, daß aus ihren grünen, schräg geschnittenen Augen der Stolz des Erfolges allzu deutlich leuchtete. Bis der Vertrag unter Dach und Fach war, nahm sie sich vor, wenigstens ihr Lächeln zu unterdrücken. Eifer zu zeigen konnte dagegen nicht schaden.

Als sie eintrat, hatten die Pallenbergs schon an der Breitseite des langgestreckten Tisches Platz genommen.

Donata wählte den Sessel an der Schmalseite. »Gruppieren wir uns lieber um!« schlug sie vor. »Wenn Sie, Herr

Pallenberg, sich zu meiner Linken hinsetzen und Sie, liebe Frau Pallenberg, zu meiner Rechten, können Sie besser sehen.«

Frau Sforzi brachte einen Zeichenblock, Bleistift und Radiergummi herein, und Donata bedankte sich mit besonderer Herzlichkeit. Unausgesprochen lag darin auch das Lob dafür, daß die drei leuchtend gelben kräftigen Forsythienzweige, die die Sekretärin in einer grauen Bodenvase arrangiert hatte, sich sehr hübsch von den weißen Wänden und den schwarzen Möbeln abhoben und dem eher nüchternen Raum eine freundliche Note gaben.

»Wollen wir gleich beginnen?« fragte sie dann und sah von Frau Pallenberg zu ihrem Mann – bei einem Ehepaar war es immer schwierig herauszubekommen, wessen Wünsche entscheidend waren. »Oder möchten Sie erst verschnaufen? Ich denke, unsere Getränke werden gleich kommen.«

»Nein, fangen Sie nur an!« bestimmte Herr Pallenberg.

»Dafür sind wir ja hier«, fügte Frau Pallenberg hinzu.

»Doppelhaus oder nicht, das ist hier wohl die Frage. Ich werde jetzt mal skizzieren, wie so etwas aussehen könnte.« Sie begann mit flinken Fingern zu zeichnen. »Die Fassade müßte natürlich zwei Türen haben ... man kann sie nebeneinander setzen, dann kann man sie später leichter zu einem einzigen Treppenhaus verbinden ... oder weit auseinander, dann wird man durch das Ein und Aus der Nachbarn weniger gestört. Der Gesamteindruck wird auf jeden Fall nicht durch die Türen, sondern durch die Verteilung der Türen und Fenster insgesamt bestimmt.«

»Und später?« fragte Frau Pallenberg. »Wenn wir die Häuser zusammenlegen wollen?«

»Gute Frage! Dann haben wir verschiedene Möglichkeiten ...«

Wilhelmina Burger kam herein und brachte ein Tablett mit

Getränken; Frau Sforzi folgte ihr und arrangierte Kaffeetassen, Sahnekännchen und Zuckerschälchen auf dem Tisch. Vor Donata stellte sie ein hohes Glas mit frisch ausgepreßtem Orangensaft.

»Herr Stolze weiß Bescheid«, sagte die Sekretärin.

»Sehr gut, Frau Sforzi.« Donata sah auf ihre Armbanduhr, obwohl sie ohnehin ungefähr wußte, wie spät es war. »Aber für Sie wird es langsam Zeit, sich davon zu machen.«

»Sie brauchen mich nicht mehr?«

»Nein, wirklich nicht!« rief Wilhelmina. »Alles andere übernehme ich.«

Frau Sforzi warf ihr einen skeptischen Blick zu, der deutlicher als Worte sagte: ›Na, wenn das nur gut geht!‹

»Es ist doch nichts dabei!« erklärte Wilhelmina. Sie war ein großes kräftiges Mädchen mit blondem, gelockten Haar, blauen Augen und einem üppigen, stets lachbereiten Mund.

Frau Sforzi verabschiedete sich und verschwand.

Wilhelmina rührte sich nicht vom Fleck. »Darf ich hier bleiben, Frau Beck?« bat sie.

Donata machte sie mit den Pallenbergs bekannt. »Fräulein Burger studiert Architektur«, erklärte sie, »und macht sich, so oft sie kann, bei uns nützlich. Ob ihre Anwesenheit im Augenblick wünschenswert ist, weiß ich allerdings nicht.«

»Ach, lassen Sie sie doch«, meinte Frau Pallenberg.

Wilhelmina zauberte einen Bleistiftspitzer aus der Tasche ihrer Jeans und hielt ihn hoch. »Ich kann auch was tun!«

Donata reichte ihr den Bleistift. »Na schön, dann setzen Sie sich und tun Sie was. Aber halten Sie unbedingt den Mund!«

Herr Pallenberg bot Zigaretten an, aber nur seine Frau bediente sich.

»Wenn wir uns für ein Doppelhaus entscheiden«, sagte Donata, »sollten wir den Grundriß großzügiger gestalten.«

Sie nahm Wilhelmina den gespitzten Bleistift aus der Hand. »Den Grundriß der Einzelhälfte etwa so: Entree mit Garderobe und Gästetoilette, ein großer Wohnraum, Küche, Speisezimmer ...«

»Und das Kinderzimmer?« fragte Frau Pallenberg. »Nur für den Fall der Fälle?«

»Das können wir in den ersten Stock legen.« Donatas Bleistrift flog über das Papier. »Wünschen Sie ein oder zwei Schlafzimmer?«

Noch eine gute Stunde ging es so fort. Dann hatten sich die Pallenbergs für ein großes Doppelhaus entschieden.

»Es ist natürlich auch eine Frage der Finanzen«, erklärte Donata. »Ein Bad in jedem Haus ist das Minimum. Zwei Bäder wären allerdings besser. Das würde den Bau teurer machen, gleichzeitig aber seinen Wert erheblich steigern. Bitte, Wilhelmina, holen Sie Herrn Stolze!«

Wilhelmina, die bis jetzt gebannt gelauscht hatte, wollte abräumen.

»Nein«, sagte Donata, »machen Sie das später!« Sie hatte es jetzt eilig, ihren Geschäftsführer hinzuzuziehen. Zwar wußte sie genau über die Kosten eines Hauses jedwelcher Größenordnungen Bescheid, aber sie wußte auch, daß ein Kostenvoranschlag aus dem Mund eines Mannes glaubwürdiger wirkte. Außerdem redete sie nicht gerne über Geld.

Wilhelmina stob davon, und gleich darauf trat Arthur Stolze in das Geschäftszimmer und begrüßte die Pallenbergs, die er schon von einem ersten Gespräch her kannte.

Wilhelmina räumte das Geschirr auf das Tablett.

»Lassen Sie uns dann allein!« ordnete Donata an.

Noch eine gute Stunde wurde über die Kosten, das Material und eventuelle Einwände der Gemeinde und der Baubehörde gesprochen. Dann kam für Arthur Stolze die Gelegenheit, seinem flachen eleganten Diplomatenkoffer die Formulare

für die vorgeschriebene Entlohnung und Betreuung eines Bauvorhabens zu entnehmen.
Pallenberg verlangte eine Garantie dafür, daß der vorgesehene Finanzierungsplan strikt eingehalten wurde und die Kosten auf keinen Fall überschritten werden dürften.
Donata machte ihm klar, daß das unmöglich war. »Es können immer unvorhergesehene Teuerungen auftreten. Dafür kann ich nicht gerade stehen, Herr Pallenberg, und ich kann Ihnen versichern, daß Sie keinen Architekten finden werden, der das tut. Einen Spielraum von wenigstens zehn Prozent müssen Sie mir schon lassen.«
»Das kann ich mir einfach nicht leisten.«
»Aber damit müssen wir rechnen. Kann auch sein, daß wir zehn Prozent unter dem Voranschlag bleiben.«
»Endgültig kann ich mich erst entscheiden, wenn ich den Kostenvoranschlag detailliert vor mir liegen habe.«
»Das heißt, daß Sie kein Vertrauen zu mir haben!«
»Doch, liebe Frau Beck, das haben wir schon«, beteuerte Irene Pallenberg rasch.
»Aber?«
»Mein Mann hat nur die verständliche Angst, sich zu übernehmen.«
Er warf ihr einen scharfen Blick zu. »Bitte, stell mich nicht als Trottel hin!«
»Sei mir nicht böse, Liebling, ich wollte doch nur erklären ...«
»Ich mache Ihnen einen Vorschlag!« sagte Donata. »Wie Sie aus der HOAI, der Honorarordnung für Architekten und Ingenieure ersehen ...« Sie legte ein Vertragsformular vor Herrn Pallenberg hin, »... bekomme ich Prozente am gesamten Bauvorhaben. Je höher die Kosten steigen, desto mehr bekommt also der Architekt.«
»Genau das ist es, was mir nicht schmeckt.«

»Wie würde es Ihnen denn gefallen, wenn ich auf die mögliche Steigerung meiner Gebühren verzichte? Dazu wäre ich nämlich gerne bereit. Ich erhebe nur Anspruch auf eine Liquidation auf die heute von uns angenommenen Baukosten.«
»Abzüglich der möglichen zehn Prozent Mehrkosten?«
Donata stimmte zu. »Machen wir also einen entsprechenden Vertrag.«
Arthur Stolze stand auf. »Ich werde das vorbereiten. Es dauert nur wenige Minuten.«
»Schickst du mir bitte Wilhelmina herein?« Donata wandte sich den Pallenbergs zu. »Ich glaube, wir haben uns jetzt eine kleine Stärkung verdient.«
Wilhelmina servierte appetitliche Kanapees aus Vollkornbrot, dazu, nach Wunsch, Wein, Wasser oder Saft. Dann zog sie sich zurück, um für Stolze den Zusatz in den vorgedruckten Vertrag zu tippen. Die Pallenbergs griffen zu, und auch Donata spürte, daß sie Hunger hatte und biß in ein mit Gurken belegtes Schnittchen.
»Ich muß schon sagen, Herr Pallenberg, Sie sind ein verdammt harter Verhandler!« behauptete sie, obwohl sie in Wahrheit schon mit Kunden zu tun gehabt hatte, die sehr viel schwieriger gewesen waren.
»Ich wußte gar nicht, daß du so sein kannst«, stimmte seine Frau ihr zu.
»Man ist eben Geschäftsmann«, erklärte Pallenberg mit gespielter Bescheidenheit.
»Dann haben Sie sich sicher auch schon mal überlegt, wodurch die Unkosten am Bau über den Voranschlag hinaus steigen.«
»Durch die Geldschneiderei ... entschuldigen Sie, bitte, daß ich das so kraß ausdrücke ... der Architekten und Bauunternehmer.«
Donata lachte. »Na, der haben Sie ja erfolgreich einen Riegel vorgeschoben!«

Er lächelte selbstgefällig. »Habe ich nicht recht? Jetzt können Sie es ja zugeben.«
Arthur Stolze kam herein; er sah aus, als hätte er die Pause genutzt, um sich zu kämmen und frischzumachen. Als er sich setzte, zog er die Manschetten seines hellen Hemdes aus den Ärmeln. »So, das wäre erledigt«, sagte er.
Wilhelmina folgte ihm mit einer Unterschriftenmappe, die sie vor Herrn Pallenberg aufschlug. Sie reichte ihm einen Kugelschreiber.
»Lassen Sie sich ruhig Zeit mit dem Unterschreiben«, sagte Stolze, »lesen Sie den Vertrag vorher gründlich durch. Bitte, Wilhelmina, geben Sie auch ein Exemplar an die gnädige Frau, damit sie sich orientieren kann.«
»Darf ich?« Wilhelmina zog das zweite Exemplar des Vertrages aus der Mappe und reichte es Frau Pallenberg über den Tisch.
Donata nahm sich eine Zigarette, und Arthur Stolze stand auf, um ihr Feuer zu geben. Dabei zwinkerte er ihr verschwörerisch zu.
»Danke, Arthur«, sagte sie und fügte im Plauderton hinzu, ganz bewußt, um das erwartungsvolle Schweigen zu brechen: »Ich habe eben zu erklären versucht, welche Umstände in den meisten Fällen die Baukosten höher steigen lassen, als geplant.«
»Das würde ich zu gerne wissen!« rief Wilhelmina.
»Die Sonderwünsche des Bauherrn. Da wird Marmor für die Bäder verlangt statt der vorgesehenen Fliesen, ein offener Kamin muß her – fünftausend Mark mehr, was macht das schon? und so geht es weiter.«
»Nur menschlich«, sagte Stolze, »wenn man mit dem Geldausgeben erst einmal angefangen hat, kann man sich meist nur schwer stoppen.«
Endlich unterschrieb Pallenberg.

»Und die meisten Architekten«, fuhr Donata fort, »und darin haben Sie recht, Herr Pallenberg, machen die Kunden nicht oder doch nicht mit dem nötigen Nachdruck auf diese Kostensteigerungen aufmerksam.«
Frau Pallenberg gab das Vertragsexemplar, das sie gelesen hatte, an Wilhelmina zurück, die es für Herrn Pallenberg in die Mappe steckte. Danach ging sie um den langen Tisch herum und legte die aufgeschlagene Mappe der Kundin vor.
»Ich«, erklärte Donata, »sehe meine Ehre darin, einen Bau nicht zu verteuern, selbst wenn ich daran verdienen würde.«
Wilhelmina trug die Mappe zu Herrn Stolze, der aufstand, um die Exemplare zu verteilen – eines an Frau Pallenberg, ein zweites für ihren Mann, und das dritte steckte er in seinen schmalen Koffer. »Das wär's dann also«, sagte er und fuhr sich unwillkürlich mit dem Ringfinger über sein dunkles Oberlippenbärtchen.
»Auf gute Zusammenarbeit!« Donata drückte erst Frau Pallenberg, dann ihrem Mann die Hand. »Ich verspreche Ihnen, ich werde etwas sehr, sehr Schönes bauen.«
Häufig pflegte sie nach Vertragsabschlüssen Sekt oder, je nachdem, auch Champagner servieren zu lassen. Aber bei dem mißtrauischen Herrn Pallenberg fand sie das nicht angebracht. Er würde glauben, dessen war sie sich sicher, daß letzten Endes er es sein würde, der für diese unnötigen Unkosten zahlen mußte. Die Pallenbergs verabschiedeten sich dann auch sehr rasch, nachdem Donata versprochen hatte, in den nächsten Tagen wieder von sich hören zu lassen.
Wilhelmina räumte den Tisch ab – die übrig gebliebenen Kanapees konnte sie mit nach Hause nehmen –, und Donata und Arthur Stolze wechselten in sein Zimmer hinüber.
»Puh!« seufzte Donata und warf sich in einen der Sessel vor dem Schreibtisch.

»Wirklich reizende Leute!« spottete er.
»So übel sind sie gar nicht. Für ihn ist das ein Haufen Geld, den er in das Haus stecken muß. Da darf man es ihm nicht übel nehmen, daß er die Gelegenheit benutzt, sich auch ein bißchen aufzuspielen.«
»Du wirst noch eine Menge Ärger mit ihm kriegen.«
Donata schüttelte den Kopf. »Nein, das glaube ich nicht. Schließlich haben wir das gleiche Ziel.«
Er war hinter den Schreibtisch getreten; jetzt bückte er sich und holte die Cognacflasche hervor. »Einen kleinen Schluck für uns beide?«
»Nein, danke, Arthur. Aber ich nehme noch ein Glas Wein.«
Er beugte sich über den Schreibtisch und drückte auf einen Knopf der Gegensprechanlage.
Wilhelmina meldete sich.
»Bitte, bringen Sie ein Glas Wein für Frau Beck ... ja, von dem hellen Weißwein, den sie so liebt.« Er füllte sich ein bauchiges Glas mit Cognac. »Jedenfalls haben wir es geschafft«, stellte er fest.
»Ja«, stimmte Donata ihm zu, »dieses Jahr ist gesichert.« –
Es war schon dunkel, als Donata später nach Grünwald hinaus fuhr. Die Außenbeleuchtung ihres Hauses brannte. Silvias Auto stand nicht in der Garage. Donata fiel ein, daß die Schwester vorgehabt hatte, sich am Nachmittag mit Freundinnen zum Bridge zu treffen. Das Beisammensein schien sich hinausgezögert zu haben.
Donata hätte gern noch ein paar Worte mit Silvia geplaudert. Aber vielleicht war es besser so. Sie war müde genug, mit einem Buch zu Bett zu gehen.

Am 15. April, einem Samstag, sollte die Entscheidung über die Entwürfe für die »Mercator-Siedlung« fallen. Das geschah in der Bankfiliale in Rosenheim, in deren Schalterhalle sie auch für das Publikum ausgestellt waren. Nachdem die Urteile des Gremiums feststanden, würden die Umschläge mit den Namen der Preisträger geöffnet werden. Donata wußte darum, und sie war sehr gespannt. Immer wieder kämpfte sie gegen den Impuls, Arthur Stolze anzurufen. Aber sie versagte es sich, weil sie in ihrer Neugier eine Schwäche sah, die sie nicht zugeben wollte. Wenn es positiv ausgegangen wäre, dachte sie auch, würde er sich von sich aus melden.

Jedesmal, wenn das Telefon klingelte, stürzte sie zum Apparat. Aber es kamen nur die üblichen Wochenendanrufe. Stolze ließ nichts von sich hören.

»Du bist ja so nervös«, konstatierte die Schwester.

»Ich erwarte ein wichtiges Gespräch.«

»Von einem ›Lover‹?«

»Kennst du mich so schlecht?«

»Ja, es könnte doch sein.«

Donata ließ es dabei bewenden. Nichts drängte sie dazu, sich der Schwester mitzuteilen. Silvia nahm wenig Anteil an ihren beruflichen Sorgen und Erfolgen. Wenn sie, und es sah ja ganz so aus, an der Ausschreibung nur unter »ferner liefen« beteiligt gewesen war, würde die Schwester sie bedauern. Donata haßte Mitleid. Aber sie hatte Mühe, sich ihre Enttäuschung nicht anmerken zu lassen.

Zwar hatte sie nicht erwartet, den Auftrag für den Bau der Siedlung zu bekommen, aber mit einem zweiten oder dritten Preis hatte sie doch gerechnet. Dann wäre die Arbeit wenigstens nicht vergebens gewesen.

Am Sonntag hatte sie die Hoffnung aufgegeben und wurde ruhiger. Sie machte sich zusammen mit der Schwester einen

faulen, gemütlichen Tag, blieb lange im Bett und las Zeitschriften über Architektur. An den Wochentagen blieb ihr kaum jemals Zeit dazu.
Am Nachmittag kamen Silvias erwachsene Kinder zu Besuch, Christian und seine um zwei Jahre jüngere Schwester, die nach der Mutter Silvia hieß und in der Familie, zur Unterscheidung, Klein-Silvi genannt wurde. Auch sie studierte in München, und zwar Theaterwissenschaft. Beide waren blond, gutaussehend und gaben sich unkompliziert, was ihnen Donata jedoch nicht ganz abnahm. Ihr schien, als hätten sie durchaus ihre Probleme, an denen sie Mutter und Tante nur nicht teilhaben lassen wollten. Sie tippte darauf, daß für Klein-Silvi die Theaterwissenschaft nur ein Vorwand war und sie im geheimen den Traum hegte, Schauspielerin zu werden. Mit Sicherheit hatte Christian sich nur deshalb für die Betriebswirtschaft entschieden, weil sein Notendurchschnitt für die meisten anderen Fächer nicht gereicht hatte. Daß er sich wirklich dafür interessierte, bezweifelte sie stark. Über ihre Beziehungen zum anderen Geschlecht, die es ja nach menschlichem Ermessen geben mußte, äußerten sie sich nie.
Jedenfalls bedeutete der Besuch der jungen Leute für die beiden alleinstehenden Frauen eine angenehme Abwechslung. Frau Kowalsky hatte eine Rüblitorte gebacken, auf die sich alle mit gutem Appetit stürzten, auch Donata, die Frühstück und Mittagessen ausgelassen hatte. Sie schwammen zusammen, alberten danach im Fitnessraum und sprangen anschließend noch einmal ins Wasser.
»Ach, Donata, was hast du es gut!« seufzte Klein-Silvi, als sie sich abtrockneten.
»Genau so eine Anlage wäre das Richtige für mich«, stimmte ihr Bruder zu.
Donata lachte. »Dann müßt ihr es genau so machen wie ich – reich heiraten!« – Sie versagte sich einen Hinweis dar-

auf, daß das Haus unter ihrer Regie gebaut worden war und daß sie schuften mußte, um es zu unterhalten.
»In unserer Jugend«, behauptete Silvia, »waren wir froh, wenn wir das Geld zusammen kratzen konnten, um ins ›Müllersche Volksbad‹ zu gehen.«
»Ach, was ward ihr arm, anspruchslos und bescheiden!« spottete Christian.
»Ich habe eigentlich nicht das Gefühl, daß meine Jugend schon vorbei ist«, sagte Donata nachdenklich.
»Mit deinen zweiundvierzig?« meinte Silvia. »Du solltest endlich anfangen, es dir zuzugeben.«
»Ich gebe Donata recht!« entschied Christian. »Mit der Figur kann sie es mit jedem jungen Mädchen aufnehmen.«
»Auch mit mir?« wollte Klein-Silvi wissen.
»Mit dir allemale.«
Tatsächlich hatte das junge Mädchen ihren Babyspeck noch nicht abgelegt und sie wußte es selber. »Fiesling!« rief sie und wollte dem Bruder ein feuchtes Frottiertuch an den Kopf werfen.
Er fing es geschickt auf. »›Fishing for compliments‹«, sagte er, »ist immer gefährlich!«
»Wer hat denn damit angefangen?« empörte sich Klein-Silvi. »Ich doch nicht – Donata!«
»Kein Grund für dich, ihrem Beispiel zu folgen.«
»Ihr werdet euch doch jetzt nicht meinetwegen streiten!« rief Donata.
Ihr offensichtliches Entsetzen amüsierte die jungen Leute.
»Aber nicht doch, Tantchen«, sagte Christian und gab ihr einen raschen Kuß auf die Wange.
»Aber, Tantchen, wie könnten wir! Was wären wir ohne dich!« rief Klein-Silvi.
»Tante« oder lieber noch »Tantchen« pflegten die beiden sie nur zu nennen, wenn sie sie necken wollten.

Donata verstand die Absicht und lachte. »Ihr seid mir schon welche«, sagte sie. und der Frieden war wieder hergestellt. Später spielten sie am Tisch im Speisezimmer Karten. Als sie Hunger bekamen, holten sie sich die restliche Rüblitorte und das von der Haushälterin vorbereitete Abendessen aus der Küche.

Es war ein zwangloses und fröhliches Beisammensein. Doch ganz konnte Donata ihre innere Spannung nicht loswerden. Sie schlief schlecht in dieser Nacht und dachte, daß Nichtstun ihr nun einmal nicht bekäme.

Am nächsten Tag kam Arthur Stolze erst sehr spät ins Büro. Donata beobachtete ihn aufmerksam, aber er war ganz wie immer. Sie fühlte sich in ihrer bösen Ahnung durchgefallen zu sein bestätigt.

Nachdem sie sich dessen sicher geworden war, begann sie sich besser zu fühlen. Es gelang ihr, sich damit abzufinden und sich ganz auf den Entwurf des Pallenbergschen Hauses zu konzentrieren, das sie nach besonderen Wünschen der Bauherren noch einmal ändern mußte. Bis zum Abend war es fertig, und Winklein hatte auch die Bleistiftlinien mit Tusche und Lineal nachgezogen. Es lagen jetzt zwölf fertige Zeichnungen vor: die Grundrisse der einzelnen Stockwerke und verschiedene Querschnitte.

»Wird ein schöner Bau«, sagte er anerkennend.

»Wir sollten ihn jetzt in den Computer einzeichnen«, verlangte Donata.

»Dazu brauche ich mindestens acht Tage! Und was soll aus meinem Umbau werden?«

»Wir werden uns ablösen«, entschied Donata, »und abends kann Wilhelmina an den Computer. Sie kennt sich ja inzwischen aus, und es kommt jetzt ja auf bloße Genauigkeit an.«

»Verdammter Computer!«
»Sag das nicht. Er macht viel Arbeit, zugegeben, aber er ist uns doch auch sehr nützlich.«
In den Computer konnten, auf eine endlose Zahl verschiedener Schichten, die einzelnen Zeichnungen eingegeben werden. Er gestaltete dann, nach Eingaben von Winkeln, selbständig Perspektiven, wie es mit Bleistift oder Tusche nur mühsam möglich wäre, und sogar dreidimensionale Bilder, wie sie auf dem Papier gar nicht zu schaffen waren. Donata hatte auch ihre Entwürfe für die »Mercator-Siedlung« durch den Computer gehen lassen und sie dann durch den Drucker wieder heraus geholt, ein Verfahren, wodurch die Anlagen und die einzelnen Häuser so plastisch erkennbar waren wie auf einer Fotografie.
»Die Pallenbergs sind Laien«, erklärte sie, »sie sind nicht fähig wie wir, sich nach einer bloßen Zeichnung ein Gebäude vorzustellen. Mit dem Computer kann ich ihnen das erleichtern.«
»Und sie vor vollendete Tatsachen stellen«, fügte Günther ein wenig zynisch hinzu.
»Richtig«, sagte Donata friedfertig, »ich habe jetzt lange und oft genug an den Entwürfen herumgebastelt. Jetzt will ich sie zwingen, sich zu entscheiden.«
»Du sprühst mal wieder vor Energie, Donata.«
›Schade, daß man das von dir nie sagen kann‹, dachte sie, aber sie sprach es nicht aus. »Das heißt nicht, daß ich sie überfahren will«, stellte sie statt dessen richtig, »das Computerbild ist ja letztendlich auch nur eine Fiktion. Es läßt sich verändern, wie man es haben will. Also laß mich mal sehen, wie weit du mit dem Umbau gekommen bist, und setz du dich vor den Computer!«

Am nächsten Morgen hatte Donata eine Auseinandersetzung mit Peter Blume. Er lag mit dem Neubau an der Wolfratshauserstraße um Tage hinter dem vorgegebenen Termin zurück, und das, obwohl das Wetter günstig gewesen war. Als Donata ihn nach dem Grund fragte, schlug er mit der Behauptung zurück, daß ihr an Schlamparbeit doch auch nicht gelegen sein könnte.

Er war nicht in der Wolfratshauserstraße gewesen, als sie den Rückstand feststellte, und sie mußte hinter ihm hertelefonieren und ihn suchen, bis sie ihn endlich in der Schwanthalerstraße bei dem Rohbau eines Mietshauses fand. Sie stritten in der Bauhütte miteinander.

»Mir scheint, Sie haben sich übernommen, Herr Blume«, sagte sie kalt.

»Was soll das heißen?« brauste er auf.

»Ich habe mir nicht die Mühe genommen, die Arbeiter in Solln zu zählen – ich wollte Sie ja auch nicht desavouieren, Herr Blume – aber ich hatte den Eindruck, daß es entschieden zu wenige sind.«

Er zuckte die Achseln. »Uns fehlen eben die Fachkräfte. Das müßten Sie wissen, Frau Architektin. Soll ich etwa Schwarzarbeiter anheuern? Wäre das in Ihrem Sinne?«

»Der Termin des Richtfestes muß eingehalten werden.«

»Und wer zahlt die Strafe, wenn ich erwischt werde? Sie etwa?«

»Unterstellen Sie mir jetzt bloß nicht, ich hätte Sie gedrängt oder Ihnen auch nur geraten, Hilfskräfte ohne Papiere einzustellen. Das war allein Ihre Idee. Es ist auch gar nicht nötig. Sie brauchen nur Leute von hier abzuziehen und sie nach Solln zu schicken.«

Peter Blumes Kopf schwoll an. »Ich habe mich verpflichtet ...«

Sie schnitt ihm das Wort ab. »Verpflichtet sind Sie vor allem mir gegenüber. Ich wünsche nicht nur, ich verlange, daß Sie unseren Vertrag einhalten.« Sie wandte sich zum Gehen. »Einen schönen Tag noch.«

»Verdammtes Weibsbild«, fluchte er leise, aber nicht so leise, als daß sie es nicht gehört hätte.

Sie lächelte in sich hinein.

Blume, überlegte sie, als sie zu ihrem Büro fuhr, würde sie mit dem Bau des Hauses Pallenberg jedenfalls nicht betrauen können, wie sie es eigentlich im Sinn gehabt hatte. Das war eine unerwartete Schwierigkeit. Sie mußte einen anderen Bauunternehmer auftreiben, möglichst in Krailling oder Umgebung. Das war jetzt wichtiger als alles andere. Mit den Ausschachtungsarbeiten konnte ja auch schon begonnen werden, wenn sie sich mit den Pallenbergs über die Konstruktion des Doppelhauses auch noch nicht ganz einig war. Sie wollte sich sofort darum kümmern.

Als sie ihr Büro betrat, sprang Rosemarie Sforzi hinter dem Empfangstisch auf und rief, munterer, als es gewöhnlich ihre Art war: »Ich gratuliere, Frau Beck!«

»Guten Morgen, Frau Sforzi!« grüßte Donata und zog sich die Jacke aus. »Guten Morgen, Günther!«

Der Kollege grinste von einem Ohr zum anderen, und das verstärkte Donatas Gefühl, daß man sich einen Scherz mit ihr erlauben wollte. »Wozu denn?« fragte sie kühl.

Die Sforzi hielt ihr ein Schreiben entgegen. »Da! Lesen Sie selbst! Sie haben den ›Mercator-Wettbewerb‹ gewonnen!« – Es gehörte zu ihren Aufgaben, die täglich einlaufende Geschäftspost zu öffnen und zu sortieren.

Donata glaubte es immer noch nicht. »Tatsächlich?« fragte sie skeptisch.

»Himmel, bist du ›cool‹!« rief Günther Winklein.

›Könnte euch so passen, daß ich auf eure öden Witze hereinfalle‹, dachte Donata und nahm der Sekretärin den

Briefbogen aus der Hand. Er trug den Aufdruck der »Mercator-Bank«. Sie überflog das Schreiben flüchtig, noch einmal sorgfältiger – und es war wahr. Sie hatte mit ihren Entwürfen für die Siedlung den ersten Preis gewonnen und damit den Auftrag für die Errichtung der Bauten.
Schwindel überfiel sie.
»Sie werden ja ganz blaß!« rief Frau Sforzi erschrocken. »Setzen Sie sich doch! Einen Stuhl, Herr Winklein! Ich hole Ihnen ein Glas Wasser.«
Als Donata dann saß, das Glas in einem Zug zur Hälfte geleert hatte und endlich lächeln konnte, kam Stolze aus seinem Büro. Sie hatte nicht mitgekriegt, ob die Sforzi ihn benachrichtigt hatte oder ob er von sich aus aufmerksam geworden war.
»Na, wie fühlt man sich als Siegerin?« fragte er und entblößte mit einem Lächeln seine makellosen Zähne.
»Die halten mich für einen Mann«, sagte sie schwach.
»Aber das macht doch nichts!« behauptete die Sekretärin. »Die meisten Briefe, die wir bekommen, sind an einen Herrn Architekten D. Beck gerichtet.«
»Aber in diesem Fall«, sagte Donata, »ist es etwas anderes.«
»Willst du verzichten?« fragte Arthur Stolze. »Du könntest trotzdem ein schönes Sümmchen ...«
Donata sprang auf. »Nein! Ich denke ja gar nicht daran!«
»So ist's recht, Mädchen«, pflichtete Stolze ihr bei.
Es gab Donata einen Stich. Wann zuletzt hatte jemand sie ›Mädchen‹ genannt?
»Wie redest du denn mit mir?« rief sie.
Schmunzelnd fuhr er sich mit dem Ringfinger über seinen Oberlippenbart. »Vergiß nicht, ich könnte dein Vater sein.«
»Was soll all der Unsinn?« fragte Winklein irritiert. »Ich

schlage vor, Frau Sforzi ruft bei der Bank an, klärt das Mißverständnis und macht einen Termin mit den Herren aus.«
»Termin ist gut«, stimmte Donata zu, »aber sie aufzuklären ist meine Sache. Das mache ich persönlich.«

Wenige Tage später fuhr Donata in ihrem Kabriolett nach Rosenheim. Arthur Stolze saß neben ihr. Es war ein sonniger Frühlingstag, der Himmel war *bilderbuchblau* und die weißen Gipfel der Berge wirkten zum Greifen nahe. Aber weder sie noch er hatten einen Blick dafür.
Sie chauffierte konzentriert und ruhig und war dankbar, daß er sie nicht mit Fragen oder Ratschlägen belästigte. Es war ihr nicht nach Reden zumute.
Bei der Ausfahrt Rosenheim verließen sie die Autobahn und fuhren in die Stadt hinein. Da die Bankfiliale am Max Josefs Platz lag, also innerhalb der Fußgängerzone, suchten sie zuerst einen Parkplatz, von dem aus sie sich auf den Weg machten. Es war viertel vor Elf, und da sie zur vollen Stunde bestellt waren, ließen sie sich Zeit. Sie schlenderten erst noch durch den Schalterraum, an deren Wandseite die einzelnen Entwürfe für die Siedlung dekorativ und mit gutem Abstand ausgestellt waren. Auf Donatas Arbeiten prangte ein Schild: »Architektenbüro D. Beck – 1. Preis«.
Donata atmete tief durch, bevor sie die Treppe zur ersten Etage hochstiegen. Stolze hatte eine undurchdringliche, leicht mokante Miene aufgesetzt.
Am Empfang arbeitete ein junges Mädchen, das das Kunststück fertig brachte, gleichzeitig an einem Computer zu arbeiten und den Treppenaufgang im Auge zu behalten.
»Architekt Beck«, sagte Donata, »wir werden von Direktor Mösner erwartet.«
»Ja, das stimmt.« Das Mädchen, das Stolze für den Archi-

tekten hielt, warf ihm einen Blick voller Hochachtung zu. »Dritte Tür links, Herr Beck.«
Sie ließen es dabei bewenden und wandten sich in die angegebene Richtung.
Donata hatte sich für die Besprechung besonders sorgfältig zurecht gemacht und sehr dezent geschminkt. Sie trug ein hellgraues Jackenkleid mit einer Seidenbluse, die das Grün ihrer Augen besonders betonte, hochhackige Schuhe und eine schlichte Perücke in ihrer eigenen Haarfarbe. Er wirkte in einem dunklen Anzug mit dazu passender Weste, weißem Hemd mit Manschettenknöpfen und silberfarbiger Krawatte wie aus dem Ei gepellt.
Das Mädchen am Empfang hatte ihr Kommen schon angekündigt, denn die Tür zum Zimmer des Direktors wurde von innen geöffnet, noch bevor sie sie erreichten. Ein schlanker, dunkelhaariger Mann mit fast schwarzen Augen, die ihm etwas Südländisches gaben, lächelte ihnen strahlend entgegen. »Willkommen, Herr Beck!« Er gab die Öffnung der Tür frei. »Bitte, treten Sie ein! Darf ich Sie mit Herrn Direktor Mösner bekannt machen?«
Ein schwergewichtiger glatzköpfiger Herr mit Hornbrille erhob sich hinter seinem Schreibtisch und streckte Arthur Stolze die fleischige Hand entgegen.
Stolze schüttelte sie. Erst dann stellte er richtig: »Ich bin nicht der Architekt.«
»Nicht?« fragte der Bankdirektor verwirrt. »Aber man hat mir gemeldet ... ich hatte erwartet ...«
»Ich bin es«, sagte Donata.
»Wer?«
»Ich bin die Architektin Donata Beck.« Sie hielt ihm ihre Hand hin.
Er berührte sie so kurz, als könnte er sich an ihr verbrennen, und ließ sich wortlos in seinen Sessel fallen.

Es war der südländisch wirkende junge Mann, der die Situation beherrschte. »Georg Pichler«, stellte er sich mit einer leichten Verbeugung vor, »Assistent von Herrn Direktor Mösner. Bitte, setzen Sie sich doch.« Er schob Donata einen Sessel vor dem Schreibtisch zurecht.
Lächelnd gab sie ihm die Hand, bevor sie Platz nahm. Arthur Stolze tat es ihr nach. Pichler setzte sich auf einen Stuhl an der Schmalseite des Schreibtisches.
Mösner schien sich inzwischen von seiner Überraschung erholt zu haben. Fast flehend blickte er Stolze in die leicht getrübten Augen. »Und wer sind Sie? Doch wohl auch Architekt?«
»Ich muß Sie enttäuschen«, sagte Stolze und zog sich achtsam die Manschetten aus den Ärmeln, »ich bin der Geschäftsführer. Ich erledige das Kaufmännische.«
»Ja, also dann ...« Mit deutlichem Unbehagen wandte Mösner sich Donata zu. »... wollen Sie also behaupten, daß Sie ...« Er geriet ins Stocken und fuhr sich mit dem Zeigefinger unter den Hemdkragen, der ihn beengte.
Donatas grüne Augen blickten ihn herausfordernd an. »Die prämierten Entwürfe stammen von mir.«
»Sie sind hübsch, wirklich nett, nichts dagegen zu sagen.«
»Geben Sie ruhig zu, daß sie wirklich gut sind«, stellte Donata richtig, »sonst wären sie ja wohl auch nicht ausgezeichnet worden.«
Pichler wandte den Kopf zwischen seinem Chef und der Architektin hin und her, als verfolgte er den Ball bei einem Tennisturnier.
»Gut. Na schön. Es sind ausgezeichnete Zeichnungen, zugegeben. Selbstverständlich werden wir Sie dafür honorieren, Frau Beck.«
»Ich will die Siedlung bauen!«
»Sie? Als Frau?« Mösner lachte unfroh. »Das ist unmöglich.«

»Es ist durchaus nicht mein erster Auftrag, Herr Direktor. Ich arbeite seit mehr als zehn Jahren als selbständige Architektin. Ich habe Wohnhäuser gebaut, ein Hochhaus, Fabrikhallen, Garagen. Da Sie sich anscheinend nicht über mich erkundigt haben, Herr Mösner, bin ich gerne bereit, Ihnen Unterlagen über meine bisherigen Projekte vorzulegen.«
»Aber hier handelt es sich um eine Siedlung, eine Wohnanlage mit fünfunddreißig Häusern, Garagen und ...« Unter Donatas eisigem Blick verstummte er. »Aber das wissen Sie ja alles selber.«
Sie schlug die schlanken Beinen übereinander. »Das sind die Voraussetzungen, unter denen ich gearbeitet habe.«
Direktor Mösner seufzte schwer.
Jetzt meldete sich Stolze zu Wort. »In den Bedingungen zur Ausschreibung heißt es wörtlich, daß der Bau der Siedlung an den Architekten der am höchsten prämierten Entwürfe gehen soll.«
›Was für ein Satz!‹ dachte Donata, aber ihr fiel nicht ein, wie sie den Tatbestand einfacher formulieren könnte.
»Sie haben uns getäuscht!« Direktor Mösner trommelte mit seinen dicken Fingern auf die Schreibtischplatte. »Ja, man könnte ohne Zweifel von arglistiger Täuschung sprechen.«
Donata wußte, daß mit weiblichem Charme vielleicht etwas zu erreichen gewesen wäre – vielleicht. Aber sie war außerstande, ihn diesem Mann gegenüber zu entwickeln. Zu oft hatte sie in den vergangenen Jahren gegen Typen wie ihn ankämpfen müssen, und bis zur Stunde war sie überzeugt gewesen, das nicht mehr nötig zu haben. »Ich ahne nicht einmal, wovon Sie sprechen«, sagte sie eisig.
»Ach, verkaufen Sie mich nicht für dumm! Sie haben in voller Absicht nur den Anfangsbuchstaben Ihres Vornamens auf dem Briefkopf angeführt.«
»Sie reden Unsinn, und Sie wissen es!« Als sie selber spürte,

daß sie zu scharf wurde, setzte sie ein schwächliches »Herr Direktor«, hinter den Satz. »Der erste Preis und damit der Auftrag ist mir zuerteilt worden, noch bevor die Juroren meinen Namen wußten. Was hätten Sie denn machen können, als sich herausstellte, daß es eine Frau ist, die gewonnen hat? Mir den Preis wieder aberkennen? Das wäre doch nur durch eine Schiebung möglich gewesen.«
»Jedenfalls wäre ich nicht ... wären wir beide nicht, Frau Beck ... in eine so peinliche Lage geraten. Wir hätten Ihnen den Entwurf abgekauft, und dazu bin ich auch jetzt noch bereit, und ein anderes Architekturbüro mit dem Bau beaufsichtigt.«
»Nur weil ich eine Frau bin? Das widerspricht der Gleichstellung.«
Direktor Mösner atmete schwer; er hob die Hände und preßte sie vor der Brust zusammen. »Sie wollen mir doch hoffentlich nicht mit einer Klage drohen?«
»Selbstverständlich werde ich Rechtsmittel einlegen.«
»Na, bitte!« Mit einer resignierenden Geste ließ er die Hände wieder sinken. »Wie sagte unser großer deutscher Dichter doch so schön? – ›Da werden Weiber zu Hyänen ...‹« Als Donata Anstalten machte aufzustehen, fügte er rasch hinzu: »Nur ein kleiner Scherz von mir. Sie werden mir das doch nicht übel nehmen?«
»Ihr Zitat ist völlig unpassend. Wenn Sie Schiller ›Die Glocke‹ wirklich kennen würden, müßten Sie das wissen, Herr Mösner.« Donata rang sich ein Lächeln ab. »Aber ich verstehe genau, was Sie meinen. Wenn Frauen sich entschließen, zu kämpfen, kämpfen sie genau so rücksichtslos wie die Männer. In diesem Punkt stimme ich Ihnen zu. Keine Frage: ich werde den Prozeß gewinnen.«
»Schon möglich«, räumte Mösner ein, »aber er wird sich Jahre hinziehen und wenn es zur Entscheidung kommt, wird die Siedlung längst stehen.«

»Nett, das von Ihnen zu hören. Sie verweigern mir also den Auftrag im vollen Bewußtsein, daß Sie im Unrecht sind. Auch das wird die Richter interessieren.«

»Meine liebe Frau Beck ...« Er nahm seine Brille ab und begann sie mit einem Zipfel seines blütenweißen Taschentuchs zu putzen.

»Ach ja?«

»... Sie werden diese dumme Geschichte doch nicht wirklich vor den Kadi bringen wollen.« Er hob die Brille vor die Augen und prüfte die Durchlässigkeit der Gläser. »Sie und ich werden bestimmt zu einer friedlichen Lösung kommen, dessen bin ich mir ganz sicher.«

»Und wie könnte die aussehen?«

Er setzte sich die Brille auf den Nasenrücken und blickte Donata mit einem falschen breiten Lächeln an. »Wir erteilen Ihnen den Auftrag, Frau Beck, unter der Maßgabe, daß Sie sich mit einem Kollegen zusammen tun. Wir haben einige gute Architekten hier am Ort, ich kann ...«

»Nein«, erklärte Donata, löste die übereinander geschlagenen Beine und stellte beide Füße auf den Boden.

»Sie verrennen sich da in etwas. Warum wehren Sie sich dagegen, Hilfe anzunehmen?«

»Weil ich keine Hilfe brauche. Ich beschäftige selber einen Architekten in meinem Büro ...«

»Aha!«

Donata ließ sich nicht unterbrechen. »... einen tüchtigen Mann. Sie können ihn kennen lernen.«

»Das ändert die Situation natürlich. Dann ist er derjenige welcher ...«

Donata verstand, daß er ihr eine Brücke bauen wollte, aber sie war nicht bereit, sie zu betreten. »Nein«, sagte sie, »ich bin die Chefin. Von mir stammt der Entwurf. Ich werde den Bau der Siedlung leiten und überwachen.«

Direktor Mösner verlor die Fassung. »Das eben werden Sie nicht!« brüllte er los.
Donata blieb ruhig. »Wenn Sie mir den Auftrag verweigern, wird das Ihre Bank teuer zu stehen kommen. Es wird eine Schadensklage in Millionenhöhe, von der negativen Presse einmal ganz abgesehen.«
Direktor Mösner sah sie an, als wollte er sich am liebsten auf sie stürzen und sie schlagen.
»Wenn ich mal einen Vorschlag machen darf ...« sagte Pichler überraschend.
Direktor Mösner lehnte sich in seinen Sessel zurück und schloß die Augen.
»Wir wollen uns mit der Chefetage in München in Verbindung setzen.«
Sein Vorgesetzter blinzelte ihn böse an. »Halten Sie mich für unfähig, die richtige Entscheidung zu treffen?«
»Absolut nicht, Herr Direktor, aber ganz gewiß nicht. Nur denke ich, daß bei Summen dieser Größenordnung eine Rückendeckung wünschenswert ist.«
Niemand äußerte sich dazu.
Pichler stand auf. »Soll ich telefonieren?«
»Überlassen Sie das mir!« Direktor Mösner zückte wieder sein Taschentuch und wischte sich damit über die Stirn. »Leisten Sie den Herrschaften inzwischen Gesellschaft. Wir haben ja eine Kleinigkeit vorbereitet. Irrtümlicherweise waren wir der Meinung, daß es etwas zu feiern gäbe.« Mit einer müden Handbewegung winkte er Donata, Arthur Stolze und seinen Assistenten sozusagen aus dem Zimmer.

Es dauerte eine gute Stunde, bis Direktor Mösner sich wieder blicken ließ.
Pichler hatte inzwischen im Konferenzzimmer eine dampfende Schüssel mit Weißwürsten auffahren lassen, süßen

Senf dazu, einen Korb mit knackigen Laugenbrezeln und Bier. Donata hatte um Mineralwasser gebeten. Sie aß nur zur Gesellschaft ein wenig mit und mußte die Assoziation verdrängen, daß die Wurst von einem toten Tier stammte. Hin und wieder kamen andere Herren kurz herein, ließen sich Donata vorstellen, erkundigten sich diskret nach dem Stand der Dinge und zogen sich wieder zurück. Es mußte sich schon im Haus herumgesprochen haben, daß die Preisträgerin eine Frau war. Donata lächelte, bedankte sich für die Gratulationen und sprach ansonsten wenig. Man schrieb diese Zurückhaltung einer verständlichen Nervosität zu.

Tatsächlich jedoch war sie ganz gelassen. Der Kampf war vorüber; sie hatte getan, was sie konnte. Wenn sie einen Prozeß führen mußte, dachte sie, würde es ein Musterprozeß werden, der ihr mindestens so nützlich sein konnte wie der Auftrag selber.

Dann wurde die Tür aufgerissen, und Direktor Mösner erschien mit so pompösem Schwung, als hätte er einen Bühnenauftritt zu absolvieren; er strahlte über das ganze breitflächige Gesicht, und sogar seine Brillengläser schienen vor freudiger Genugtuung zu blitzen. »Meine liebe, verehrte Frau Beck«, trompetete er, »es ist mir gelungen, die Angelegenheit in Ihrem Sinne zu erledigen! Sie haben den Bauauftrag – und zwar ohne Wenn und Aber!«

Stolze und Pichler waren sekundenlang über diesen Umschwung verblüfft.

Nicht so Donata. »Das haben Sie wunder-wundervoll gemacht, Herr Direktor!« rief sie begeistert. »Ich weiß gar nicht, wie ich Ihnen danken soll!«

»Die Herren in München waren zuerst zwar etwas verblüfft wie ich ja, zugegebenermaßen, auch. Aber es ist mir gelungen, die Sache zu deichseln.« Mösner setzte sich an

den Tisch. »Ich hoffe, Sie haben mir die eine oder andere Weißwurst übrig gelassen?«
»Selbstverständlich, Herr Direktor!« versicherte Pichler. »Nur werden Sie jetzt wohl nicht mehr ganz so heiß sein.«
»Macht nichts, macht nichts.« Mösner steckte sich eine Papierserviette in den Kragen über den Schlips. »Es ist ja Essenszeit, und ich muß sagen, ich habe einen gewaltigen Appetit.« Er fischte zwei Weißwürste aus der Terrine und machte sich daran, sie mit Messer und Gabel zu bearbeiten. Pichler schenkte ihm beflissentlich Bier ein.
»Ich habe Ihnen so viel zu verdanken, Herr Direktor«, sagte Donata.
Er blickte sie über seinen Teller hinweg mit leisem Mißtrauen an. Wollte dieses Weib ihn etwa auf den Arm nehmen?
»Doch, wirklich«, beteuerte sie und blickte so treuherzig, wie es ihr nur möglich war, »Sie haben mir die Anregung gegeben, unseren Firmennamen zu ändern. In Zukunft wird er ›Donata Beck‹ heißen.«
Beruhigt tunkte Mösner ein Stück Wurst in den Senf und schob es in den Mund.
»Einverstanden, Arthur?« fragte sie.
»Aber ja, natürlich, ich halte das für eine glänzende Idee.«
»Ich wollte mich mit dem ›D. Beck‹ wirklich nicht als Mann ausgeben, Herr Direktor«, fuhr Donata eifrig fort, »diese Fiktion hätte ich ja auch immer nur ganz kurz aufrecht erhalten können. Ich habe mir nur einfach gedacht: In der Kürze liegt die Würze. ›D. Beck‹ schien mir auch so nahtlos zu meinem Emblem, dem leicht verschlungenen D.B. zu passen. Erst durch Sie ist mir aufgegangen, Herr Direktor, daß es auch mißverständlich ausgelegt werden könnte.«
Mösner, eifrig kauend, brummte seine Zustimmung.
»Wenn Sie nur von Anfang an gewußt hätten, daß sich

hinter dem ›D. Beck‹ eine Frau verbirgt, hätte es nicht den leisesten Ärger gegeben. Wir hätten uns auf Anhieb blendend verstanden.«

Mösner nahm einen kräftigen Schluck Bier. »Sie sind eine sehr, sehr kluge Frau!« sagte er anerkennend. »Aber warum trinken Sie nichts?«

»Ich muß noch fahren«, erklärte Donata.

»Außerdem wollen wir uns, da wir nun schon einmal in Rosenheim sind«, fügte Stolze hinzu, »am besten heute noch mit einem hiesigen Bauunternehmer in Verbindung setzen. Vielleicht sogar mit zweien. Es ist ja eine beachtliche Aufgabe. Wen würden Sie vorschlagen, Herr Direktor?«

Mösner riß sich die Serviette aus dem Kragen und wischte sich den Mund ab. »Das ist eine Frage, auf die ich keinen Einfluß nehmen möchte. Man könnte es mir falsch auslegen.«

»Ihre Zurückhaltung ehrt Sie, Herr Direktor!« sagte Donata. »Aber vielleicht könnten Sie uns doch wenigstens einen Vorschlag machen. Wir wären dankbar für jeden Tip.«

Mösner blickte seinen Assistenten bedeutungsvoll an.

»Sehr vertrauenswürdig«, erklärte Pichler ohne nachzudenken, »ist die Firma Obermann. Leistungsfähig und absolut solvent, was ja auch wichtig ist.«

»Sehr richtig!« stimmte Mösner ihm zu. »Wir dürfen keinesfalls riskieren, daß das Unternehmen während des Baus in finanzielle Schwierigkeiten gerät. Dann wären wohl wir es, die das bereinigen müßten.« Er zündete sich eine Zigarette an. »Eine schlechte Angewohnheit«, entschuldigte er sich bei Donata.

»Die ich teile«, sagte sie lächelnd und holte ihre eigenen Zigaretten aus der Handtasche.

Er beeilte sich, ihr Feuer zu geben. »Verzeihen Sie, ich wußte ja nicht ...«
»Rauchen gehört zu meinen Lastern«, erklärte Donata, »aber ich denke, es gibt schlimmere.«
»Auch Stolze nahm die Gelegenheit wahr, sich eine Zigarette anzuzünden.
»Das soll natürlich nicht heißen, daß Servatius Obermann der einzige vertrauenswürdige Bauunternehmer in der Stadt ist«, schränkte Pichler seine eben gemachte Empfehlung ein.
»Fangen wir mit Obermann an«, entschied Donata, der ganz deutlich geworden war, wem die Bauausführung zugeschustert werden sollte, »vergewissern wir uns, ob er über die nötige Kapazität verfügt. Falls nicht, werden wir uns um weitere Adressen kümmern.«
Von da an wurde das Gespräch ganz sachlich. Der Frieden war endlich voll hergestellt. Nach der Zigarettenpause zog man wieder in Mösners Büro um. Als alles erledigt war und Donata ihren Auftrag und auch den ersten Scheck in der Tasche hatte, rief Stolze in der Firma Obermann an.
Er wurde so rasch mit dem Chef verbunden, als hätte Servatius Obermann den Anruf schon erwartet. Da Mösner mit Rücksicht auf andere Bankkunden, unter denen Obermann nicht der einzige Bauunternehmer war, nicht wollte, daß das erste Gespräch in seinem Haus stattfand, verabredeten sie sich noch für den gleichen Nachmittag bei Obermann.

Es war acht Uhr geworden, als Donata, mit ihrem Geschäftsführer wieder auf die Autobahn Salzburg-München fuhr. Servatius Obermann hatte es sich nicht nehmen lassen, sie noch zu sich in sein Privathaus einzuladen, wo sie seine Frau und seinen Sohn, der auch schon im väterlichen Unternehmen arbeitete, kennen lernten.

Er, Servatius Obermann, wirkte seriös und kompetent. Donata befand, daß es sich gut mit ihm arbeiten lassen würde. Obwohl sie stundenlang geredet und über den Plänen gesessen hatten, waren noch nicht alle Fragen geklärt. Ein Komplex von 35 Häusern plus Garagen plus offenen und bedecktem Kinderspielplatz würde sich nicht in einem Jahr errichten lassen, selbst wenn Obermann Subunternehmer hinzuziehen würde. Man würde zwei, besser noch drei Jahre brauchen, denn bei einem Eilverfahren würden gewisse Unzulänglichkeiten und Schlampereien unvermeidlich sein. Andererseits konnte es den Bauherren – die Häuser sollten als Eigentum verkauft werden – nicht zugemutet werden, jahrelang auf einer Baustelle zu leben. Das mußte noch organisatorisch geklärt werden.
»Auf alle Fälle«, meinte Stolze, während sie auf der Autobahn dahin fuhren, »kannst du dir gratulieren, Donata.« Er hatte bei Obermanns einige Schnäpse getrunken und sprach mit schwerer Zunge.
»Wir – uns!« verbesserte sie.
»Nein, es ist allein dein Verdienst. Obwohl ich fand, daß du Mösner gegenüber etwas diplomatischer hättest sein können. Wozu verfügst du über deinen weiblichen Charme?«
»Bei solchen Typen ist Charme verschwendet. Man kann ihnen nur die Zähne zeigen, was anderes zieht da nicht.«
»Und wie du ihm nachher um den Bart gestrichen bist, das fand ich schamlos übertrieben.«
»Sag mal, soll das eine Manöverkritik werden?« fuhr sie ihn an.
»Überhaupt nicht. Ich rede nur so daher. Zur Entspannung.«
Sie hielt den Blick fest auf die Fahrbahn gerichtet. »Ich habe ihm ganz bewußt schön getan«, erklärte sie.

»Und warum?« fragte er schläfrig. »Da war ja schon alles entschieden.«
»Er hatte sich ein bißchen Lobhudelei redlich verdient. Bedenke, daß er eine Wendung um hundertachtzig Grad vollzogen hat. Das bringt nicht jeder fertig.«
»Was blieb ihm anderes übrig?«
»Ein nicht so geschmeidiger Mann hätte sich knurrend dem Votum seiner Vorgesetzten gefügt. Kaltschnäuzig zu behaupten, daß die Münchner Entscheidung ganz in seinem Sinne läge, ja, von ihm angestrebt worden sei, war eine Meisterleistung.«
»Für dich kommt es auf das Gleiche 'raus.«
»Nein, überhaupt nicht. Es liegt Größe darin, daß er mit mir Frieden geschlossen hat. Andernfalls hätte ich während der ganzen Bauzeit mit Schikanen von ihm rechnen müssen.«
»Bist du sicher, daß du das jetzt nicht mehr mußt?«
»Ja. Er ist einmal über seinen Schatten gesprungen. Ein zweites Mal wird er dieses Kunststück nicht mehr fertig bringen. Es würde ihn zu viel Kraft kosten und außerdem sinnlos sein.«
»Na schön, wenn du meinst«, sagte er friedfertig.
Donata fühlte sich noch vollkommen munter, ja, sogar aufgedreht. »Hoffentlich macht die Bank jetzt auch genug Werbung für das Projekt!«
»Keine Sorge. Sie muß die Häuser ja verkaufen. Schon über das Preisausschreiben ist ja genug geschrieben und geredet worden. Das war der erste Werbetrick.« Stolze schloß die Augen. »Rede nur weiter«, sagte er, »keine Angst, ich schlafe nicht.«
»Am besten fahre ich dich zu dir nach Hause.«
»Nicht nötig. Setz mich in Ramersdorf ab. Dann nehme ich mir ein Taxi.«
»Auch gut.« Sie machte ihn nicht darauf aufmerksam, daß

auch dies schon ein Umweg für sie war, denn um nach Grünwald zu kommen, hätte sie nicht bis zum Stadtrand fahren müssen, sondern schon am Brunnthaldreieck abbiegen können. »Egal, wieviel Zeit uns für die Siedlung bleibt, wir brauchen zusätzliche Arbeitskräfte. Wirst du dich bitte darum kümmern.«

Er antwortete nicht.

Sie kniff ihn leicht ins linke Knie. »Hörst du mich, Arthur? Hast du mich verstanden?«

»Zusätzliche Arbeitskräfte, ja. Werd' mich kümmern«, wiederholte er. Dann verriet sein leichtes Schnarchen, daß er eingeschlafen war.

Sie konnte nicht umhin, sich über ihn zu ärgern. Es machte ihr nichts aus, daß er trank. Aber mußte das während der Arbeitszeit sein? Denn die Gespräche mit Obermann waren Arbeit gewesen. Hätte er nicht damit bis zum Feierabend warten können?

»Männer«, dachte sie verächtlich, »Männer!«

Als sie eine gute Stunde später Grünwald erreichte – sie hatte den sanft schlafenden Arthur natürlich doch nach Hause gebracht – freute sie sich auf ein Gespräch mit ihrer Schwester. Das große Haus war von außen beleuchtet, was nichts besagte, da sie selber ja noch erwartet wurde. Im Frühstückszimmer war es dunkel, und der Fernseher lief nicht. Aber als sie an die Terrassentür trat, sah sie den hellen Schein aus Silvias Zimmer sich auf dem Wasser des Schwimmbeckens spiegeln.

Fast war sie in Versuchung, sofort zu ihr hinaufzustürmen, sagte sich aber, daß es vernünftiger wäre, sich zuerst abzuschminken, zu duschen und sich etwas Bequemes anzuziehen.

Das tat sie dann auch, knipste die Außenbeleuchtung aus,

nahm ein Glas mit und ging nach oben. Erst leise, dann kräftiger klopfte sie an Silvias Zimmertür. Von drinnen hörte sie Musik, eine Symphonie von Brahms, wie sie lauschend erkannte. – ›Wenn sie nun nicht allein ist?‹ schoß es ihr durch den Kopf. Es war zwar noch nie vorgekommen, daß die Schwester einen Freund mitgebracht hätte, aber es hätte doch sein können. Es schien ihr plötzlich geradezu unnatürlich, daß die Schwester so zurückgezogen lebte. Auf die Idee, über sich selber nachzudenken, kam sie dabei gar nicht.

Dann sagte sie sich, daß Silvia ihr sicher irgendwo eine Nachricht hingelegt hätte, wenn sie nicht gestört werden wollte. Sie drückte die Klinke nieder und trat ein.

Silvia blickte erstaunt hoch. »Ach, du bist es?« Sie saß in ihrem bequemen Sessel, die Füße auf einem Schemel, eine Zigarette in der Hand, ein Glas Whisky und eine Schale mit Eiswürfeln neben sich. Jetzt lachte sie über sich selber. »Dumme Frage, nicht wahr? Aber ich hatte dich nicht so früh erwartet. Gut, daß du da bist.«

Silvia war, wie immer, sehr sorgfältig geschminkt, aber schon zur Nacht umgezogen. Sie trug einen seidenen, rötlich schimmernden Hausmantel über ihrem Nachthemd. In dem nicht eben großen Raum, ursprünglich als Gästezimmer konzipiert, hingen Rauchschwaden.

Unwillkürlich sah Donata sich nach einem Buch um, aber es gab keines.

»Was machst du?«

»Ich höre Musik – nein, um die Wahrheit zu sagen, ich denke nach.«

›Oh je!‹ dachte Donata, die gerne ihre eigenen Erlebnisse losgeworden wäre.

»Willst du einen Schluck Whisky?«

»Gewöhnlich bist du um diese Zeit noch beim Wein.« Donata reichte ihr das Weinglas.

»Heute nicht.« Silvia schenkte ein und tat reichlich Eiswürfel hinzu, da sie den Geschmack ihrer Schwester kannte. »Aus meinen eigenen Beständen«, erklärte sie.

»Aber das weiß ich doch. Danke.« Donata zog sich einen gepolsterten Hocker zu Silvia hin, setzte sich und nahm das Glas entgegen. Sie nahm einen Schluck, aber der Alkohol, der sich noch nicht mit dem Eiswasser vermischt hatte, war ihr zu stark. Sie stellte das Glas wieder aus der Hand.

»Zigarette?« fragte die Schwester.

»Danke. Noch nicht. Später.«

»Es ist ein neues Buch erschienen ...«

»Ach was?«

»Spar dir deinen Spott und hör mir zu. Von einer Sexualberaterin. Es hat den Titel: ›Wie ich mir meinen Mann mit einer anderen teile‹ oder so ähnlich.«

»Wenn dich das interessiert, solltest du es dir besorgen.«

»Ich will es nicht lesen. Jetzt kann es mir ja nichts mehr nutzen. Aber es ist doch sonderbar: Ich bin nie auf die Idee gekommen, mir Leo mit Nadine zu teilen!«

Donata war verblüfft. »Das sähe dir auch gar nicht ähnlich«, sagte sie.

»Du hast mir nie dazu geraten.«

»Ich?« Jetzt griff Donata doch zu einer Zigarette. »Wie käme ich denn dazu, mich in deine Ehegeschichten einzumischen?«

»Aber ich habe dir immer alles erzählt.«

»Sicher hast du das. Du brauchtest jemanden, bei dem du dich ausweinen konntest. Das war alles.«

»Wenn ich diese Geschichte mit Nadine in Kauf genommen hätte, wäre er längst schon wieder bei mir zurück. Du weißt doch, wie Nadine ist. Viel zu jung für ihn, und sie kann nicht einmal kochen.«

Diese Bemerkung fand Donata so töricht, daß sie nichts

darauf sagte; schweigend ließ sie die Eiswürfel in ihrem Glas kreisen.
»Es war schön dumm von mir, mich scheiden zu lassen«, fuhr Silvia unbeirrt fort, »damit habe ich ihn in sein Unglück getrieben, und selber bin ich auch nicht glücklicher geworden.«
»Wenn ich mich recht erinnere«, sagte Donata, »war er es doch, der auf der Scheidung bestanden hat.«
»Aber nur, weil ich ihm damals unaufhörlich Szenen gemacht habe. Hätte ich den Mund gehalten ...«
»Daß ich dir das mehr als einmal gesagt habe, weiß ich genau!« fiel Donata ihr ins Wort.
»Ich war in einer schlechten Phase. Ich hätte Geduld aufbringen sollen. Alles in allem ist Leo doch kein schlechter Kerl.«
»Wie dem auch sei, es ist vorbei.« Donata drückte die kaum gerauchte Zigarette aus. »Es hat keinen Sinn, sich jetzt noch Gedanken darüber zu machen. Er ist bestimmt nicht so unglücklich, wie du glaubst.«
»Doch, das ist er! Silvi hatte bei ihrem letzten Besuch durchaus den Eindruck.«
›Das hast du aus ihr heraus gepreßt, weil du es hören wolltest!‹ dachte Donata und sagte: »Wenn es wirklich so wäre – wer hindert ihn daran, zu dir zu kommen? Er weiß doch, wo du zu finden bist.«
»Sein Stolz! Es ist für einen Mann nicht leicht, einen Fehler zuzugeben.«
»Warum rufst du ihn dann nicht an? Mach eine Verabredung! Dann wirst du sehen, wie die Dinge wirklich stehen.«
»Das kann ich nicht, Donata, das würde ja aussehen, als liefe ich ihm nach.«
Donata war sicher, daß Silvia sich nur etwas vormachte. Ihr geschiedener Mann hatte gewiß nicht den leisesten Wunsch

nach einer Begegnung. Aber sie wußte auch, daß die Schwester das nicht hören wollte. »Wie, wäre es dann, wenn ich ihn einladen würde? Am nächsten Sonntag, wenn die Kinder kommen. Ich würde mir ja nichts damit vergeben.«

»Und was ist mit Nadine?«

»Die lade ich natürlich mit ein – zu einem richtigen schönen Familienversöhnungsfest. Ich werde eine Gelegenheit schaffen, daß ihr beide allein seid. Dann könnt ihr euch nach Herzenslust aussprechen.«

Dazu wußte Silvia nichts zu sagen; sie zündete sich eine neue Zigarette an.

»Na, wie wär's?« drängte Donata. »Ich arrangiere das gerne.«

»Ich weiß nicht.«

»Doch, Silvia, du weißt sehr gut, daß du das in Wirklichkeit gar nicht willst. Gib es doch zu!«

»Na ja, es könnte Komplikationen geben.«

»Und von denen hast du die Nase voll. Durchaus verständlich. Also hör auf, dich verrückt zu machen. Du hast es überstanden. Sei froh darüber!«

»Aber ich spüre ...« theatralisch drückte Silvia die linke Hand auf ihren Busen. »... ich spüre es hier drinnen, daß er alles bereut.«

Donata bezweifelte diese Intuition, aber sie sprach es nicht aus. »Na, vielleicht tut er das sogar«, sagte sie, »aber das geschieht ihm doch verdammt recht, nicht wahr?«

»Wie herzlos du bist!«

Donata lachte. »Wenn er Nadine wirklich satt hat und sich scheiden lassen will, dann kann er das ja tun. Wer hindert ihn daran? Er hat es schon einmal geschafft, ohne all zuviel Federn zu lassen, und ich wette, daß ihm das auch ein zweites Mal gelingen würde. Es besteht wirklich kein Grund, Mitleid mit ihm zu haben, selbst dann nicht, wenn sie ihn mit dem Nudelholz bearbeiten sollte.«

»Donata!«

»Hör endlich auf, dir über ihn Gedanken zu machen! Das bringt doch nichts. Überleg lieber, was du mit deinem Leben anfangen kannst!«

»Ja, was denn?«

»Ich denke, ich habe dir schon genügend Ratschläge gegeben. Aber auf mich hörst du ja nicht. Vielleicht mit Recht. Die Idee muß wohl aus dir selber kommen.«

»Was kann eine Frau allein schon anfangen?«

»Du bist nicht allein. Du hast mich, und du hast deine Kinder.«

»Du weißt nicht, wie das ist. Als geschiedene Frau wird man über die Schulter angesehen. Jeder weiß, daß Leo mich hat sitzen lassen ... und jeder denkt deshalb, daß ich nichts wert bin.«

»Vielleicht«, sagte Donata unbedacht, »solltest du mal verreisen.« Sie bereute es sofort.

Silvia fuhr auf. »Soll das heißen, daß du mich loswerden willst?«

»Nein, natürlich nicht! Silvia, ich bitte dich ...«

»Ich gehe dir also auch schon auf die Nerven.«

»Nein, nein, Silvia, nein, so war es nicht gemeint. Eine andere Umgebung könnte dir vielleicht gut tun. Stell dir doch nur mal vor, du wohnst in einem Hotel ... morgens bist du auf dem Tennisplatz, mittags am ›Pool‹, abends in der Bar ...«

»Wenn du willst, kann ich noch heute Nacht in ein Hotel umziehen!«

Donata seufzte tief. Genau das war passiert, was sie den ganzen Abend versucht hatte, zu vermeiden: ein Streit war ausgebrochen. Natürlich würde Silvia sich wieder versöhnen lassen, wie immer. Aber es würde sie Kraft kosten, die sie anderswo sinnvoller hätte anwenden können. Sie hatte ihre Schwester lieb, und sie hatte sie gern in ihrem Haus. Aber sie wünschte von Herzen, daß Silvia endlich aufhören würde, in der Vergangenheit herumzuwühlen. Wenn es nicht die verkorkste Ehe war, mit der sie sich beschäftigte, dann war es ihre gemeinsame Kindheit, in der, ihrer Ansicht nach, immer sie, Donata, die Bevorzugte gewesen war, Vaters Liebling und Mutters Herzblatt, derentwegen sie zurückgestellt worden war. Auch das war ein Thema, über das sie sich gern ausließ, ohne daß es Donata je gelang, die Dinge richtig zu stellen.

›Ich verlange ja gar nicht, daß sie auf mich eingeht‹, dachte Donata, ›wenn sie sich nur endlich der Gegenwart und der Zukunft zuwenden würde!‹

Tagsüber im Büro, an ihrem Zeichentisch, im Gespräch mit den Kunden und den Unternehmern, war der häusliche Ärger rasch vergessen; selbst wenn sich Donata einmal erinnerte, dann doch nur sehr flüchtig, und er erschien ihr relativ unwichtig.

Es gab viel zu tun.

Dennoch vermied sie an den nächsten Abenden, gar nicht einmal bewußt, das Gespräch mit der Schwester. Silvia jedoch vermutete eine Absicht dahinter und benahm sich bei der nächsten Begegnung weniger egozentrisch. Nichts wünschte sie weniger, als das bequeme Leben in Donatas Haus aufgeben zu müssen.

Donata nahm zwar wahr, daß Silvia weniger jammerte, achtete aber nicht sehr darauf. Ihr war alles, was mit ihrer Arbeit zusammenhing, viel wichtiger. Daß sie selber mit dieser Einstellung der Schwester gegenüber nicht ganz fair war, kam ihr nicht in den Sinn.

Im Büro ging es lebhafter zu als gewöhnlich. Frauen und Männer gingen aus und ein, die Donata nicht kannte. Sie nahm an, daß sie zu Vorstellungsgesprächen kamen, aber sie beachtete sie nicht weiter. Interessant wurde es für sie erst, nachdem Arthur Stolze eine engere Auswahl getroffen hatte.

Eine junge technische Zeichnerin wurde eingestellt, die sich mit dem Computer auskannte und bereit war, die eher langweilige Aufgabe zu übernehmen. Ein Architekt kam dazu, der über gute Erfahrungen verfügte, aber nach dem Zusammenbruch eines Unternehmens arbeitslos geworden war. Donata engagierte ihn nicht ohne Bedenken. Für jemanden, der neun Monate Pause gemacht hatte, würde es nicht einfach sein, sich wieder an ein strenges tägliches Arbeitspensum zu gewöhnen. Aber da er auf Stolze einen guten Eindruck gemacht hatte, wollte sie ihm die Chance nicht verwehren. Tatsächlich bemühte er sich dann auch nach Kräften.

Eines Vormittags steckte Stolze, was bei ihm sonst nicht üblich war, den Kopf in ihr Arbeitszimmer. »Donata!«

Sie sah von ihrem Zeichenbrett hoch. »Du grinst ja wie ein Kater, der den Sahnetopf ausgeschleckt hat«, sagte sie überrascht.

»Sehr scharf beobachtet. Ich habe einen Typ gefunden, der dir hundertprozentig zusagen wird – dynamisch, kreativ, begeisterungsfähig.«

»Klingt gut«, sagte sie, obwohl sie dachte: ›Kreativ bin ich ja selber‹.

»Komm mal 'rüber zu mir und sieh ihn dir an!«

»Jetzt? Sofort?«

»Ich habe ihn schon in jeder Hinsicht ausgequetscht. Mir fällt kein Vorwand ein, ihn länger aufzuhalten.«

»Du könntest ihn einfach ins Konferenzzimmer setzen und

warten lassen«, meinte sie, legte aber doch ihren Bleistift weg und stand auf.
»Na, komm schon! Es ist doch sonst nicht deinen Art, jemanden auf die Folter zu spannen.«
Er hielt ihr die Tür auf, und sie trat an ihm vorbei in den Empfangsraum. Draußen übernahm er wieder die Führung.
»Darf ich?« fragte er mit der ihm eigenen, etwas altmodischen Höflichkeit und ging ihr voraus in sein Büro. Sie sah den jungen Mann erst, als Stolze hinter seinem Schreibtisch Platz nahm.
Er war bei ihrem Eintritt aufgesprungen, und sie erkannte ihn sofort, erinnerte sich zu ihrer Bestürzung sogar an seinen Namen: Tobias Müller. Dabei wirkte er völlig anders als seinerzeit auf der Baustelle. Er trug einen grauen, konventionell geschnittenen Anzug, ein weißes Hemd und eine blaue Krawatte. Die braunen Locken hatte er sich aus der Stirn zurück gebürstet und mit einem Gel geglättet. Aber seine dunkelblauen, fast schwarzen Augen begegneten ihrem Blick mit dem gleichen, neugierig amüsierten Blick wie seinerzeit.
Natürlich wußte er diesmal, wen er vor sich hatte, aber Donata fragte sich unwillkürlich, ob er sie auch in einem neutralen Umfeld wiedererkannt hätte, verwarf diesen Gedanken aber sogleich als völlig abwegig.
»Tobias Müller«, stellte Stolze vor, »der junge Architekt, von dem ich dir erzählt habe, Donata. Und das ist unsere Chefin, Frau Donata Beck.«
Er verbeugte sich, aber sie reichte ihm nicht die Hand, sondern steckte sie noch tiefer in die Tasche ihres Zeichenkittels, bevor sie sich setzte.
»Herr Müller«, sagte Stolze, »kommt frisch von der Technischen Universität. Er kann ein hochkarätiges Diplom vorweisen.«

Donata schwieg. Stolze zupfte an den Manschetten und zog sie weiter aus den Ärmeln seines Jacketts. Ein kurzes, unbehagliches Schweigen entstand.
Tobias Müller packte den Stier bei den Hörnern. »Daß ich Erfahrungen auf dem Bau habe, wissen Sie ja, Frau Beck.«
Jetzt mußte Donata, die bisher den Blick auf ihren Geschäftsführer gerichtet hatte, ihn doch ansehen. Er lächelte, wie es ihr schien, reichlich unverschämt.
»Ach was«, rief Stolze überrascht, »Sie kennen sich? Davon haben Sie mir nichts erzählt, Herr Müller.«
»Er hielt es wohl für nicht der Rede wert«, sagte Donata, »und das mit Recht.«
»Ich habe nicht nur so beim Bau 'rumgespielt«, berichtete Tobias Müller, »sondern ich habe eine abgeschlossene Maurerlehre.«
»Er bringt tatsächlich alle Voraussetzungen für einen guten Architekten mit«, unterstützte Stolze ihn.
Donata reckte das Kinn vor. »Mich würde eines interessieren, Herr Müller, Sie haben doch sicher in Ihren Semesterferien in Architekturbüros gearbeitet oder mindestens hospitiert.«
»Ja, das stimmt.«
»Und wo?«
»Vorwiegend bei Hellmesberger.«
»Ein tüchtiger, erfolgreicher Mann. Und warum hat er Sie nicht nach Abschluß Ihres Studiums übernommen?«
»Ich wollte nicht.«
»Das müssen Sie mir schon näher erklären.«
»Der Betrieb ist mir zu groß. Ich hatte den Eindruck, daß ich dort nichts werden könnte.«
Ihre grünen Augen funkelten ihn an. »Und bei mir, glauben Sie, können Sie leichter vorwärts kommen?«
Er hielt ihrem Blick stand. »Ja«, bekannte er unumwunden.

»Aber das ist ein Irrtum!«
»Ich weiß, daß Sie die Chefin sind und keinen Partner brauchen, sondern nur Mitarbeiter, und ich habe durchaus nicht die Absicht, Sie von der Spitze zu drängen …«
»Wie ungemein großzügig von Ihnen!« fiel sie ihm ins Wort.
»… ich habe mir nur gedacht, bei Ihnen, Frau Beck, in einem kleinen Unternehmen, könnte ich mehr lernen. Was haben Sie gegen mich?«
»Nichts. Gar nichts.«
»Donata …« setzte Stolze an.
Sie ließ ihn nicht aussprechen. »Herr Müller«, sagte sie, »wenn Sie uns jetzt fünf Minuten allein lassen würden … unsere Sekretärin, Frau Sforzi, wird Sie ins Konferenzzimmer bringen.«
Er stand auf, verbeugte sich vor ihr und sah in einer Art und Weise auf sie herab, die ihr das ungute Gefühl gab, daß sie im Begriff stand, sich lächerlich zu machen.
»Wirklich, Donata«, fragte Stolze, als sie allein waren, »was hast du gegen ihn? Du kannst doch nicht ernsthaft fürchten, er könnte hier die Führung an sich reißen, hundejung wie er ist.«
»Ruf Hellmesberger an!«
»Jetzt gleich?«
»Deshalb habe ich ihn hinausgeschickt.«
Stolze machte keine Anstalten den Hörer abzuheben, sondern zündete sich bedachtsam eine Zigarette an. »Das«, sagte er, »solltest du dir noch einmal sehr gut überlegen.«
»Ich weiß, was ich tue!«
»Tut mir leid, aber das kommt mir nicht so vor.« Er angelte unter die Schreibtischplatte und holte seine Flasche Cognac und ein Glas hervor. »Du auch?« fragte er.
Sie lehnte ab, wie er erwartet hatte.

»Es besteht kein Zweifel, daß Hellmesberger eine glänzende Auskunft geben wird«, sagte er, während er sich einschenkte.
»Warum rufst du dann nicht an?« sie stand auf, ging zum Telefon und nahm den Hörer in die Hand. »Ich werde Frau Sforzi bitten ...«
Er drückte die Gabel nieder. »Du wirst nichts dergleichen tun, Donata. Dieser junge Mann möchte bei uns eintreten. Aber aller Wahrscheinlichkeit nach wird er sich doch ein Hintertürchen bei Hellmesberger offen gelassen haben. Das ist sein gutes Recht, nicht wahr?«
»Ich verstehe nicht ...«
»Oh doch, du verstehst sehr gut. Du bist ja nicht dumm, Donata.« Er blickte aus seinen leicht getrübten Augen fast beschwörend zu ihr auf. »Wenn Hellmesberger aber nun erfährt, daß er sich bei uns beworben hat, könnte er das ganz leicht in den falschen Hals kriegen. Du weißt, wie Chefs sind, Donata. Du gehörst ja selber zu dieser Kategorie.«
Donata setzte sich wieder. »Ich glaube, ich möchte jetzt doch einen Cognac.«
»Aber mit Vergnügen.« Er zauberte ein zweites Glas aus seinem Schreibtisch, schenkte es voll und schob es ihr über die Platte hin zu.
»Danke. Hast du auch eine Zigarette für mich?«
»Aber immer.« Er reichte ihr sein Päckchen und gab ihr Feuer. »Du kannst ihn einstellen oder auch nicht. Das bleibt ganz dir überlassen. Aber es steht dir nicht zu, ihm die Karriere kaputt zu machen. Auf gut deutsch: dich bei Hellmesberger erkundigen kannst du nur, wenn du entschlossen bist, ihn zu nehmen, und in diesem Fall erübrigt sich der Anruf ja.«
Sie nahm einen Schluck Cognac und zog den Rauch ein.

»Du bist so zwingend logisch, Arthur«, erklärte sie mit einem Spott, der selbst in ihren eigenen Ohren nicht echt klang.

»Du brauchst mir nicht zu erklären, warum du ihn nicht haben willst. Wahrscheinlich würde ich es sowieso nicht verstehen. Es gibt weibliche Emotionen, die wir Männer nie verstehen werden.«

»Mit einer Emotion«, verteidigte sich Donata, »hat das gar nichts zu tun.« – ›Mit was sonst?‹ fragte sie sich. ›Warum ist mir die Vorstellung, diesem Burschen tagtäglich zu begegnen, so zuwider? Was kann es mir denn ausmachen?‹

»Meines Erachtens ist er für unser Architekturbüro bestens qualifiziert. Darüber hinaus hat er gute Manieren, sieht nicht schlecht aus und kann bestimmt bei den Gattinnen unserer Kunden Eindruck schinden.«

»Womit du sicher recht hast.«

»Du brauchst deine Ablehnung nicht zu begründen, Donata. Sag einfach: ›Ich will ihn nicht!‹ – und die Sache ist erledigt. Du brauchst nicht einmal mehr mit ihm selber zu sprechen. Ich nehme dir das ab.«

»Und was willst du ihm sagen?«

»Na, vielleicht ... daß er dir nicht sympathisch ist.«

»Das ist nicht wahr«, protestierte sie.

»Aber darauf kommt es doch nicht an. Donata. Jede Erklärung kann nur irreal sein. Hauptsache, daß wir ihn loswerden.«

»Warum lächelst du jetzt?« fragte sie alarmiert.

»Eigentlich müßte ich niedergeschlagen sein, weil du einen guten Mann nicht einstellen willst, obwohl wir ihn dringend brauchen. Weil ich das nicht will ... traurig und enttäuscht sein, das bringt ja nichts ... betrachte ich die Angelegenheit lieber von der komischen Seite.«

»Was soll komisch daran sein?«

»Aber, Donata, was ist mit deinem Sinn für Humor? Jede Wette, spätestens in drei Wochen, wenn wir wieder einmal über dieses Ereignis sprechen, wirst du selber darüber lachen können.«

»Ja«, sagte Donata und drückte ihre Zigarette aus, »warum eigentlich nicht?« Sie stand auf. »Also, stell ihn ein in Gottes Namen. Aber nur, wenn er mit einer dreimonatigen Probezeit einverstanden ist.«

Er erhob sich ebenfalls, wobei er sich mit dem Ringfinger über sein Oberlippenbärtchen strich. »Es muß nicht sein, Donata.« Er begleitete sie zur Tür.

»Ich glaube doch. Dir liegt viel daran, und auf dein Urteil habe ich mich immer verlassen können.«

›Ich muß es durchstehen‹, dachte sie, als sie wieder an ihrem Zeichenbrett stand, ›und ich kann es durchstehen. Einmal hat er mich in Verwirrung gebracht, das ist wahr? Aber das heißt doch nicht, daß er mich dauernd irritieren kann. Wenn ich ihn täglich sehe, werde ich mich an ihn gewöhnen. Er wird ein Gebrauchsmensch für mich werden wie Günther Winklein und Arthur Stolze. Ich werde mich in keiner Weise von ihm beeindrucken lassen. Er ist doch nichts weiter als ein arroganter junger Spund, kaum älter als mein Neffe.‹

Am nächsten Morgen regnete es, aber immerhin so fein, daß am Bau wahrscheinlich doch gearbeitet werden konnte. Aber es würde unangenehm sein, zu den Baustellen hinauszufahren und durch den aufgeweichten Boden zu staksen.

›Das lasse ich Müller machen‹ dachte Donata mit uneingestandener Schadenfreude.

Sie zog sich sehr sorgfältig an, wählte ein leichtes, grüngraues Wollkleid, das ihren schlanken Körper umschmeichelte und die Farbe ihrer grünen Augen betonte. Vor dem großen Spiegel in ihrem Ankleidezimmer betrachtete sie sich mit Genugtuung.

Dann wurde ihr bewußt, daß sie dieses sehr weibliche Kleid noch nie im Büro getragen hatte. Was war nur in sie gefahren? Was wollte sie damit bezwecken? Das war doch idiotisch. Es hätte gerade noch gefehlt, daß sie sich eine ihrer Perücken auf das kurzgeschnittene blonde Haar gestülpt hätte.

Mit energischer Bewegung öffnete sie den Reißverschluß im Rücken, ließ das Kleid zu Boden gleiten und stieg heraus. Statt seiner zog sie eines ihrer streng geschnittenen Kostüme mit hochgeschlossener Bluse an. Sie tupfte den Lippenstift ab und auch das Augen Make up.

Ausnahmsweise kam sie etwas später als die anderen ins Büro; sie hatte sich gezwungen, noch in aller Ruhe zu frühstücken.

Alle standen an ihren Zeichentischen, als sie eintraf. Stolze war in seinem Büro oder auch nicht, das war unwichtig. Aber Tobias Müller war nicht zu sehen.

»Wo ist Herr Müller?« fragte sie sofort.

»Der Neue fängt am ersten an«, antwortete Rosemarie Sforzi.

»Aber bis dahin sind noch vierzehn Tage. Wenn ich ihn brauche, dann jetzt.«

»Ich habe seine Nummer. Soll ich ihn anrufen?«

Donata zögerte; sie fürchtete sich eine Blöße zu geben.

Günther Winklein trat neben sie. »Ja, das wäre eine gute Idee. Rufen Sie den Knaben her. In vierzehn Tagen sind wir auch ohne ihn über den Berg.« Er sah Donata an. »Was sich Arthur nur dabei gedacht hat?«

»Er ist mit unserem Pensum nicht so vertraut wie wir.«

Donata ging zur Garderobe, zog ihre Jacke aus und schlüpfte in einen frischen Kittel. –

Sie hatte noch nicht lange gearbeitet, als Frau Sforzi zu ihr herein klingelte. »Ich habe ihn erreicht«, meldete sie, und mit einem Kichern fügte sie hinzu: »Er lag anscheinend noch im Bett.«

Donata wußte nicht, warum sie sich über diese Tatsache ärgerte; da er seine Stellung noch nicht antreten mußte, war es sein gutes Recht, lange zu schlafen. »Kommt er?«

»Aber sofort. Er war ganz aufgekratzt, als könnte er sein Glück nicht fassen.« Die Sforzi kicherte weiter.

Donata fand es durchaus nicht komisch. »Danke, Frau Sforzi«, sagte sie kühl, »dann ist ja alles in Ordnung.«

»Soll ich Ihnen Bescheid sagen, wenn er da ist?«

»Nun, von sich aus wird er kaum wissen, wo er mit der Arbeit beginnen solle.«

Erst als Donata aufgelegt hatte, wurde es ihr bewußt, daß sie nicht gerade freundlich gewesen war; sie hatte sich über das törichte Gekicher der Sekretärin geärgert.

Eine knappe halbe Stunde später erschien Tobias Müller. Er war nicht so elegant wie am Tag zuvor, sah aber dennoch in grauer Flanellhose und einem blauen Rollkragenpullover, unter dem sich seine Schultern abzeichneten, blendend aus. Offensichtlich hatte er sich nicht die Zeit genommen sich zu rasieren, und um Kinn und Wangen schimmerte es bräunlich. Donata begrüßte ihn am Empfang.

»Entschuldigen Sie, bitte«, sagte er und strich sich über die Stoppeln, »aber ich dachte, es wäre eilig ... ich habe auf alle Fälle einen Apparat dabei.«

Diesmal war Donata auf die Begegnung gewappnet, dennoch überfiel sie wieder jenes kribbelnde Gefühl, das sie nervös machte. »Gut, daß Sie so schnell gekommen sind«, sagte sie mit erzwungener Freundlichkeit, »wir ersticken momentan in Arbeit.«

»Das habe ich nicht gewußt, sonst wäre ich …«
»Schon gut, schon gut!« winkte Donata ab. »Jetzt sind Sie ja da.«
»Was kann ich tun?«
Sein jungenhafter Eifer entlockte ihr nun doch ein Lächeln. »Zu einer Baustelle hinausfahren?«
Sie dachte daran, daß sie in der Frühe mit diesem Gedanken gespielt hatte, aber ihn auszuführen wäre eine kleinliche und zudem unpraktische Schikane gewesen. »Nein, nein, Herr Müller. Da muß ich Sie erst einführen. Das mache ich, so bald wir mit den letzten Vorbereitungen für die ›Mercator-Siedlung‹ fertig sind – sie wird übrigens nicht wirklich so heißen, wir nennen sie nur der Einfachheit halber so. Sie wissen, worum es sich handelt?«
»Ich habe darüber in der Zeitung gelesen. Fünfunddreißig Einfamilienhäuser, sieben verschiedene Prototypen. Ich finde es toll, daß Sie das Preisausschreiben gewonnen haben!«
»Danke«, sagte Donata und fragte sich, ob sie ihn nicht falsch beurteilt hatte, seine Bewunderung schien echt. »Auf dem Papier steht die Siedlung bis ins letzte Detail«, erklärte sie, »aber ich konnte ja nicht davon ausgehen, daß ich den Auftrag bekommen würde. Also habe ich ein bißchen auf ›Schau‹ gearbeitet, verstehen Sie?«
Er strahlte sie an. »Ist doch klar.«
»Herr Winklein – ich nehme an, Sie haben sich schon bekannt gemacht – ist dabei, die statischen Grundlagen noch einmal ganz sorgfältig zu überprüfen, und wir müssen uns die einzelnen Häuser und auch den ganzen Komplex vornehmen, um festzustellen, ob der Bau praktisch so durchführbar ist, wie ich ihn mir gedacht habe. Sie übernehmen am besten Haus sechs und sieben. Verschaffen Sie sich erst mal einen Überblick am Computer. Wenn Sie durch den

Konferenzraum gehen ...« Donata unterbrach sich. »Ach was, am einfachsten wird es sein, wenn ich es Ihnen zeige.« Sie ging ihm voraus, drehte sich dann aber noch einmal zu ihm um. »Nehmen Sie sich einen Kittel.«

Während sie vor ihm her ging, überlegte sie, ob sich ihre Angestellten wohl Gedanken darüber machten, daß sie selber die Einführung Müllers in sein Aufgabengebiet übernahm. Aber daran war tatsächlich nichts Ungewöhnliches. Sie erinnerte sich, wieviel Mühe es sie gekostet hatte, Wilhelmina einzuarbeiten. Das Mädchen hatte von praktischer Architektur überhaupt nichts verstanden, sondern nur theoretisches Wissen und eine Menge guten Willen mitgebracht, als sie zu ihnen kam. Warum sollte sie sich nicht entsprechend um Tobias Müller kümmern?

Der Computer, bestehend aus einem graphischen und einem alpha numerischen Bildschirm, stand in einem Raum für sich, in dem es neben dem Drucker noch einen Zeichentisch gab.

Donata bediente die Tastatur und holte Haus 6 herein. »Jetzt können Sie sich aussuchen, was Sie wollen – Vorderansicht, Seitenansicht, Grundriß, Querschnitte, Vergrößerung einer bestimmten Stelle. Sie brauchen dazu nur noch die Fernbedienung, die sogenannte ›Maus‹.«

»Ja«, sagte er, »damit kenne ich mich aus.«

Sie wandte sich zu ihm um und mußte lachen; er sah im Kittel wie ein Schuljunge aus, der zu rasch gewachsen war. Ein wenig verlegen stimmte er dennoch in ihr Gelächter ein. »Bißchen zu knapp, wie? Morgen werde ich meinen eigenen mitbringen.«

»Das brauchen Sie nicht. Wir leasen die Kittel bei einer Firma, die auch das Waschen und Bügeln übernimmt. Geben Sie Frau Sforzi nachher Ihre Größe an, dann geht das schon in Ordnung.«

»Danke, Frau Beck.«

»Nun legen Sie mal los!« Sie wies auf den Sessel vor dem Computer, drückte ihm die Maus in die Hand und zog sich selber einen Stuhl heran.

Er wollte ihr den Sessel abtreten.

»Nein, nehmen Sie ihn nur! Ich bleibe ja nur ganz kurz, um Ihnen zuzusehen.«

Nacheinander rief Tobias Müller die vorgegebenen Darstellungen des Hauses ab, betrachtete jede einzelne, bis er zur nächsten überging.

»Nun, was fällt Ihnen auf?« fragte Donata.

»Es gibt keine Tür zur Straße hin.«

»Sehr richtig. Und warum wohl habe ich darauf verzichtet?«

»Weil Sie wollen, daß das Haus sozusagen dem Park zugewandt steht. Der Grundriß ist sehr knapp bemessen. Bei je einer Tür nach vorn und nach hinten müßte man noch einen Windfang einbauen. Damit wäre wieder ein Stück Raum verloren.«

»Ja«, stimmte Donata zu, »das etwa war mein Gedankengang.«

»Aus diesem Grund tritt man vom Park aus auch direkt in den Wohnraum, ganz ohne Entree, und die Toilette liegt auf der anderen Seite.«

»Ja«, sagte Donata, »natürlich ließe sich eine Garderobe leicht abschirmen, wenn die Käufer es so wollen. Aber meine Lösung finde ich großzügiger und hübscher.«

»Ist sie auch.« Er schwenkte auf seinem Sessel zu ihr herum. »Um Raum zu gewinnen, haben Sie die Küche ins Souterrain gelegt, nicht wahr?«

»Ja. Alle Häuser der Siedlung haben ein ausgebautes Souterrain. Je nach Bedarf kann man die Küche einbauen, einen Hobbyraum oder sogar ein Schwimmbad.«

»Das ist genial!« rief er, und sein Blick zeigte nicht mehr die Spur einer Belustigung.
»Nun übertreiben Sie mal nicht!« mahnte Donata, obwohl sie sich gegen ihren Willen geschmeichelt fühlte.
»Nur eins verstehe ich nicht ...«
»Ja?« ermunterte sie ihn.
»Wie soll Umzugsgut ins Haus geschafft werden oder auch nur Postpakete? Sie wollen doch sicher keine Fahrbahn durch den kleinen Park legen?«
»Nein, sondern zwei gepflasterte Wege, die parallel nebeneinander an den Eingängen vorbei und um den ganzen Park führen sollen. Sie können von den Postautos befahren werden und, zu bestimmten Zeiten und mit Sondergenehmigung auch von Kleinlastern.«
Tobias Müller legte die Stirn in Falten, so angestrengt dachte er nach. »Gewöhnlich aber als Fußwege, die aus der Siedlung heraus oder zu den Garagen führen. Warum aber zwei? Sonst könnten die Autos nicht darauf fahren. Warten Sie, sagen Sie nichts! Gleich habe ich es. Der eine ist für Kinder bestimmt!«
»Der innere, ja. Damit sie ungestört und ohne die Erwachsenen zu belästigen Rollschuh-, Skateboard- oder Fahrradfahren können.«
»Toll! Und was ist bei schlechtem Wetter?«
»An die Rückwand der Garagen kommt ein verglaster Anbau mit Waschraum und Toiletten.«
»Da könnte man ja einen Kindergarten einrichten.«
»Könnte man. Daran habe ich auch schon gedacht. Aber das bleibt natürlich den Hausbesitzern beziehungsweise den Mietern überlassen. Unsere Aufgabe besteht nicht darin, ihr Leben zu organisieren, sondern wir wollen ihnen nur ein reizvolles Umfeld anbieten. Was sie dann daraus machen, ist ihre Sache.« Donata stand auf. Es freute sie, daß er ihre

Intentionen so schnell begriff. Günther Winklein pflegte ihre Ideen zwar umzusetzen, aber meist ohne davon überzeugt zu sein, daß sie richtig waren.
»Bevor ich anfange«, sagte Tobias Müller, »würde ich mir die Siedlung gerne erst einmal als Ganzes ansehen.«
»Ja, tun Sie das, Herr Müller.« Nach einer Pause fügte sie hinzu: »Ich glaube, wir werden doch ganz gut zusammen arbeiten.« Sie legte ihm die Hand auf die Schulter. Es war eine flüchtige Bewegung, leicht wie der Schlag eines Schmetterlingflügels, und dennoch war es ihr, als hätte sie einen Stromstoß ausgelöst. Ihre Hand zuckte zurück.
Er sah mit lächelnden Augen zu ihr auf.
Ob auch er etwas spürte? Das konnte und durfte nicht sein. ›Wenn ich ihn tagtäglich sehe, wird es vorbei gehen‹, dachte sie, ›ich werde mich an ihn gewöhnen‹.

Tatsächlich gewöhnte Donata sich an Tobias Müller, aber anders, als sie erwartet hatte. Das wache Interesse, daß er bei allen Besprechungen zeigte, machte ihr Freude. Seine eigenen Vorschläge leuchteten ihr zwar nicht immer ein, aber sie waren anregend.
Es machte ihr auch Freude, mit ihm zu den verschiedenen Baustellen zu fahren, mit ihm auf den Gerüsten herumzuklettern und ihn so besorgt neben sich zu wissen. Er stützte sie nie, weil er wußte, daß sie das nicht mochte, aber er war stets bereit einzugreifen, so bald sie einmal daneben treten sollte.
Mit den Bauunternehmern, den Arbeitern und den Handwerkern kam er gut zurecht, das hatte sie nicht anders erwartet. Er wußte, wie man mit diesen Leuten sprach.
Es dauerte nicht lange, dann war er so weit, daß sie ihn eigentlich allein auf Inspektionen hätte schicken können. Sie mußte zugeben, daß sie es nur deshalb nicht tat, weil sie sich nicht ein liebgewordenes Vergnügen rauben wollte.

Im Büro kam er mit allen gut aus, besonders mit den Damen. Es machte Donata nichts aus, daß er mit ihnen scherzte, besonders mit der jungen Wilhelmina, die einem Flirt nie abgeneigt war. Das erschien ihr ganz natürlich.
Ihr Geschäftsführer war stolz auf seine Menschenkenntnis, gern fragte er, wenn sie allein waren: »Na, zufrieden mit dem jungen Müller? Er macht sich, wie?« Und wenn sie das bejahte, fügte er hinzu: »Ich habe es von Anfang an gewußt. Dein Glück, daß du auf mich gehört hast.«
Günther Winklein sah in ihm nicht gerade einen Rivalen, dazu reichte sein eigener Ehrgeiz nicht, aber er fühlte sich doch etwas beiseite geschoben.
Er pflegte mysteriöse Bemerkungen zu machen. »Es wird schwer für dich werden, wenn er geht, Donata.«
»Aber warum sollte er?«
»Warum sollte er bleiben? Er wird nicht seine besten Jahre unter einer Frau arbeiten wollen.«
Donata lachte. »Wie du es getan hast?«
»Ich bin ganz anders, und das weißt du. Ich bin zufrieden, so wie es ist.«
»Vielleicht ist er das auch.«
»Nie und nimmer. Er ist nur darauf aus, dir alles abzuschauen, und eines Tages ist er – hui! – auf und davon.«
»Warten wir es ab.«
Donata sagte sich, daß Winkleins Andeutungen unsinnig wären. Aber waren sie es wirklich? Mußte ein Mann mit den Fähigkeiten Müllers nicht den Wunsch nach Selbständigkeit haben? Sie nahm sich vor, ihm früher oder später ein Projekt ganz anzuvertrauen. Aber noch war es nicht so weit. Sie konnte die Verantwortung nicht aus der Hand geben.
Es wurde ein warmer Sommer. Donatas Bauvorhaben entwickelten sich gut. Sie gab zwei ihrer gelungenen Dinner und eine Cocktailparty in ihrem Privathaus, bei denen es ihr

gelang, interessante Menschen zusammenzubringen. Anton Mittermeier, den Bau- und Gesellschaftslöwen, herbei zu locken, schaffte sie nicht. Manchmal, wenn sie inmitten ihrer Gäste auf ihrer schönen Terrasse stand, oder auch wenn sie mit Klein-Silvi und Christian um die Wette schwamm, wünschte sie, Tobias Müller könnte dabei sein. Aber den Mut, ihn tatsächlich einzuladen, brachte sie nicht auf.

Dabei war nicht zu übersehen, daß er sich auf besondere Art um sie kümmerte. Früher hatte sie das Büro oft als Letzte verlassen. Das kam nie mehr vor. Tobias blieb bis zu ihrem Aufbruch. Wenn sie ihn nach dem Grund fragte, hatte er immer einen plausiblen Vorwand. Er behauptete, daß er diese oder jene Arbeit noch fertig machen oder sich auch nur mit alten Bauplänen, die aufgerollt in einem Regal aufbewahrt wurden, beschäftigen wollte. Aber es war offensichtlich, daß es ihm wichtig war, sie nicht allein zu lassen. Nie ließ er es sich nehmen, sie in die Tiefgarage bis zu ihrem Auto zu bringen.

Er störte sie nicht, betrat niemals unaufgefordert ihren Büroraum, bediente aber, wenn ein später Anruf kam, das Telefon.

Wenn sie sich blicken ließ, fragte er: »Soll ich uns einen Kaffee machen? Oder einen Tee?«

Beides konnte er besonders gut. Für den Tee brauchte er zwei Kannen, damit er nicht nachdunkelte und genau die richtige Stärke hatte, und für den Kaffee bestand er darauf, die Bohnen frisch zu mahlen.

»Sie verwöhnen mich, Tobias«, sagte sie dann, wenn er die Tasse mit dem duftenden Getränk vor sie auf den Zeichentisch stellte.

»Das gehört sich doch so, Chefin!« – »Das steht Ihnen zu!« oder etwas anderes in der Art pflegte er zu erwidern.

Manchmal kam es aber auch vor, daß sie sich zusammen setzten – im Konferenzzimmer oder in Stolzes elegantem Büro – und miteinander plauderten. Aber immer sprachen sie nur über berufliche Dinge. Er konnte sich das Leben, das sie führte, ungefähr vorstellen, es drang genug davon in die Öffentlichkeit. Ihr dagegen viel gar nicht auf, daß sie kaum etwas über ihn wußte.

An einem Abend im Herbst sagte er, während er ihr aus dem Kittel und in den Mantel half: »Wir müssen morgen nach Rosenheim, Chefin.«

Sie wandte sich ihm zu. »Müssen wir? Aber wieso denn? Wir hatten uns doch das Pallenberghaus vorgenommen.«

»Ja, ich weiß. Aber eben kam ein Anruf von Direktor Mösner. Er hat mit einem wichtigen Käufer einen Termin ausgemacht.«

»Über meinen Kopf weg? Was sind denn das für Sitten?«

Er setzte eine verlegene Miene auf. »Tut mir leid, Chefin, ich habe zugesagt. Er machte es so dringend.«

»Das hätten Sie besser nicht tun sollen.«

»Der Kunde hat Änderungswünsche, und Bauunternehmer Obermann kommt nicht weiter, bevor er nicht Bescheid weiß.«

»Na schön, dann übernehmen Sie das, Tobias!«

»Allein?«

»Warum denn nicht? Sie kennen ja meine Einstellung und Sie wissen, wie weit Sie gehen können. Ich muß nach Krailling wegen der Dachpfannen.«

»Könnten wir nicht beides miteinander verbinden? Krailling und Rosenheim?«

»Wann ist der Termin in Rosenheim?«

»Zehn Uhr.«

»Sie sehen: unmöglich. Bis dahin könnten wir in Krailling fertig sein, aber bis nach Rosenheim brauchten wir noch eine Stunde. Und morgen früh alle Termine zu verschieben, das wäre ungut.«

»Dann, bitte, lassen Sie mir das Pallenbergsche Haus und fahren Sie nach Rosenheim.«

Erstaunt hob sie die hellen Augenbrauen. »Ich sehe nicht ein, warum. Trauen Sie sich die Verhandlung etwa nicht zu?«

»Doch, aber ...« Er stockte, seine dunklen Augen blickten nicht mehr die Spur amüsiert, sondern nur besorgt; er schien fast zu erröten.

»Was ist denn los, Tobias? Nun, 'raus mit der Sprache!«

»Ich mag nicht, daß Sie in einem Neubau herumturnen«, platzte er heraus.

»Aber, Tobias, das habe ich doch schon immer getan.«

»Wenn Sie doch wenigstens Sicherheitsschuhe anziehen würden.«

»Die Dinger sind mir zu unbequem, und das wissen Sie. Ich balanciere auf den Fußballen, das geht ganz prima. Es ist mir ja auch noch nie etwas passiert.«

»Aber mich ängstigt es.«

»Jetzt hören Sie mir mal zu, Tobias ...« begann sie energisch und wußte nicht mehr weiter. »Es ist ja sehr lieb von Ihnen«, sagte sie in milderem Ton, »daß Sie sich Sorgen um mich machen. Ich bin so etwas nicht gewohnt, aber ich weiß es zu schätzen. Doch ich brauche keinen Beschützer, wirklich nicht.«

»Bitte, verzeihen Sie, Chefin«, sagte er zerknirscht, »ich wollte nicht anmaßend sein.«

»Will das nicht in Ihren Schädel, daß ich allein auf mich aufpassen kann? Ich bin eine erwachsene Frau, bin mehr als erwachsen, könnte man sagen, und Sie behandeln mich wie ein kleines Kind.«

Er blickte zu Boden. »Vielleicht kommt es daher, daß Sie mich so sehr an meine kleine Schwester erinnern.«

»Schwester?« wiederholte Donata irritiert und dachte: ›Dumme Gans, was hattest du denn erwartet? Sei froh, daß er dich wenigstens nicht mit seiner Mutter vergleicht!‹

»Das können Sie natürlich nicht verstehen. Ich verstehe es ja selber nicht.«

Sie wandte sich zur Tür. »Wie alt ist sie denn, Ihre Schwester?«

»Sie wäre heute neunzehn – aber sie ist nur sieben geworden.«

Betroffen blieb Donata stehen. Sie schwieg. Alles, was ihr dazu einfiel, war so banal, daß sie es nicht aussprechen mochte.

»Sie ist tödlich verunglückt«, fuhr er mit gepreßter Stimme fort, »meine Mutter saß am Steuer.«

»Und sie? Was ist mit ihr?« fragte Donata, immer noch ohne ihn anzusehen.

»Auch tot. Auf dem Weg ins Krankenhaus gestorben. Mein Vater ist nicht darüber weggekommen. Sie hatten zuvor eine häßliche Auseinandersetzung.«

Jetzt blickte sie doch zurück. Sie ging auf ihn zu. In seinen Augen standen Tränen. Sanft nahm sie ihn in die Arme. Sie konnte nicht anders.

»Ich übernehme Rosenheim, Tobias«, sagte sie, »und ich verspreche Ihnen: in Zukunft werde ich diese verdammten Sicherheitsschuhe tragen.«

»Danke, Donata!« Er zog sie fester an sich.

Ihr schwindelte, als er sie küßte.

Es kostete sie Überwindung sich von ihm zu lösen. »Das war aber nicht gerade brüderlich«, sagte sie mit mühsamem Humor.

»Du bist eben kein kleines Mädchen mehr«, verteidigte er sich.

»Nein, nicht einmal ein großes. Ich bin zweiundvierzig Jahre alt.«
»Das weiß ich doch. Warum erzählst du es mir?«
»Um klare Fronten zu schaffen.«
»Fronten, Donata, wird es zwischen uns nie geben.«

Die Beziehung zwischen Donata und Tobias Müller wurde von Tag zu Tag inniger. Ganz instinktiv versuchten sie vor den anderen zu verbergen, wie es um sie stand, aber das konnte natürlich nicht völlig gelingen. Es war schon aufgefallen, daß Tobias nie pünktlich das Büro verließ, sondern immer einen Anlaß fand, länger zu bleiben. Die Annahme, daß dies Donata zuliebe geschah, lag auf der Hand. Schon bevor sie ein Paar wurden, war im Büro darüber gemunkelt worden, was wohl abends vor sich ging, wenn die beiden miteinander allein waren. Jetzt verrieten ihre Blicke und ein gewisses Lächeln, das sie nicht unterdrücken konnten, sehr deutlich wie es um sie stand.
Eines Tages stellte ihr Teilhaber sie zur Rede. »Du *hast ein Verhältnis* mit Tobias Müller«, sagte er Donata auf den Kopf zu.
Er hatte sie zu sich in seinen Büroraum bestellt, und sie war beschwingt, wie stets in letzter Zeit, und völlig ahnungslos zu ihm gekommen. Seine Behauptung traf sie wie ein Hammer. Sie fuhr hoch. »Wie kannst du es wagen ...«
Er schnitt ihr das Wort ab. »Willst du es etwa leugnen?«
»Ich verbiete dir, in einem so vulgären Ton mit mir zu reden.«
»Vulgär oder nicht, es ist die Wahrheit. Alle wissen es schon. Winklein und die Sforzi sind besorgt, Wilhelmina ist außer sich vor Eifersucht ...«
»Dazu hat sie kein Recht!«
»Gefühle, meine liebe Donata, richten sich leider nicht nach

dem Verstand. Das solltest du am besten wissen. Wilhelmina weiß sich nicht zu helfen. Sie leidet unter Kopfschmerzen, ist unzuverlässig geworden, weil sie unglücklich ist.«
»Das kann ich nicht ändern.«
Er blickte sie beschwörend aus seinen trüben braunen Augen an. »Bitte, Donata, sei jetzt nicht starrsinnig. Das ganze Betriebsklima ist durch dein verantwortungsloses Verhalten gestört.«
»Ich tue meine Arbeit, und zwar erstklassig, das wirst du zugeben müssen, und Tobias kannst du auch nichts vorwerfen.«
»Außer, daß er dich verführt hat. Oder war es anders herum? Warst du die treibende Kraft? Das wohl eher.«
»Wie kannst du nur so gehässig sein.«
»Weil ich selber tief verletzt bin, Donata.«
»Verstehe ich nicht.«
»Dann denk mal nach. Ich habe dich immer sehr verehrt. Natürlich habe ich dir nicht nachgestellt. Erst warst du die Frau meines besten Freundes, da verbot es sich von selbst, dann seine Witwe, da wäre es auch nicht fein gewesen, dir Avancen zu machen ...«
»Ach, wie edel du doch bist! Aus lauter Edelmut hast du mir nie einen Antrag gemacht, nicht einmal eine Andeutung davon. Stattdessen hast du eine andere geheiratet, die sehr viel jünger ist.«
»Hätte ich deinetwegen bis an mein Lebensende allein bleiben sollen?«
»Und warum nicht? Wenn dir wirklich so viel an mir gelegen hätte, wie du jetzt behauptest.«
»Warum sonst wohl hätte ich mein gutes Geld in dein Architekturbüro gesteckt? Ich hätte Aktien kaufen können oder, um sicher zu gehen, Wertpapiere.«
»Bei mir verdienst du mehr, und es macht dir Spaß.«

»Es hat mir Spaß gemacht, zugegeben. Aber jetzt nicht mehr. Jedesmal, wenn mir der Bursche begegnet, läuft mir die Galle über.«
Sie funkelte ihn an. »Du warst es, der ihn mir aufs Auge gedrückt hat, erinnerst du dich? Ich habe mich dagegen gesträubt, so gut ich konnte.«
»Aber du hast mir nicht gesagt, daß du Angst hattest, ihm zu verfallen!«
»Ich wußte es ja selber nicht.«
Er zupfte nervös an seinen Manschetten, atmete tief durch, um sich zu beruhigen. »Es bringt nichts, wenn wir uns hier gegenseitig anschreien.«
»Darin gebe ich dir recht.«
»Bisher ist das doch auch nie passiert, nicht wahr? Wir sind immer friedlich und freundschaftlich miteinander ausgekommen.«
›Ja‹, dachte sie, ›weil ich immer zurück gesteckt habe, wenn es hart auf hart kam‹. – Aber sie schwieg.
»Ich will mich nicht in dein Privatleben mischen«, fuhr er fort, »das geht mich nichts an.«
›Wie gut, daß du das einsiehst!‹ dachte sie, hielt aber weiter den Mund.
»Aber für die Atmosphäre hier im Betrieb trage ich die Verantwortung.«
»Nur du?« platzte sie.
»Du natürlich auch. Wir beide. Ich bin froh, daß du das begreifst.«
»Ich finde das Betriebsklima besser denn je. Noch nie ist so flott gearbeitet worden. Alle harmonieren fabelhaft miteinander, und wenn Wilhelmina eifersüchtig ist, wie du behauptest, dann kann sie ja gehen. Sie ist ein nettes und williges Mädchen, zugegeben. Aber sie brauchen wir am allerwenigsten.«

»Nein, Donata. Jemand anderes wird seine sieben Sachen packen müssen.«

Donata riß die Augen auf; ihre Iris war grüner denn je. »Was?« rief sie, als könnte sie ihren Ohren nicht trauen.

»Du hast mich sehr gut verstanden. Dein Bussi-Bussi-Bubi hat hier schleunigst zu verschwinden.«

»Arthur, bitte, überleg', was du sagst! Das kann doch nicht dein Ernst sein.«

»Doch, Donata. Ich will ihn hier nicht mehr sehen.« Er griff unter den Schreibtisch, holte eine Cognacflasche und ein Glas heraus und schenkte sich ein, ohne Donata etwas anzubieten.

»Er hat seine Probezeit bestanden! Du hast gar keinen Kündigungsgrund.«

»Doch, Donata, den habe ich. Aber ich werde ihn nicht schriftlich fixieren, sondern wir werden uns natürlich etwas ausdenken, was ihm nicht schadet. Wir wollen ihm ja nicht deinetwegen sein ganzes Leben verpatzen.«

»Was bist du nur für ein Mensch!«

»Jedenfalls bin ich nicht böswillig.« Er leerte mit einem kräftigen Schluck das Glas bis zur Hälfte und strich sich mit dem Ringfinger über das Oberlippenbärtchen. »Du wirst staunen, ich gönne dir sogar das Vergnügen mit diesem Jungen. Wozu ich dir sagen muß, daß du für eine Torschlußpanik eigentlich noch zu jung bist.«

Wütend sprang Donata auf.

Er ließ sie nicht zu Wort kommen: »Privat kannst du es mit ihm halten, wie du willst. Von mir aus, verbring deine Nächte mit ihm, halt ihn aus, so lange du es dir finanziell erlauben kannst ...«

»Schluß!« schrie sie. »Genug! Aus! Du weißt ja nicht mehr, was du sprichst. Du ekelhafte Dreckschleuder, du!«

»Vielleicht bin ich wirklich etwas zu weit gegangen«,

räumte er ein, »aber auch ich habe Gefühle, verstehst du, Empfindungen, die man nicht ungestraft verletzen kann.« Er leerte sein Glas und füllte es erneut. »Es liegt jetzt ganz bei dir, wie es weiter gehen soll: er oder ich. Du mußt dich entscheiden.«
Sie stand vor ihm, die Hände auf den Schreibtisch gestützt, ihr Gesicht nahe dem Seinen. »Auch wir haben einen Vertrag!«
»Der günstigerweise Ende des Jahres ausläuft.«
Plötzlich wurde sie eiskalt. »Du willst mir drohen?«
»Nein, nein, durchaus nicht. Ich bin mir nicht einmal mehr sicher, ob ich noch mit dir arbeiten kann, selbst wenn du mich den Burschen hinauswerfen läßt.«
»Mir geht es genauso«, gab sie schneidend zurück, »ich verstehe nicht mehr, wie ich es all die Jahre mit dir aushalten konnte.« Sie wandte sich ab und verließ das Zimmer.

Donata konnte sich nicht erinnern je so aufgebracht gewesen zu sein. Am liebsten hätte sie ihre ganze Belegschaft zusammen getrommelt und laut ihrem Herzen Luft gemacht.
Aber das durfte natürlich nicht sein. Ihr Verstand sagte ihr, daß sie sich einen Skandal keinesfalls erlauben konnte. Selbst wenn es zu einer Trennung von Stolze kommen würde, und das schien ihr momentan unvermeidlich, mußte das, wenigstens nach außen hin, freundschaftlich und unter Wahrung aller Formen geschehen.
Selbst Tobias wagte sie sich nicht anzuvertrauen, bevor sie sich selbst nicht wieder in der Gewalt hatte. Es würde nichts helfen, wenn er in Stolzes elegantes Büro stürmte und ihm, angesteckt von ihrem Zorn, einen Kinnhaken verpaßte. Das nämlich traute sie ihm durchaus zu, denn wäre sie nicht eine Frau, hätte sie es selber getan. Gebracht hätte das nichts, im Gegenteil. Sie war klug genug das einzusehen. Es kam jetzt

darauf an, daß sie sich selber wieder unter Kontrolle bekam und Tobias erst dann einweihte, wenn sie sachlich und nüchtern über das Geschehene denken konnte.
In der Abgeschiedenheit ihres Zimmers rauchte Donata eine Zigarette, aber das brachte sie auch nicht weiter. Sie kochte vor Wut und spürte, daß sie sich auch bis zum Abend nicht beruhigt haben würde. Das Vernünftigste war, sich auf und davon zu machen. Die Arbeit – sie entwarf Pläne für den Bau eines Seniorenheims – mußte für heute liegen bleiben. Nach diesem Entschluß fühlte sie sich schon ein wenig besser. Aber was sollte sie mit den gestohlenen Stunden anfangen? Nach Hause zu fahren, hatte sie keine Lust. Sich Silvia anzuvertrauen wäre bestimmt ein Fehler gewesen. Bei der Schwester konnte sie weder auf einen guten Rat, noch auf Verständnis rechnen. Nach einigem Überlegen entschied sie, die Zeit für eine längst fällige Routineuntersuchung bei ihrer Frauenärztin zu nutzen. Frau Dr. Heide Hurler war eine ehemalige Schulkameradin von ihr. Sie rief an und bekam, wie nicht anders zu erwarten war, auf Grund ihrer persönlichen Beziehungen sofort einen Termin.
Sie verabschiedete sich nur von Frau Sforzi, der sie erklärte, daß sie zum Arzt müßte.
»Kommen Sie noch einmal?« fragte die Sekretärin.
»Heute nicht mehr.« Dann grüßte sie mit einer Kopfbewegung zu den Zeichentischen hin.
Als Tobias Müller ihr, wie es seine Art war, in den Mantel helfen wollte, winkte sie ab. »Nein, laß dich nicht stören. Das kann ich selber.«
Er schien verändert, hatte dunkle Ringe unter den tiefblauen Augen. War es möglich, daß etwas von ihrer Auseinandersetzung mit Stolze schon nach außen gedrungen war? Unmöglich. Die Tür seines Büros war schalldicht gepolstert. Tobias wirkte gekränkt, und sie ärgerte sich, weil sie ihn

abgewiesen hatte. Aber im Augenblick war ihr jede zur Schau gestellte Vertraulichkeit zuwider. »Bis morgen dann, Tobias«, sagte sie, versuchte Herzlichkeit in ihre Stimme zu legen, was ihr nur schlecht gelang.
Ohne ihm Gelegenheit zu geben ihr die Tür zum Treppenhaus zu öffnen, eilte sie davon.

Frau Dr. Hurler, eine große, grobknochige Frau mit klugem Pferdegesicht, begrüßte sie, indem sie sie kurz in die Arme nahm und sie auf beide Wangen küßte. »Lange nicht mehr gesehen, Donata.«
»Soll das ein Vorwurf sein? Ich finde, ich komme ziemlich regelmäßig.«
»Warum so gereizt? Ist dir was über die Leber gelaufen?«
»Stimmt«, gab Donata zu, »Ich habe Krach mit meinem Teilhaber. Aber du sprichst nicht darüber, nicht wahr?«
»Wie käme ich denn dazu?«
Einen Augenblick erwartete Donata, daß die alte Freundin sie nach Einzelheiten fragen würde, und sie wäre auch bereit gewesen darüber zu sprechen. Aber Frau Dr. Hurler wechselte das Thema.
»Was die Regelmäßigkeit deiner Besuche betrifft, so kann man sie kaum als ›ziemlich‹ bezeichnen. Ich habe im Computer nachsehen lassen. Du warst siebzehn Monate nicht mehr bei mir.«
»Ist mir gar nicht aufgefallen. Weißt du, ich hatte so viel zu tun ...«
»Du bist doch Geschäftsfrau, Donata, du hast doch bestimmt einen Terminkalender.«
»Den führt meine Sekretärin.«
»Dann kann die doch deinen Termin bei mir eintragen. Nächstes Jahr die gleiche Zeit.«
»Das schiene mir denn doch nicht ganz passend.«

»Anders wirst du keine Ordnung in dein Privatleben bringen.«
»Nein«, sagte Donata, »es sieht nicht danach aus.« Sie hatte schon während des Gesprächs begonnen sich auszuziehen, denn sie wußte, daß das Wartezimmer voll war.«
»Na, dann wollen wir mal sehen. Untersuchst du wenigstens deinen Busen, wie ich dir geraten habe?«
»Doch, schon«, behauptete Donata, »jedesmal, bevor ich mich in meinen Swimmingpool stürze.«
»Du schwindelst, Donata.«
»Ach, weißt du, ich komme mir so blöd dabei vor.«
»Dazu besteht kein Grund. Jetzt klettere mal brav auf das Stühlchen.«
Gehorsam bestieg Donata das schwarze Ungetüm, das für sie wirklich alles andere als ein »Stühlchen« war.
»Nein, noch nicht die Beine hoch. Erst will ich mir mal deine Brust vornehmen.« Mit sensiblen Fingern begann die Ärztin sie zu betasten. »Hübscher Busen«, konstatierte sie, »straff und ohne Makel. Du solltest ihn wirklich nicht vernachlässigen.«
»Tu ich ja auch gar nicht.«
»Jedenfalls: Diagnose negativ. Nicht die Spur eines Knötchens.«
»Na, wunderbar.« Donata legte die Knie über die Stützen. Frau Dr. Hurler hatte sich dünne Handschuhe übergezogen und untersuchte sie. »Sag mal, wann hast du das letzte Mal deine Tage gehabt?« fragte sie.
»Meine Tage?« wiederholte Donata.
»Nun komm mir nicht dumm!« tadelte die Ärztin barsch. »Du bist schließlich kein Teeni mehr. Ich frage dich nach deiner Menstruation. Wann hattest du die zuletzt?«
»Warum fragst du danach?«
»Das werde ich dir sagen, so bald ich deine Antwort habe.«

Die Ärztin nahm ein Stäbchen und machte den nötigen Abstrich.
Donata nahm die Beine herunter und stand auf. »Tut mir wahnsinnig leid«, gestand sie, »aber ich weiß es nicht genau.«
Die Ärztin arbeitete mit dem Rücken zu ihr. »Was soll das heißen?«
»Daß ich nicht darauf geachtet habe.«
»Nun, du wirst es doch wenigstens ungefähr wissen. Stehen sie kurz bevor? Deine Gebärmutter ist leicht geschwollen, was darauf schließen läßt.«
Donata begann sich wieder anzuziehen. »Ich habe keine Ahnung. Wenn ich darüber nachdenke – ich glaube, ich hatte den ganzen Sommer nichts mehr damit zu tun.«
»Also schon Monate nicht mehr?«
»Muß wohl so sein.«
»Und du hast dir nichts dabei gedacht?«
»Nichts weiter. Ich habe es als ganz angenehm empfunden. Jedenfalls habe ich sie nicht vermißt.«
Jetzt drehte sich die Ärztin wieder zu ihr um und sah ihr voll ins Gesicht. »Du bist unglaublich, Donata!«
»Hätte ich deswegen etwa zu dir kommen sollen?«
»Unbedingt.«
»Warum?«
»Weil das Ausbleiben der Regel normalerweise jede Frau beunruhigt.«
»Mich nicht.«
Die Ärztin sah sie prüfend an. »Du kannst also ganz sicher sein, daß du nicht schwanger bist?«
Donata hielt dem Blick stand, aber ihre Augen vergrößerten sich. – ›Schwanger‹, dachte sie, ›in meinem Alter und in meiner Situation! Ein Kind von Tobias! Aber abtreiben lassen könnte ich es nicht. Das brächte ich nicht übers Herz‹.

»Nun?« drängte die Ärztin.
»Ich kann mir das nicht vorstellen«, erwiderte Donata, »ich habe kein Gramm zugenommen, leide weder unter Bauchschmerzen, noch Heißhunger – nein, es gibt keinerlei Symptome, die auf eine Schwangerschaft hindeuten.«
»Außer daß deine Regel ausgeblieben ist.«
»Könnte das nicht auch andere Ursachen haben?«
»Oh ja. Könnte es durchaus.«
»Warum erschreckst du mich dann so?«
»Weil ich es für richtig halte, den Dingen auf den Grund zu gehen. Bist du damit einverstanden, daß wir einen Test machen?«
»Aber ich fühle mich wirklich nicht so, Heide.«
»Du lieber Himmel! Gefühle! In meine Praxis kommen täglich Frauen, die sich fest einbilden, schwanger zu sein, nur weil sie sich ein Kind wünschen oder Angst haben eines zu bekommen. Erzähl mir nichts von Gefühlen, Donata! Laß uns lieber den Tatsachen ins Auge sehen.«
»Na schön, wenn du meinst!«
»Dann kremple deinen Ärmel hoch!«
Donata tat es. Die Ärztin legte einen Druckverband um den Oberarm und zog ihn fest an. Mit einer Spritze entnahm sie etwas Blut.
»Wenigstens stellst du dich nicht an«, sagte sie, als sie die Einstichstelle desinfizierte und mit einem Pflaster abdeckte.
»Danke.« – Donata strich den Ärmel wieder herunter und knöpfte die Manschette zu.
»Ein bißchen blaß um die Nase bist du doch geworden. Setz dich lieber.« Sie wies auf den Stuhl vor ihrem kleinen Schreibtisch. »Es wird ein paar Minuten dauern, bis ich es heraus habe.«
Tatsächlich fühlte Donata sich etwas weich in den Knien. Der kleine Piekser hatte ihr zwar nichts ausgemacht, aber

der Anblick ihres eigenen Blutes hatte eine leichte Übelkeit in ihr aufsteigen lassen.
»Was würdest du denn machen, wenn sich herausstellt, daß du wirklich in anderen Umständen bist?«
»Was schon?« Donata zuckte die Achseln. »Mich darauf einstellen, warten – was sonst?«
»Aber kannst du dir ein Kind überhaupt erlauben? Du bist doch zur Zeit sehr gut im Geschäft, wie ich höre.«
»Was heißt schon ›erlauben‹, Heide. Ich würde ein paar Wochen ausfallen, aber ich habe gute Mitarbeiter. Das wäre also halb so schlimm.«
»Ein paar Wochen? Nur ein paar Wochen?«
»Früher haben die Frauen ihre Kinder auf dem Feld bekommen, und danach die Arbeit gleich wieder aufgenommen.«
Die Ärztin lachte. »Aber das waren die, die dann spätestens mit dreißig gestorben sind.«
»Das kann mir ja nicht mehr passieren. Über das Alter bin ich längst hinaus.«
»Gerade weil du nicht mehr jung bist, könnte es eine schwierige Schwangerschaft werden.«
Donata schlug die Beine übereinander. »Jetzt weiß ich wieder, warum ich so ungern zum Arzt gehe. Man kommt gesund in die Praxis, nur um sich einmal durchchecken zu lassen, und der gute Onkel Doktor gibt sich so besorgt, als würde man aus dem letzten Loch pfeifen.«
Die Ärztin nahm das Auge vom Mikroskop, durch das sie Donatas Blutprobe betrachtet hatte. »Bin ich wirklich so?«
›Noch schlimmer!‹ dachte Donata, aber sie sprach es nicht aus.
»Entschuldige, bitte, Donata. Wahrscheinlich kommt es daher, daß ich deine verdammte Selbstsicherheit nicht vertragen kann. Du gibst dich so, als könnte dich nichts umwerfen.«

»Ein Baby bestimmt nicht. Wenn man genügend Geld und Raum hat, läßt sich doch so etwas bestimmt arrangieren. Man müßte nur eine Person finden, die ...«

»Vergiß es, Donata! Du bist nicht schwanger.«

Donata stand auf. »Habe ich's mir doch gedacht! Sie trat zu der Ärztin, die sich die Hände wusch. »Aber was ist dann mit mir los?«

»Mit Bestimmtheit kann ich dir das erst sagen, wenn ich den Befund bekomme. Es ist allerdings nicht wahrscheinlich, daß er positiv ausfällt.«

»Na, das klingt ja immerhin tröstlich.«

Die Ärztin trocknete sich die Hände ab. »Ich nehme an, es ist das beginnende Klimakterium.«

»Was? So früh schon?« – Donata hatte oft gedacht, daß Silvias Unausgeglichenheit, ihre ewigen Kopfschmerzen und Depressionen damit zusammen hängen könnten, daß sie in die Wechseljahre gekommen wäre. Aber daß es bei ihr selber so weit sein könnte, wäre ihr nie in den Sinn gekommen.

»Bei manchen Frauen geschieht das früher, bei anderen später. Bei dir hängt es bestimmt mit dem Streß zusammen, in dem du lebst.«

»Die Strafe des Himmels dafür, daß ich schöpferisch tätig bin?«

»Faßt du es so auf?«

»Nein, ganz und gar nicht. Aber ich habe den Eindruck, daß du es mir einreden willst.«

»Ich habe nur versucht, dir eine Erklärung zu geben.«

»Aber die leuchtet mir nicht ein. Wechseljahre bedeuten doch, daß man seine Tage unregelmäßig bekommt oder etwa nicht?«

»Nicht unbedingt. Die Menstruation kann auch von einem Tag zum anderen ausbleiben, wie das bei dir der Fall zu sein scheint.«

»Soll das heißen, ich werde nie wieder Blutungen haben?«

»Vielleicht ja, vielleicht nein. Das ist schwer vorauszusagen. Hattest du in den letzten Monaten seelische Schwierigkeiten, Depressionen, innere Unruhe?«

»Ganz im Gegenteil. Ich habe mich verliebt.« Donata sah ihre alte Freundin herausfordernd an. »Siehst du darin ein Symptom?«

»Das ist mir weder aus der Praxis noch aus der Fachliteratur bekannt. Aber ich halte es für durchaus möglich.«

»Ha!« machte Donata nur.

»Jedenfalls sollten wir etwas unternehmen, um deine Menstruation wieder in Gang zu bringen.«

»Und wozu soll das gut sein? Ich bin ja froh, wenn ich nichts damit zu schaffen habe. Oder kündet das Ausbleiben der Regel etwa verfrühtes Greisentum an?«

»Nein, das nicht. Es bedeutet nichts weiter, als daß dein Körper keine befruchtungsfähigen Eizellen mehr produziert.«

»Na dann ist doch alles in Ordnung.«

»Donata, ich bitte dich, eine Spritze Östrogen monatlich ... wir könnten gleich damit anfangen ...«

»Nein! Erstens weißt du genau, daß ich mir nicht die Zeit dazu nehmen kann, und zweitens will ich auch gar nicht, selbst wenn ich es könnte. Soll ich dir mal was sagen? Ich habe diese ganzen Frauengeschichten seit jeher gehaßt. Schon das ewige Darandenkenmüssen: wann kriege ich meine Tage? Werde ich, wenn ich etwas Besonderes vorhabe, nicht gerade meine Tage bekommen? Nein, ich will es nicht mehr. Ich bin froh, daß es vorbei ist. Für mich war das immer eine einzige Sauerei.«

»Vielleicht solltest du doch mit deinem Geliebten darüber sprechen.«

»Über so etwas habe ich noch nie mit einem Mann geredet, und ich habe auch keinen gekannt, den das interessiert

hätte. Außerdem bin ich sicher, daß er nicht scharf darauf ist, daß ich ein Kind von ihm bekomme.«
»Du kannst ihn auch zu mir schicken, wenn es dir unangenehm ist. Man kann nie wissen …«
»Doch, ich weiß es. Er ist siebzehn Jahre jünger als ich.« – Auf der Heimfahrt nach Grünwald stellte Donata fest, daß es der Ärztin immerhin gelungen war, sie von der Auseinandersetzung mit Arthur Stolze abzulenken. Jetzt mußte sie sich beinahe mehr über die alte Freundin ärgern. Ihr erst einreden zu wollen, daß sie schwanger wäre, und sie dann mit der Mitteilung vor den Kopf zu stoßen, daß sie ohne Behandlung kein Kind mehr bekommen könnte – das war doch schlichtweg schizophren.
Donata erinnerte sich, daß Heide und sie sich schon in ihrer Schulzeit ständig gestritten hatten. Heide war nicht nur eine unangenehme Streberin gewesen, sie hatte es ihr auch verübelt, daß ihr das Lernen leicht fiel und daß sie außerdem bei den Jungen viel beliebter war. Diesen Neid hatte sie wohl nie ganz überwunden.
Ernstlich überlegte Donata den Arzt zu wechseln, wußte aber gleichzeitig, daß sie es doch nicht tun würde. Niemand würde sich so sehr um sie bemühen wie Heide, wenn sie wirklich einmal krank sein würde. Wahrscheinlich stieß sich die alte Freundin daran, daß sie immer gesund und munter war und ihr nie etwas fehlte.
Daß sie ins Klimakterium gekommen sein sollte, nahm sie nicht ernst. Sie hatte oft genug davon gehört, daß die Menstruation in Streßsituationen monatelang ausbleiben konnte. Wenn es aber tatsächlich endgültig bei ihr damit aus sein sollte, war es ihr auch egal. Sie fühlte sich so jung, seelisch und körperlich fit, daß das nahende Alter noch keine Bedrohung für sie darstellte.

Am nächsten Morgen erschien Tobias nicht zur Arbeit. Zuerst zwang Donata sich, sein Fernbleiben zu übersehen. Sie wollte nicht den Anschein erwecken, daß sie sich mehr Gedanken um ihn machte als um jeden anderen ihrer Mitarbeiter.

Am frühen Nachmittag fragte sie dann aber doch Frau Sforzi: »Was ist eigentlich mit Herrn Müller?«

»Keine Ahnung. Krank gemeldet hat er sich jedenfalls nicht.«

»Komisch, nicht wahr?«

»Finde ich auch. Telefonisch ist er auch nicht zu erreichen.«

Dabei ließ Donata es erst einmal bewenden und zog sich in ihr Zimmer zurück. Wieder erwog sie die Möglichkeit, daß er etwas von ihrer Auseinandersetzung mit Stolze mitbekommen haben könnte. Aber selbst wenn es so wäre, konnte das doch kein Grund für ihn sein, sich sang- und klanglos zurückzuziehen. Er würde doch zumindest seine Papiere brauchen.

Und doch, mußte sie sich zugeben, lag es im Bereich der Möglichkeiten, daß er sich kurz entschlossen nach einer anderen Stellung umsah, etwa mit dem Kollegen Hellmesberger Kontakt aufnahm und erst, wenn er das geschafft hatte, in aller Form kündigen würde.

Ohne sich von ihr zu verabschieden? Traute sie ihm das zu? Aber sein Ausscheiden aus der Firma, wenn es denn dazu kam, brauchte ja nicht das Ende ihrer Liebe zu bedeuten. Dennoch fand sie es mehr als sonderbar, daß er gegangen sein könnte, ohne vorher ein Wort mit ihr über seinen Entschluß zu wechseln.

Allerdings hatte sie ihn tags zuvor beim Abschied nicht gerade freundlich behandelt. Aber konnte er, nur weil sie sich von ihm nicht hatte in den Mantel helfen lassen, derart eingeschnappt sein? Schließlich war er kein Kind mehr,

sondern ein erwachsener Mann und müßte eine so leichte Abweisung einstecken können.
Andererseits hatte er gestern auffallend schlecht ausgesehen. Sollte er krank geworden sein? So krank, daß er nicht einmal zum Telefon greifen konnte?
Donata machte sich Sorgen, und es wurde ihr bewußt, daß es das erste Mal seit der Erkrankung ihres verstorbenen Mannes war, daß sie sich Sorgen um einen anderen Menschen machte. In den vergangenen Jahren waren ihr immer nur die Arbeit und der Betrieb wichtig gewesen.
Während Stunde um Stunde verrann, steigerte sich ihre Angst um Tobias. Sie wuchs sich zu einer Besessenheit aus. Was sie sich selbst nicht zugab: es war die Furcht ihn zu verlieren.
Endlich war sie nahe daran, zum Empfang hinaus zu stürzen und Frau Sforzi um seine Adresse zu bitten. Es kostete sie Kraft es nicht zu tun. Zweifellos hätte sie sich damit der Lächerlichkeit preisgegeben.
Also versuchte sie, sich auf ihre Arbeit zu konzentrieren, was ihr nicht gelang, und wartete, bis die anderen gegangen waren. Nach fünf Uhr glaubte sie allein zu sein und verließ ihr Zimmer.
Günther Winklein stand an seinem Zeichentisch und arbeitete.
Sie trat zu ihm hin und mimte Gelassenheit. »Was machst du denn da Schönes?«
»Berechnungen für die Statik der Mehrzweckhalle.«
»So eilig ist das aber doch auch wieder nicht.«
»Arthur sagte ...«
Sie fiel ihm ins Wort. »Ja, das kann ich mir schon denken. Aber ich finde, du solltest dir damit Zeit bis morgen lassen. Mit ausgeschlafenem Geist schaffst du das bestimmt wesentlich leichter.«

Winklein strahlte auf. »Meinst du wirklich?«
»Ich meine es nicht nur, ich übernehme auch die Verantwortung.«
»Da bin ich aber froh!« Er beeilte sich, seinen Kittel abzustreifen. »Meine Mutter hat es nämlich gar nicht gerne, wenn ich zu spät nach Hause komme.«
»Grüß sie schön von mir.«
Jetzt mußte sie nicht mehr lange warten, bis die Ausgangstür hinter ihm ins Schloß fiel.
Sie wußte, daß Frau Sforzi sämtliche Unterlagen über das Architekturbüro in ihren Schreibcomputer eingegeben hatte. Ohne erst Platz zu nehmen, schaltete sie ihn ein und tippte »Mitarbeiter«. Auf dem Bildschirm tat sich nichts. Danach versuchte sie es mit »Personal«, und das war ein Treffer. Namen, Adressen und Telefonnummern erschienen in alphabetischer Reihenfolge. Sie hatte gefunden, was sie suchte und schaltete den Computer aus.
Ohne sich Zeit zu nehmen, einen Blick in den Spiegel zu werfen, zog sie sich um, löschte alle Lichter und ging in die Tiefgarage zu ihrem Wagen.
Bevor sie startete, zog sie den Stadtplan aus der Seitentasche der Autotür und entfaltete ihn, um sich zu orientieren. »Daphnestraße 3, IV. Stock, bei Lippert«, hatte ihr der Computer angezeigt. Sie wußte, wo die Daphnestraße ungefähr liegen mußte, im nördlichen Bogenhausen, in der Gegend um das Hotel »Arabella«. Da fand sie sie denn auch, wenn auch nicht auf Anhieb, eine kurze, unbedeutende Straße zwischen dem aluminium-funkelnden Gebäude der Hypobank und einem Randgebiet noch beakkerter Felder.
Sie steckte den Stadtplan an seinen Platz zurück und fuhr los, über die Chiemgaustraße, den Mittleren Ring und immer geradeaus, die Richard-Strauß-Straße englang. Vor

dem mächtigen Rundbau des Bankgebäudes bog sie rechts ab, und zwei Blocks weiter war die gesuchte Straße dann schon. Sie parkte auf der unbebauten Seite, fand die Hausnummer und las die Türschilder. Eine Sprechanlage gab es nicht, und da ein junger Mann die Haustür gerade aufschloß, trat sie mit ihm ein und fuhr mit ihm zusammen im Lift nach oben.

Ganz widersprüchliche Gedanken schossen ihr durch den Kopf. ›Was ist mit Tobias? Wer mag G. Lippert sein? Muß mich unbedingt erkundigen, ob es für hier draußen schon einen Bebauungsplan gibt.‹

Der junge Mann sah sie bewundernd an, aber das merkte sie gar nicht. Als er im dritten Stock, bevor er ausstieg, einen schönen Abend wünschte, rang sie sich ein schwaches Lächeln ab.

Auf dem Stockwerk gab es vier Wohnungen, die Türen nicht allzu weit voneinander entfernt. Donata schloß daraus, daß sie klein sein mußten. Sie fand das Namensschild »G. Lippert«, mit der Hand geschrieben und in einen kleinen Metallrahmen gesteckt.

Donata läutete. Plötzlich wurde ihr bewußt, daß ihr Vorgehen unsinnig war. Wenn Tobias sich nicht gemeldet hatte, warum sollte er sie dann jetzt einlassen? Trotzdem klingelte sie noch einmal, fordernder. Wider jeder Vernunft war sie nicht bereit aufzugeben.

Dann ging die Tür auf. Donata sah sich einer Frau im Regenmantel gegenüber.

»Entschuldige«, sagte die junge Frau atemlos, »ich bin gerade erst …« Sie hatte offensichtlich jemand anderen erwartet, trotzdem ergänzte sie, wenn auch unsicher geworden: »… nach Hause gekommen. Aber warum erzähle ich Ihnen das?«

Die beiden Frauen maßen sich von Kopf bis Fuß. G. Lippert

war jung, sehr jung, trug das blonde Haar – nicht so hell wie das Donatas – glatt und lang bis auf die Schultern hängend, hatte ein großflächiges Gesicht mit kleiner Nase und leicht vorgewölbter Stirn.

»Guten Abend!« begann Donata. »Ich nehme an, Sie sind Frau Lippert.«

»Was wollen Sie von mir?«

»Ich suche Tobias Müller.«

»Der wohnt nicht mehr hier.« Ein leichter Schatten der Verdüsterung fiel über das junge Gesicht. »Ich habe ihn 'rausgeworfen, wenn Sie es genau wissen wollen.«

»Leider hat er vergessen, seine neue Adresse anzugeben.«

»Sieht ihm ähnlich.«

»Aber Sie wissen doch sicher, wo er jetzt wohnt.«

»Keine Ahnung.«

»Das ist schlecht.«

»Was wollen Sie überhaupt von ihm?« fragte G. Lippert.

»Er ist heute nicht zur Arbeit erschienen. Und telefonisch ist er auch nicht zu erreichen.«

»Ach so! Das hätte ich mir denken können.«

»Daß er seine Arbeit hinwerfen würde?«

»Nein, das nicht. Aber daß Sie Donata Beck sind. Sie sind es doch, oder?«

»Ja.« sagte Donata und ärgerte sich, daß G. Lippert keine Anstalten machte, sie in die Wohnung zu lassen.

»Ich kann nicht behaupten, daß ich Sie mir so vorgestellt habe.«

»Wieso haben Sie sich überhaupt eine Vorstellung von mir gemacht?«

»Sind Sie aber komisch!« G. Lippert lachte, aber es klang freudlos. »Was glauben Sie denn, wegen wem wir uns zerstritten haben?«

»Das tut mir leid.«

»Quatsch. Das nehme ich Ihnen nicht ab. Sie sind ja heilfroh, daß Sie sich ihn geangelt haben.«
»Jetzt ist er jedenfalls verschwunden.«
»Keine Bange. Der taucht schon wieder auf.«
»Könnten Sie mir nicht wenigstens einen Tip geben?«
»Einen guten Rat: hören Sie auf nach ihm zu suchen, sonst bildet er sich noch wer weiß was ein. Sie sollten wissen, wie die Männer sind. Alt genug sind Sie dazu.«
»Möglicherweise«, gab Donata zurück, »bin ich nicht halb so abgebrüht wie Sie.«
G. Lippert lachte. »Jetzt machen Sie mir aber wirklich Spaß. Erst wollen Sie was von mir, und dann werden Sie unverschämt.«
»Ich mache mir Sorgen um Tobias, begreifen Sie das denn nicht? Oder ist es seine Art von heute auf morgen einfach nichts mehr von sich hören zu lassen? Sagen Sie mir das! Sie kennen ihn wahrscheinlich besser als ich.«
»Da haben Sie recht. Na schön, ich gebe zu: es paßt nicht zu ihm.«
»Wenn er nun krank geworden ist? Einen Unfall gehabt hat?«
»Was Sie sich für Gedanken machen!«
»Ich weiß selber, daß meine Sorge möglicherweise übertrieben ist. Aber ich kann es nicht ändern.
»Herrgott, Sie hat es aber erwischt!«
»Machen Sie sich nur über mich lustig, wenn Ihnen das gefällt. Aber, bitte, denken Sie nach!«
»Na ja, einen gibt es, der sicher Bescheid weiß. Sein großer Bruder. Der mußte schon immer helfen, wenn Not am Mann war.«
»Und wo wohnt der? Wie heißt er?«
G. Lippert sah auf ihre Armbanduhr, und dann sagte sie – weniger aus Verständnis für Donata, als um sie endlich loszuwerden: »Sebastian. Amalienpassage drei.«

»Telefon?«
»Jetzt langt's mir aber wirklich«, war die unwirsche Antwort, und dann knallte G. Lippert der unerwünschten Besucherin die Tür vor der Nase zu.

Donata fuhr durch den Englischen Garten nach Schwabing und weiter auf der Ludwigstraße in die Max-Vorstadt. Es war inzwischen ganz dunkel geworden, und der Gegenverkehr aus der Stadt hinaus war stark.
Hinter der Universität fand sie einen Platz, auf dem sie ihr Kabriolett parken konnte. Von der Amalienstraße aus betrat sie die Passage, die sich mit Höfen und Durchgängen bis zur parallel verlaufenden Türkenstraße erstreckte. Das urige Kopfsteinpflaster war für hochhackige Pumps schlecht begehbar, und sie mußte auf den Ballen balancieren. Die Einteilung der Hausnummern war verwirrend. Aber sie kannte sich hier recht gut aus, denn sie hatte den weitläufigen Gebäudekomplex nach seiner Fertigstellung besichtigt. Sie eilte an Wohnhäusern vorbei, an Läden, Restaurants; die Passage wirkte auf sie wie eine in sich abgeschlossene kleine Stadt.
Im letzten Hof, um den sich innen einstöckige Häuser mit begrünten Dachterrassen gruppierten, fand sie endlich das Haus Nummer 3, das sie suchte. Im Untergeschoß war die Werkstatt eines Silberschmiedes, dessen Auslage hell erleuchtet war. An einer schmalen Tür daneben zeigte ein Metallschild an, daß hier Dr. Sebastian Müller wohnte.
Sie klingelte, und nach einer Weile hörte sie von innen polternde Schritte, und die Tür wurde aufgemacht.
Dr. Sebastian Müller trat auf den Hof hinaus. Sie erkannte in ihm sofort den Bruder von Tobias, obwohl die Ähnlichkeit nicht groß war. Er war hoch gewachsen und breitschultrig wie Tobias, hatte dunkle Augen, deren Farbe sie jedoch

im Gegenlicht, das aus dem Schaufenster strahlte, nicht erkennen konnte. Jedenfalls waren sie dunkel wie sein Haar. Seine Züge waren sehr viel schärfer geschnitten als die seines jüngeren Bruders. Er trug eine ausgebeulte Manchesterhose, einen verwaschenen Pullover und Schlappen an den Füßen, hatte es sich also offensichtlich in seiner Wohnung bequem gemacht.
Donata reckte sich unwillkürlich, um größer zu erscheinen.
»Verzeihen Sie, daß ich Sie so unangemeldet überfalle, Doktor Müller. Aber Frau Lippert hat mir nur Ihre Adresse, nicht Ihre Telefonnummer gegeben.«
Er hatte sie genau so aufmerksam gemustert wie sie ihn.
»Was kann ich also für Sie tun?«
»Ich suche Tobias.«
»Er ist bei mir.«
Donata atmete auf. »Da fällt mir ein Stein vom Herzen.«
»Wieso das?«
»Ich dachte, es könnte ihm etwas zugestoßen sein.«
»Er ist krank.«
»Also doch. Ist es sehr schlimm? Ich bin übrigens ...«
»Sie sind die Architektin. Ich dachte es mir.«
»Kann ich ihn sehen?«
»Wenn Sie keine Angst vor einer Ansteckung haben. Er hat die Asiatische Grippe.«
»Ich bin nicht empfänglich für Infekte.«
»Sie müssen es ja wissen. Ich gehe voraus.«
Er zog sich ins Haus zurück, und Donata folgte ihm. Gleich hinter der Tür begann eine Treppe, die noch enger wirkte, weil auf ihr Kisten, Kasten und Bücherstöße gestapelt waren. Dazwischen standen Schuhe und Stiefel.
»Stolpern Sie nicht!« warnte er. Auf der obersten Stufe trat er beiseite und gab ihr den Eintritt in einen Raum frei, der als Wohn-Schlafzimmer diente.

Auf einer mit einem Laken bezogenen und mit Bettzeug versehenen Couch lag Tobias. Sein Gesicht war stark gerötet und krankhaft gedunsen, die Lider geschwollen.
Donata trat zu ihm hin und legte ihm die Hand auf die heiße Stirn. »Armer Junge«, sagte sie.
»Bist du's?« murmelte er kaum verständlich: »Donata?« Seine Lippen waren aufgesprungen.
»Ja, Tobias. Und ich werde mich jetzt um dich kümmern.«
»Falls Sie ihn mitnehmen wollen«, sagte Sebastian scharf, »muß ich Sie darauf aufmerksam machen, daß er nicht transportfähig ist.«
»Auch nicht ins Krankenhaus?«
»Nein. Der Arzt meint, es genügt, wenn ich ihn pflege. Er hat einen Haufen Medikamente dagelassen.«
Donata sah sich um. Die Wohnung war winzig. Es war nicht einmal Platz für einen richtigen Kleiderschrank. Sebastians Anzüge hingen an einem offenen Gestell, Unterwäsche, Hemden und Socken hatte er wohl in der bunt bemalten Seemannskiste untergebracht. Koffer – sie gehörten wohl Tobias – standen auf dem grauen Teppichboden.
Rechts zog sich eine offene Kochzeile hin, und hinter der Tür daneben verbarg sich eine Naßzelle. Es gab einen Schreibtisch und zwei Sessel. Donata entdeckte keine zweite Schlafgelegenheit.
»Und wo schlafen Sie, Doktor Müller?« fragte sie sehr direkt.
Er zog einen Liegestuhl vor, der halb hinter dem Kleidergestell verborgen gewesen war.
»Das ist nicht sehr bequem.«
»Ich komme sowieso kaum zum Schlafen. Er ist nachts sehr unruhig.«
»Aber wie können Sie dann tags arbeiten? Ich nehme an, Sie haben einen Beruf?«

»Ich habe mich für ein paar Tage beurlauben lassen.«
»Ich finde Ihr Verhalten großartig«, sagte Donata ehrlich.
Er zuckte die breiten Schultern. »Was hätte ich denn tun sollen? Nachdem Gundel ihn 'rausgeworfen hatte, kam er zu mir. Er wollte nur so lange bleiben, bis er was gefunden hatte. Aber so was ist schwer in München, das werden Sie wohl selbst am besten wissen. Zuerst hat er übrigens auf dem Liegestuhl geschlafen. Erst als es ihm so dreckig ging, haben wir getauscht.«
»In meinem Haus wäre Platz genug.«
»Das glaube ich Ihnen gerne. Aber Sie können ihn jetzt nicht einfach einpacken und mitnehmen. Und Sie können auch nicht nachts bei ihm Wache halten. Oder wollen Sie sich Urlaub nehmen?«
Alles, was Sebastian vorbrachte, klang sehr vernünftig. Aber Donata spürte, daß sich hinter seinen Argumenten noch etwas anderes verbarg – brüderliche Liebe, Eifersucht und wohl auch Mißtrauen. Sie war sicher, daß Tobias die Fahrt nach Grünwald nicht schaden konnte, wahrscheinlich würde er sie nicht einmal wirklich mitkriegen. Dennoch hielt sie es für besser nachzugeben. Sie wollte es nicht so weit kommen lassen, daß sie und sein Bruder sich um Tobias stritten wie zwei Hunde um einen Knochen.
»Nein«, gab sie zu, »das käme im Augenblick wohl kaum in Frage. Aber ich halte mein Angebot aufrecht. So bald er auf dem Weg zur Besserung ist, bringen Sie ihn zu mir, ja? Tobias kennt meine Adresse.«
»Ich werde ihn fragen«, gab Sebastian zurück; es klang sehr zweideutig.
»Jedenfalls«, sagte Donata, herzlicher als sie empfand, »weiß ich ihn ja bei Ihnen in den besten Händen. Bitte, rufen Sie doch gleich morgen in meinem Büro an und melden Sie ihn krank.«

»Aber wieso? Sie wissen doch jetzt ... Sie haben mit eigenen Augen gesehen ...«
»Mein lieber Doktor Müller – ich war närrisch genug, hinter ihm herzufahren, aber so närrisch, das allgemein public zu machen, bin ich denn doch nicht.«

In den nächsten Tagen warf sich Donata wieder ganz in ihre Arbeit. Da Tobias ausfiel, gab es mehr als genug zu tun. Es kam ihr anfangs seltsam vor, wieder allein auf die Baustellen zu fahren und nicht mehr in seiner Begleitung. Aber sie gewöhnte sich auch daran.
Sie rief ihn nicht an. Er mußte wissen, daß sie sich Sorgen um ihn machte, und das mochte genügen. Sie zweifelte nicht daran, daß sein Bruder ihm von ihrem Besuch erzählt hatte oder es tun würde, sobald Tobias aufnahmefähig genug sein würde. Auch würde er ihm ihr Angebot, für eine Weile zu ihr zu ziehen, nicht unterschlagen. Keinesfalls sollte Tobias den Eindruck gewinnen, daß sie ihm nachliefe.
Eines abends erzählte sie ihrer Schwester von der Situation des jungen Architekten.
»Du willst ihn bei dir aufnehmen?« fragte Silvia entgeistert.
»Nur vorübergehend. Bis er wieder ganz auf den Beinen ist und sich nach einer eigenen Wohnung umsehen kann.«
»Das halte ich nicht für klug.«
»Aber warum denn nicht? Wir haben zwei unbenutzte Gästezimmer.«
»Silvi und Christian wolltest du nicht bei dir wohnen lassen!« behauptete Silvia und spielte die Gekränkte.
»Das stimmt gar nicht. Ich muß deinem Gedächtnis wohl wieder mal auf die Sprünge helfen. Sie wollten lieber allein leben.«
»Wenn du es ihnen mit mehr Nachdruck nahe gelegt hättest ...«

Donata ließ sie nicht aussprechen. »Warum sollte ich? Sie sind beide erwachsen, und sie haben ein Recht darauf, auch so behandelt zu werden.«
Nach einer Pause, in der sie sich etwas umständlich eine Zigarette anzündete, sagte Silvia schmollend: »Du mutest mir also zu, mit einem fremden jungen Mann zu leben.«
»Er ist sehr nett, du wirst schon sehen. Außerdem steht es noch gar nicht fest, ob er wirklich kommt. Ich habe es ihm nur angeboten.«
»Warum regst du mich dann mit dieser merkwürdigen Geschichte auf?«
»Nur um dich seelisch darauf vorzubereiten. Für den Fall der Fälle.«
Silvia hob die sorgfältig gezupften Augenbrauen. »Das ist aber wirklich zu rücksichtsvoll von dir. Fast kommen mir die Tränen.«
Donata zuckte die Achseln und ließ das Thema fallen.
Doch mit ihrer Haushälterin sprach sie darüber.
Frau Kowalsky nahm es überraschend gut auf. »Es wäre nett, einen jungen Mann im Haus zu haben!« sagte sie. »Meinen Sie, daß er meinem Mann hin und wieder helfen könnte?«
»Ganz sicher. Sobald er wieder auf den Beinen ist. Vorläufig ist er ja noch pflegebedürftig.«
»Keine Sorge. Das kriegen wir schon hin. Ich denke, wir geben ihm das Eckzimmer. Soll ich schon mal das Bett überziehen?«
»Das wäre verfrüht. Es ist ja noch gar nicht sicher, ob er einzieht.«
»Na, lüften und putzen werde ich mal auf alle Fälle.«
Donata mußte über ihren Eifer lächeln. »Das kann bestimmt nicht schaden.«

Es war nicht so, daß Donata sehnsüchtig auf ein Lebenszeichen von Tobias wartete. Sie wußte nicht einmal, ob sie darauf hoffen sollte, daß er ihre Einladung annahm. Es waren keine persönlichen Gründe, aus denen sie sie ausgesprochen hatte. Angesichts der drangvollen Enge in Dr. Müllers winziger Wohnung war es ihr sozusagen ganz von selber über die Lippen gekommen. Sie hatte den starken Wunsch gespürt, ja, die Verpflichtung, Tobias sofort zu helfen. Da sein Bruder ihr das jedoch abgeschlagen hatte, hätte sie es dabei bewenden lassen sollen, dachte sie jetzt oft. Sie war zwar sicher, daß er den Frieden des Hauses stören könnte. Nichts konnte sie weniger brauchen, als private Spannungen.
Selbst wenn er gar nichts mehr von sich hören lassen sollte – Donata hielt es nicht für ausgeschlossen, daß sein Bruder ihn dahingehend bearbeiten würde –, fühlte sie sich durchaus imstande, das zu verschmerzen. Dann würde ihre Beziehung zu ihm nichts als ein Abenteuer sein, an das sie sich vielleicht gern erinnerte, das sie aber auch vergessen konnte.
Mehr als eine Woche war seit ihrer Fahrt durch München vergangen, als Dr. Sebastian Müller sie anrief. Es war ein Freitagabend, und sie wollte gerade als letzte das Büro verlassen, als das Telefon klingelte. Sie zögerte sogar den Hörer abzunehmen, denn das Wochenende hatte für sie gerade begonnen und sie wollte sich nicht mehr mit beruflichem Ärger belasten. Nichts konnte so wichtig sein, daß es sich nicht auch noch am Montag regeln lassen würde.
Aber als das Telefon immer weiter läutete – zunehmend schriller, wie es ihr vorkam – ging sie doch daran. »Architekturbüro Beck«, meldete sie sich kühl, fast abweisend.
»Kann ich Frau Donata Beck sprechen?« fragte eine männliche Stimme.
Sie wußte sofort, daß es Sebastian war. »Ich bin selber am Apparat«, sagte sie, nicht eine Nuance freundlicher.

Jetzt nannte er seinen Namen. »Ich habe schon ein paarmal vergeblich versucht Sie zu erreichen«, sagte er, auch nicht gerade freundlich.
Donata schoß der Verdacht durch den Kopf, daß Frau Sforzi sie absichtlich nicht verbunden haben könnte. »Tut mir leid«, erklärte sie, »davon weiß ich nichts. Mit wem haben Sie denn gesprochen?«
»Mit niemandem. Es ist einfach nicht abgehoben worden.«
›Mir scheint, ich leide allmählich unter Verfolgungswahn!‹ schoß es ihr durch den Kopf. »Wann«, fragte sie, »haben Sie es denn versucht?«
»Heute Nachmittag.«
»Ach so. Da hätten Sie lange läuten können. Freitags ist das Telefon ab vier Uhr nicht mehr besetzt. Tobias müßte das wissen. Wie geht es ihm?«
»Sehr viel besser. Über das Schlimmste ist er hinweg.«
»Das freut mich sehr.«
Eine Pause entstand. Donata spürte, Sebastian wartete darauf, daß sie ihre Einladung bekräftigen würde. Genau das aber wollte sie nicht. Allerdings ging sie auch nicht so weit schlicht anzufragen, wann sie ihn denn wieder im Büro erwarten könnte.
»Er braucht sicher noch zwei Wochen Erholung«, erklärte der Bruder.
Jetzt machte es Donata geradezu Spaß ihn zappeln zu lassen; sie dachte gar nicht daran ihm ein Stichwort zu geben. »Das kann ich mir denken«, sagte sie nur.
Wieder eine Pause. – ›Wie schwer fällt es diesem Mann, eine Bitte auszusprechen!‹
»Sie haben seinerzeit angeboten, als Sie bei uns waren – Sie erinnern sich doch? –, er könnte bei Ihnen unterkommen. In Ihrem Haus.«
»Ja. Richtig.«

»Falls Sie dieses Angebot aufrecht erhalten ...« Er unterbrach sich. »Natürlich ließe sich auch eine andere Lösung finden.«
»Ja?«
»Verdammt nochmal, machen Sie es mir doch nicht so schwer! Kann ich Tobias nun zu Ihnen bringen? Es ist verdammt eng in meiner Bude.«
»Ja, ich weiß. Und wahrscheinlich müssen Sie auch wieder zur Arbeit. Was für einen Beruf haben Sie eigentlich, Doktor Müller? Das wollte ich Sie seinerzeit schon fragen.«
»Ich bin Dozent für Anglistik. An der Uni.«
»Sehr schick. Und Ihre Studenten sehnen sich nach Ihnen.« Donata lachte, sie hatte ihn genug geärgert. »Also bringen Sie ihn zu mir. Ich fahre jetzt gleich nach Hause. Aber lassen Sie mir, bitte, einen kleinen Vorsprung. Es wäre gut, wenn ich vor Ihnen da wäre. Bis später dann!«

Der Einzug von Tobias Müller in Donatas schönes Haus vollzog sich alles andere als spektakulär.
Noch vom Büro aus hatte sie Frau Kowalsky angerufen, sie von seiner Ankunft unterrichtet und gebeten, das Bett im Eckzimmer zu überziehen. Als er dann ankam, einen Wollmantel über den Pyjama und eine Fellmütze mit Ohrenklappen auf dem Kopf, gestützt auf seinen Bruder, begrüßte sie ihn nicht. Frau Kowalsky ließ ihn ein, begleitete die beiden Männer hinauf in das Gästezimmer und half, Tobias ins Bett zu stecken.
Es dauerte eine Weile, bis die Haushälterin und Sebastian herunter kamen. Donata erwartete sie in der Diele.
»Wir werden ihn schon wieder aufpäppeln!« verkündete Frau Kowalsky eifrig. »Jetzt drück' ich ihm gleich noch ein paar Orangen aus. Der Saft hat ihm geschmeckt.« Sie verschwand in Richtung Küche.

»Sie sehen, Doktor Müller«, sagte Donata mit einem Lächeln, »Ihr kleiner Bruder ist bei uns in guten Händen.«
»Ich bin Ihnen wirklich sehr dankbar«, erwiderte Sebastian steif.
»Trinken Sie ein Glas mit mir?«
»Lieber nicht. Ich muß ja noch Autofahren.«
»Es muß nicht unbedingt Alkohol sein.«
»Ein andermal gerne. Aber jetzt brenne ich darauf, meine Bude aufzuräumen, sie sozusagen wieder in Besitz zu nehmen.«
»Das verstehe ich gut.« Donata reichte ihm die Hand.
Er drückte sie. »Es ist mir unendlich unangenehm, Sie so zu belästigen.«
»Ich verspreche Ihnen, daß ich alle Hebel in Bewegung setzen werde, um so rasch wie möglich eine geeignete Wohnung für ihn zu finden.«
»Aber das weiß ich doch.«
Sie brachte Sebastian zur Haustür und ließ ihn hinaus.
Silvia kam aus dem Frühstückszimmer. »Wer war denn das?«
»Der Bruder unseres Gastes. Doktor Sebastian Müller.«
»Du hättest uns bekannt machen sollen.«
»Wärst du nur etwas früher auf der Bildfläche erschienen, hätte ich es getan.«
»Ich dränge mich niemandem auf.«
Donata war klar, daß ihre Schwester gelauscht haben mußte, um den Abgang Sebastians so genau zu treffen. Aber um des lieben Friedens willen verzichtete sie darauf, sie deswegen zu necken. »Er hatte es sehr eilig«, sagte sie nur, »das nächste Mal laß' ich ihn nicht so schnell entwischen.«
»Wird er denn wiederkommen?«
Damit hatte Donata fest gerechnet, aber Silvias Frage verunsicherte sie. »Ich weiß es nicht«, sagte sie nach kurzem

Nachdenken, »ich weiß nicht, wie die Brüder wirklich zueinander stehen. Ob sie sich häufig treffen oder höchstens telefonieren. Bisher weiß ich nur, daß sie im Notfall zusammen halten. Wir werden es erleben.« Sie legte ihrer Schwester den Arm um die Taille und dirigierte sie ins Frühstückszimmer. »So, jetzt machen wir uns aber erst mal einen Drink.«

»Willst du den jungen Mann denn nicht begrüßen.«

»Das hat Zeit bis später. Oder bis morgen. Nach der ungewohnten Anstrengung ist er bestimmt eingeduselt.« – Bevor sie schlafen ging, sah Donata dann aber doch noch nach Tobias. Sie tat es nicht heimlich, sondern sie begleitete ihre Schwester die Treppe hinauf und verabschiedete sich mit einem Kuß auf die Wange. »Schlaf gut, Silvia – ich schau jetzt mal zu ihm 'rein.«

Die Schwester wäre gern mitgekommen, begriff aber, daß es nicht der richtige Moment war und zog sich zurück.

Donata ging weiter und öffnete die Tür zum Eckzimmer so geräuschlos wie möglich. Wenn er denn schlief, wollte sie ihn nicht wecken. Die Nachttischlampe warf einen warmen Schein auf das Bett, der aber nicht über die Blässe des Patienten hinweg täuschen konnte. Er war sehr mager geworden, unter seinen Augen lagen Schatten und seine Jochbogen traten stark hervor. Gegen ihren Willen zog es Donata näher.

Er schlug die Augen auf, und seine spröden Lippen verzogen sich zu einem Lächeln. »Endlich!«

»Hast du etwa auf mich gewartet?«

»Doch, natürlich.«

»Wenn ich das gewußt hätte!«

»Jetzt bis du ja da.«

Sie setzte sich zu ihm auf die Bettkante und legte ihm die Hand auf die Stirn. »Immer noch Fieber«, stellte sie fest.

Er ergriff ihre Hand und küßte jeden einzelnen Finger. »Ich bin sehr froh, daß ich bei dir sein darf.«
»Ich freue mich auch, dich hier zu haben, Tobias.«
»Legst du dich zu mir? Nur ein bißchen?«
Sie lachte und strich ihm durch die dunklen Locken. »Das hätte gerade noch gefehlt!«
»Du magst mich nicht mehr!« klagte er. »Ich weiß, ich sehe schrecklich aus ...«
Sie fiel ihm ins Wort. »Vor allem bist du krank, mein Lieber. Wir müssen alles daran setzen, daß du bald wieder ganz gesund wirst.«
»Das will ich ja auch, Donata. Wenn du wüßtest, wie ich es satt habe!« Er gab ihre Hand nicht frei.
»Versuch dich zu entspannen!« riet sie.
»Das ist leicht gesagt.«
»Alles ist leichter gesagt als getan, Tobias. So ist es nun mal im Leben. Aber jetzt mußt du schlafen.«
»Schlafen, immer nur schlafen. Die ganze Zeit bei Sebastian habe ich nichts getan als geschlafen, und er konnte nicht mal in sein Bett.«
»Jetzt hat er es wieder ganz für sich allein ...« Sie mußte lächeln, denn es kam ihr ein Gedanke. »... oder auch nicht, und du hast hier auch ein Bett für dich. Hast du deine Medizin genommen? Brauchst du noch etwas für die Nacht?«
»Du bist so hart, Donata!« klagte er.
»Hart? Ich habe dich bei mir aufgenommen.«
»Aber jetzt möchtest du so schnell wie möglich weg. Vielleicht tut es dir auch schon leid.«
Sie war betroffen, daß in seiner Behauptung zumindest ein Körnchen Wahrheit lag. »Ich habe keine Geduld mit Kranken«, gestand sie, »auch nicht mit mir selbst, wenn es mir nicht gut geht. Nimm es also nicht persönlich! Ich bin nun einmal so.«

»Dann hättest du mich nicht kommen lassen sollen.«
»Die Bedingungen bei deinem Bruder waren unmöglich – für ihn, wie für dich.«
»Er war viel netter zu mir als du.«
»Hat er mit dir gekuschelt?«
»Donata! Jetzt machst du dich auch noch lustig über mich.«
»Wenn du das merkst, ist das schon ein sehr gutes Zeichen.«
Sanft, aber energisch löste sie sich aus seinem Zugriff.
»Du läßt mich wirklich schon allein?«
»Ich muß jetzt schlafen, und du auch.« Sie hätte gern seine rauhen Lippen geküßt, unterließ es aber, um keine falschen Hoffnungen in ihm zu wecken. »Ich bin jetzt ja ganz in der Nähe, Tobias. Gleich nach dem Frühstück komme ich morgen zu dir.«
»Warum frühstücken wir nicht zusammen?«
»Weil ich zum Kaffee gerne eine erste Zigarette rauche.« Sie stand auf und lächelte ihm ermutigend zu. »Schlaf gut, mein Lieber!«
Er erwiderte nichts, aber seine Augen waren traurig.
›Sieh mich nicht an wie ein kranker Hund!‹ hätte sie fast gerufen, aber sie fand sich selber gemein und verließ rasch das Zimmer.
›Was bin ich bloß für ein Mensch!‹ dachte sie. ›Hätte ich nicht ausnahmsweise mal auf meine morgendliche Zigarette verzichten können? Tobias zuliebe? So viel liegt mir ja gar nicht daran. Aber ich bin es gewohnt, in den ersten Stunden des Tages allein zu sein, und sein Zustand macht mich einfach nervös. Schon immer haben Kranke mich nervös gemacht. Sie erwecken bei mir den Eindruck – ich weiß, daß ich ganz ungerecht bin – als würden sie sich anstellen oder zumindest übertreiben. Als könnten sie nur mit etwas gutem Willen die Krankheit einfach abschütteln.
Philipp hat das gewußt. Er war nie krank gewesen, und

wenn er es war, hat er es mich nicht merken lassen. Er erwartete keine Anteilnahme und kein Mitleid von mir. Es genügte und vergnügte ihn, mich zu beraten und zu beobachten, wie ich eifrig an meiner Karriere bastelte. Erst nach seinem Tod erfuhr ich, daß er schon einen Herzinfarkt hinter sich hatte. Er hatte es ihr verschwiegen und alle, die davon wußten, beschworen, mir gegenüber den Mund zu halten. Statt zu erklären, daß er in die Klinik mußte, hat er eine plötzliche Geschäftsreise vorgetäuscht.
Als ich das heraus bekam, habe ich ihm innerlich Mangel an Vertrauen vorgeworfen. Tatsächlich aber war es fast übermenschliche Rücksichtnahme. Das erkenne ich erst jetzt. Oder lag auch die Angst darin, mich zu verlieren?
Wie hätte ich reagiert, wenn ich fast zwei Jahre fast täglich um sein Leben und seine Gesundheit hätte zittern müssen? Wahrscheinlich wäre ich unduldsam, ja, unerträglich geworden.
Vielleicht aber auch nicht. Vielleicht hätte ich gelernt, mit einem Kranken umzugehen. Ich hatte ihn ja lieb. Er war sehr tapfer, und er hat es gut mit mir gemeint. Aber er hat mir keine Chance eingeräumt, mich zu bewähren.‹

Tobias war glücklich, als Donata am nächsten Morgen doch das Frühstück mit ihm einnahm. Frau Kowalsky hatte es ihm angekündigt, als sie in der Frühe nach ihm sah. Er hatte sich gewaschen, rasiert und einen frischen Pyjama angezogen. Die Haushälterin hatte einen Bettisch vor ihm aufgestellt und Teller, Gläser und Tassen hübsch für die beiden arrangiert. Er war fieberfrei und wirkte hohläugig.
Aber er war vergnügt. »Es ist aufregend, mit dir zusammen zu frühstücken, Donata!«
Sie hatte sich noch nicht angezogen, sondern nur einen seidenen Hausmantel über ihr Nachthemd geworfen. Unge-

schminkt und lässig saß sie neben seinem Bett und nippte an ihrem Orangensaft. »Ja?«
»Verstehst du denn nicht? Es ist so, als hätten wir die ganze Nacht zusammen verbracht.«
»Wünschst du dir das?«
»Mehr als alles auf der Welt!«
»Na ja«, sagte sie, »vielleicht läßt sich das mal arrangieren.«
Sein Gesicht verdüsterte sich.
»Habe ich was Falsches gesagt?«
Er legte das angebissene Brotstück aus der Hand. »Ich bedeute dir nichts, Donata.«
»Was redest du denn? Das ist doch gar nicht wahr!«
»Doch. Eine Zigarette ist dir wichtiger.«
»Stimmt nicht. Sonst wäre ich ja nicht hier bei dir.«
»Von mir aus kannst du übrigens ruhig rauchen. Mich stört das nicht.«
»Es gehört sich nicht in einem Krankenzimmer.«
»Du kannst dir vorstellen, mal eine Nacht mit mir zu verbringen, ja?«
»Habe ich doch gerade gesagt.«
»Das ist mir zu wenig, Donata.«
»Wir können nicht Tag und Nacht zusammen sein.«
»Und warum nicht?«
»Weil ich das nicht aushalten könnte.« Donata hätte jetzt doch gerne eine Zigarette gehabt und ärgerte sich über diesen Wunsch. »Sieh mal, mein Lieber, mein Mann und ich haben von Anfang an getrennte Schlafzimmer gehabt, und tagsüber ist jeder seinem eigenen Beruf nachgegangen.«
»Ja, aber er war dein Mann. Er wußte, daß du ihm gehörtest ...« Er fand diese Formulierung dann doch selber zu stark und verbesserte sich: »... zu ihm gehörtest.«

»Ja, so war es wohl«, stimmte Donata gleichmütig zu.
»Ich bin mir deiner überhaupt nicht sicher«, beklagte er sich.
»Das ist wahrscheinlich der Reiz unserer Beziehung. Aber, ich bitte dich, hör jetzt auf, mit mir zu diskutieren und iß!«
»Ich habe keinen Appetit.«
»Dann werden wir gemeinsame Mahlzeiten in der nächsten Zeit von unserem Programm streichen müssen.«
»Donata, ich ...«
»Jetzt nimm dich zusammen! Dieses Stückchen Butterbrot wirst du doch wohl, mit oder ohne Appetit, herunter würgen können.« Ihr wurde bewußt, daß sie genau in den Ton verfiel, den sie hatte vermeiden wollen. »Soll ich dir ein bißchen Honig drauf tun?« fragte sie liebevoller.
Er nickte.
Frau Kowalsky hatte sein Butterbrot in kleine Häppchen geschnitten. Jetzt tat Donata auf jedes einzelne einen Klecks Bienenhonig und steckte ihm eines nach dem anderen in den Mund.
»Es geht also doch«, stellte sie zufrieden fest.
Er spülte den letzten Bissen mit einem Schluck Tee hinunter. »Ja, wenn du mich fütterst.«
›Benimm dich nicht wie ein Baby!‹ hätte sie beinahe gemahnt, sagte aber statt dessen: »Dann werde ich dir heute mittag wohl auch die Suppe eintrichtern müssen. Frau Kowalsky kocht eine ganz besonders gute Rindersuppe, extra für dich.«
»Sie hält große Stücke auf dich.«
»Das will ich hoffen. Die Leute, die einen bedienen, sollen einen doch wenigstens mögen, nicht wahr? Sonst wäre es schrecklich. Hast du noch einen besonderen Wunsch? Soll ich dir vielleicht ein Radio bringen? Oder einen Fernseher?«
»Nein, danke, ich ...« Er stockte.

»Sprich dich nur aus!«
»Als ich klein war, da hat meine Mutter mir vorgelesen, wenn ich im Bett liegen mußte.«
Donata lachte. »Und wenn es dir besser ging, hat sie mit dir ›Mensch-ärgere-dich-nicht‹ gespielt, ja?«
»Woher weißt du?«
»Das ist die Art liebender Mütter nun mal. Meine war auch so.« – ›Aber ich bin nicht deine Mutter‹, dachte sie, ›und ich werde diese Rolle auch nicht übernehmen!‹ »Hat G. Lippert das auch getan?« fragte sie.
»Gundula, meinst du? Bei der war ich nie krank. Sie hätte sich auch nicht um mich gekümmert«, meinte er, »dazu war sie nicht der Typ.«
»Was für ein Typ ist sie denn?«
»Kleines Mädchen. Egoistisch. Reichlich behämmert.«
»Das sind nicht gerade schöne Worte«, sagte Donata tadelnd, aber ihrem Herzen taten seine Worte wohl.
»Nur merkt man sowas nicht gleich, wenn man verliebt ist.«
Dazu schwieg Donata.
»Ist es dir nicht auch schon so ergangen?« forschte er. »Daß du dich verliebt hast und erst hinterher darauf gekommen bist, daß derjenige es gar nicht wert war?«
Sie dachte nach und ließ die Lieben ihres Lebens an ihrem geistigen Auge vorüberziehen. »Nein«, entschied sie dann, »es hat Auseinandersetzungen gegeben, Entfremdung und Trennung. Aber meiner Liebe wert war jeder.« Nach einer kurzen Pause fügte sie hinzu: »Es waren nicht so viele wie du jetzt vielleicht denkst.« Sie stand auf und räumte das Geschirr zusammen.
»Sag mir, wie viele«, drängte er.
»Nein.«
Er faßte ihr Handgelenk. »Warum denn nicht?«

»Weil es dich nichts angeht, mein Lieber. Ich stelle dir ja auch keine indiskreten Fragen.«
»Fragen sind nie indiskret, nur Antworten sind es zuweilen.«
»Genau deshalb sage ich es dir ja nicht.« Sie stutzte. »Aber das Bonmot stammt nicht von dir, das hast du irgendwo gelesen.«
»Bei Oskar Wilde. Richtig.«
»Du bist mir schon ein kleiner Sprücheklopfer. Aber jetzt, laß mich bitte los!«
Sein Griff wurde noch fester. »Was hast du vor?«
»Ich will das Tablett vor die Tür stellen, damit Frau Kowalsky dich nicht stört, wenn sie es abholt. Dann werde ich eine Runde schwimmen, das wirst du mir ja wohl gönnen, und mich anziehen.«
Er gab sie frei. »Und wann kommst du wieder?«
»Spätestens, wenn du dein Süppchen hast. Das habe ich dir ja versprochen.« Sie las die Enttäuschung in seinen Augen, war aber nicht bereit, sich erweichen zu lassen.
»Und was soll ich inzwischen tun?«
»Ruh dich aus, mein Lieber! Denk daran, du bist hier, um gesund zu werden. Soll ich dir doch ein Radio bringen lassen?«
»Nein, Danke.«
»Ganz, wie du willst.« Sie klappte die Beine des Bettischchens unter die Platte, warf Tobias noch einen Luftkuß zu, drückte die Türklinke mit dem Ellbogen nieder und verließ das Zimmer.

Das Wochenende verlief dann, entgegen Donatas Befürchtungen, ganz friedlich. Tobias war zwar ein wenig quengelig, aber er schlief oder döste doch meistens vor sich hin. Sie sah von Zeit zu Zeit nach ihm. Manchmal merkte er nicht einmal, daß sie in sein Zimmer kam.

Sein Bruder ließ nichts von sich hören.
Am Sonntagabend forderte Donata ihre Schwester auf, sie zu Tobias zu begleiten.
»Du erwartest doch wohl nicht, daß ich mich um ihn kümmere?« erwiderte Silvia mit hochgezogenen Augenbrauen.
»Nein, durchaus nicht. Seine Pflege kannst du voll Frau Kowalsky überlassen.«
»Anders wäre es auch ein bißchen viel verlangt.«
»Ja, sicher«, stimmte Donata ihr zu, »aber bekanntmachen will ich euch trotzdem. Du mußt doch wissen, wer mit dir hier im Haus ist.«
»Na schön, wenn du darauf bestehst.«
Donata stellte wieder fest, wie schwierig die Schwester doch war. Bestimmt wäre sie beleidigt gewesen, wenn sie es unterlassen hätte, sie mit Tobias bekannt zu machen. Jetzt tat sie, als müßte sie ein Opfer bringen, wenn sie ihn aufsuchte.
Die Temperatur des Patienten war wieder gestiegen; seine Wangen waren gerötet, und seine Augen funkelten. Er war gewaschen und zur Nacht zurecht gemacht. Aber seine Locken waren nicht mit Gel geglättet, und um Kinn und Wangen zeigten sich Spuren seines schnell sprießenden Bartes.
Er saß aufrecht, von vielen Kissen gestützt, im Bett, als Donata eintrat.
»Donata! Ich habe auf dich gewartet!« sagte er mit leichtem Vorwurf.
Sie ging nicht darauf ein, sondern zog Silvia mit ins Zimmer und schob sie vor. »Das ist also unser Hausgast, Silvia. Diplom-Architekt Tobias Müller.«
Silvia reichte ihm nicht die Hand, erwiderte dann aber doch sein gewinnendes Lächeln.

»Frau Silvia Münsinger«, machte Donata weiter bekannt, »meine Schwester. Sie wohnt auch hier, aber du wirst sie wohl kaum zu sehen bekommen, bevor du nicht wieder auf den Beinen bist. Sie hat sehr viel zu tun.« Donata wunderte sich, daß ihr diese faustdicke Lüge so glatt über die Lippen kam.

»Sie sind berufstätig, Frau Münsinger?« fragte Tobias, um Konversation zu machen.

»Das nicht. Aber ich habe eine Menge gesellschaftlicher Verpflichtungen.«

»Ach so«, sagte Tobias unbeeindruckt.

Silvia schnupperte. In der Luft lag der Hauch eines herben Toilettenwassers, der jedoch den Geruch von Krankheit und Medikamenten nicht überdecken konnte. »Rauchen«, fragte sie, »kann man hier wohl nicht?

»Aber ja doch. Selbstverständlich«, sagte Tobias.

»Nein, besser nicht, Silvia«, widersprach Donata.

»Dann ziehe ich mich lieber zurück.«

»Aber du bleibst doch noch, Donata?« fragte er fast flehend.

Silvia ging zur Tür. »Also dann – gute Nacht!«

»Ich komme später zu dir. Auf einen Whisky oder ein Glas Wein.« Donata zog sich einen kleinen Sessel an das Bett.

»Von deiner Schwester habe ich gar nichts gewußt«, sagte Tobias, als sie allein waren.

Donata erzählte ihm von Silvias Scheidung, ihren Kindern und von dem Verhältnis, in dem sie zueinander standen. »Interessiert dich das überhaupt?« unterbrach sie sich.

Er öffnete die Augen, die ihm zugefallen waren. »Alles, so weit es dich betrifft. Wie standet ihr als Kinder zueinander?«

»Sie war so viel älter als ich. Mit den Jahren scheint sich das auszugleichen.«

»Hat sie dich verwöhnt? Bemuttert?«

»Im Gegenteil. Sie hat mich gepiesackt, wo sie nur konnte. Heimlich natürlich. Die Eltern haben es wohl nie gemerkt.«
»Sie war eifersüchtig?«
»Ja. Weil ich Vaters Liebling war. Das hält sie mir heute noch vor.«
»Das ist aber doch nicht deine Schuld. Dann hat sie es einfach nicht verstanden, den Platz in seinem Herzen zu besetzen.«
»Sie meint, ich hätte sie daraus verdrängt. Weißt du, ich glaube, es war so. Meine Mutter wollte mich gar nicht haben. Ich war ja ein Nachzügler. Sie war bei meiner Geburt schon Ende dreißig. Aber mein Vater hat darauf bestanden, daß sie mich zur Welt brachte. Und weil er sich dessen bewußt war, hat er sich mehr um mich gekümmert, als Väter es gewöhnlich tun. Er wollte etwas Besonders in mir sehen, um sich vor sich selbst zu rechtfertigen.«
»Du bist etwas Besonderes, Donata.«
»Er war es auch, der meinen Vornamen ausgesucht hat.«
»Donata, die Geschenkte. Ein Geschenk des Himmels. Erzähl mir mehr.«
Und so kam es, daß sie lange bei ihm saß, halb vergessene Erinnerungen an ihre Kindheit ans Licht zog und fast vergaß, daß es für sie längst Zeit war, Silvia aufzusuchen. Erst als sie merkte, daß seine Fragen ausblieben und er wirklich müde geworden war, ließ sie ihn allein.

Im Architekturbüro war Tobias Müller kein Thema mehr. Es hatte sich herumgesprochen, daß er krank geschrieben war, und da niemand – außer Donata – in einer persönlichen Beziehung zu ihm stand, machte sich auch niemand Gedanken über ihn. Donata und Arthur Stolze begegneten einander höflich und mit äußerster Vorsicht.
Es gab viel zu tun. Fünf Bauprojekte mußten neben der

»Mercator-Siedlung« gleichzeitig betreut werden, dazu kamen die Bemühungen und Entwürfe für Ausschreibungen und neue Aufträge. Donata ging ganz in ihrer Arbeit auf. Erst wenn der Abend nahte, wurde sie unruhig. Anders als früher drängte es sie nach Hause, und sie mußte sich zwingen, so lange zu bleiben, bis sie geschafft hatte, was sie wollte.

In ihrem Haus begrüßte sie dann erst die Schwester, duschte sich, zog sich um und ging mit einem Glas Wein in der Hand zu Tobias. Es war ihr klar, daß Silvia sich vernachlässigt fühlen mußte, aber das schien ihr unvermeidlich.

»Sei mir nicht böse«, sagte sie immer wieder, »aber ich muß mich um unseren Gast kümmern.«

Silvia nahm es mit einem Achselzucken hin. Manchmal sagte sie auch: »Du bist nicht verpflichtet mir Gesellschaft zu leisten.«

»Ja, ja, ich weiß, aber ich bin doch gern mit dir zusammen. Nur im Augenblick geht unser Gast vor. Es ist ja nur vorübergehend.«

Tatsächlich schätzte sie das Beisammensein mit Tobias, ganz abgesehen von ihrer Verliebtheit, sehr viel mehr. Ihm konnte sie von den Vorgängen im Büro und auf den Baustellen berichten, wofür die Schwester sich nie interessiert hatte. Er wußte nicht nur zuzuhören, sondern stellte auch die richtigen Fragen und zog die richtigen Schlüsse. Sie unterhielten sich lebhaft und angeregt, und meist wurde es dann zu spät, um noch bei Silvia hereinzuschauen.

Tobias ging es von Tag zu Tag besser, und er begann sich in der Einsamkeit seines Krankenzimmers zu langweilen. Er ließ sich jetzt doch ein Transistorradio bringen; Musik und Geräusche machten ihm keine Kopfschmerzen mehr. Frau Kowalsky versorgte ihn auch mit Büchern, und er las sich allmählich quer durch Donatas ganze Bibliothek.

Als Donata am Freitagabend nach Hause kam, erwartete er sie, ein Buch in der Hand, in einem der kleinen Sessel, einen Hausmantel über dem Pyjama.

»Aber, Tobias«, rief sie, »du gehörst noch ins Bett!«

Er umfing ihre Taille und zog sie auf seinen Schoß. »Mit dir!«

Sie hatte Mühe, ihr Glas im Gleichgewicht zu halten, und trank einen Schluck. »Laß mich los!« bat sie und merkte selber, daß es nicht sehr überzeugend klang.

»Heute nicht. Du weißt ja noch gar nicht, was passiert ist.«

Sie legte ihm den freien Arm um den Nacken. »Also was?«

»Ich habe mir die Haare gewaschen.«

Sie schnupperte in seinen braunen Locken. »Bravo.«

»Du ahnst nicht, was für eine Erleichterung das war.«

»Doch, Tobias.«

»Und ich bin zwei Stunden aufgewesen. Frau Kowalsky kann es bezeugen.«

»Ich glaube dir auch so.«

»Ich bin fast wieder ganz gesund, Donata.« Er begann am Gürtel ihres grünsamtenen Hausmantels zu nesteln.

Sie schlug ihm leicht auf die Hand. »Aber eben nur ›fast‹.«

Plötzlich fühlte sie, daß er hart unter ihr geworden war, hart und heiß und sehr lebendig. Ihre Augen wurden groß.

Er küßte ihren Hals und murmelte dicht an ihrem Ohr: »Donata, du weißt nicht, wie das ist. Den ganzen Tag liege ich da und denke nur an dich. Manchmal ist's mir, als müßte ich platzen … oder verrückt werden.«

»Das ist nicht fair …«

»… von dir mich zappeln zu lassen«, ergänzte er. Er nahm ihr das Glas aus der Hand und stellte es ab. Seine Lippen, nun nicht mehr spröde, sondern glatt und weich, suchten ihren Mund. Ihre Zungen berührten sich, und seine Hände streiften ihr den Hausmantel von den Schultern.

›Was für ein geschickter Verführer er doch ist!‹ schoß es ihr durch den Kopf, aber dann gab sie jeden Widerstand auf und ließ sich den Abgrund ihrer Leidenschaft fallen.
Später lagen sie, nackt aneinander geschmiegt, in seinem Bett. Sie hatte die Tür abgeschlossen, als sie wieder zur Besinnung gekommen war. ›Wenn das Kind in den Brunnen gefallen ist‹, hatte sie dabei flüchtig gedacht und über sich selber lächeln müssen.
Jetzt, den Kopf an seiner Schulter, die Hand auf seiner Brust, wurde ihr bewußt, daß dies das Schönste für sie war: erlöst in seinen Armen zu liegen. Die Ekstase, die sie aus sich heraus riß, bedeutete ihr immer auch eine Entfremdung, eine Entpersönlichung. Aber bei ihm ruhend hatte sie zu sich zurück gefunden. Oder doch nicht ganz? Sie fühlte sich nicht mehr als die kluge, selbstsichere, berechnende Frau in den besten Jahren, sondern neben ihm, der so viel größer und stärker war, als kleines Mädchen, sehr jung und sehr verletzlich und doch auch voll Vertrauen.
Sie suchte nach Worten, ihm das zu erklären, überlegte noch, ob es überhaupt richtig war, sich ihm mitzuteilen. Vielleicht würde er es lächerlich finden.
»Ich liebe dich, mein Kätzchen«, sagte er.
Neugierig bewegte sie den Kopf, so daß sie sein Profil sehen konnte. »So hast du mich noch nie genannt.«
»In Gedanken schon oft. Mit deinen gritzegrünen Augen und deinem kurzen Seidenhaar bist du mir schon immer wie ein Kätzchen vorgekommen – ein Kätzchen, das mir zugelaufen ist.«
Es berührte sie tief, daß er Ähnliches empfand wie sie. »Am liebsten würde ich jetzt schnurren.«
»Versuch's nur, Kätzchen! Ich bin sicher du kannst es.«
Die Türklinke bewegte sich. Sie blickten erst hin, als das

Geräusch sie aufmerksam gemacht hatte. Rasch legte Donata ihm die Hand auf den Mund.
Sie warteten ab, aber nichts weiter geschah.
»Wer war das?« flüsterte Donata.
»Deine Schwester.«
»Bist du sicher?«
»Wer sonst?« Frau Kowalsky klopft an, bevor sie eintritt.
»Aber Silvia? Wie kommt sie denn dazu?«
»Sie besucht mich manchmal, wenn sie Langeweile hat.« Er küßte ihre Fingerspitzen. »Ihre gesellschaftlichen Verpflichtungen scheinen doch nicht so arg zu sein.«
»Aber sie muß doch wissen, daß ich bei dir bin.«
»Eben drum.«
»Sie spioniert mir nach?«
»So streng würde ich das nicht beurteilen.«
»Es ist mir sehr, sehr unangenehm, Tobias.«
»Mir nicht. Ich finde unsere ewige Geheimnistuerei schon längst zum Kotzen.«
Donata war nahe daran, ihm von ihrem Zusammenstoß mit Stolze zu erzählen. Aber dann schien ihr dafür doch noch nicht der richtige Zeitpunkt gekommen zu sein.
Sie war sich selbst noch nicht sicher, wie sie auf Stolzes Forderung reagieren sollte.

Silvia sagte nichts über die verschlossene Tür. Aber sie trug eine Miene äußerster Mißbilligung zur Schau und verhielt sich einsilbig.
Donata überlegte, ob sie selber das Thema anschlagen sollte. Aber dann dachte sie: ›Wozu?‹ – Silvia mußte wissen, was vor sich ging. Sie waren beide erwachsene Frauen, und es gab keinen Grund, sich ihr gegenüber zu rechtfertigen.
Am Samstag stand Tobias auf und hielt sich den ganzen

Tag auf den Beinen, zog sich dann aber gleich nach dem Abendessen erschöpft und todmüde zurück.
Donata und Silvia setzten sich vor den Fernseher, tranken Wein und ließen eine Show an sich vorüber flimmern. Hin und wieder wechselten sie ein Wort miteinander. Eigentlich war es Donata, die munter plauderte, um Silvias Verkrampfung zu lösen, wobei sie sich ziemlich dumm vorkam. – ›Habe ich das nötig?‹ fragte sie sich.
Unvermittelt erklärte die Schwester, nachdem sie schon einige Gläser geleert hatte: »Du scheinst ein reichlich schlechtes Gewissen zu haben.«
Donata lachte auf. »Wie kommst du darauf?«
»Streite es nicht ab! Es spricht ja immerhin für dich.«
»Na, erlaube mal«, protestierte Donata, »ich ...«
Silvia ließ sie nicht aussprechen. »Doch. Ich kenne dich. Du redest so viel, weil du etwas zu verbergen hast.«
»Stimmt nicht. Ich rede, weil du dich in Schweigen hüllst.«
»Ich bin sehr nachdenklich geworden, und du weißt auch, warum.«
»Wegen Tobias?«
»Wegen dir und Tobias.«
»Das ist ja wohl meine Privatangelegenheit.«
»Nein, das ist eine Sache, die die Familie angeht. Mich, Silvi und Christian.«
»Daß ich nicht lache.«
»Wir haben einen Ruf zu verlieren. Christian und ich, wir können uns vielleicht darüber hinwegsetzen. Aber du verdirbst Silvi die Heiratschancen. Wer wird schon ein Mädchen nehmen, dessen Tante es mit einem Halbwüchsigen treibt.«
»Jetzt erlaube mal! Tobias ist fünfundzwanzig.«
»Du könntest seine Mutter sein.«
»Zum Glück bin ich es nicht! Und ich nehme dir nicht ab,

daß du dich ernsthaft um Silvis Heiratschancen sorgst. Wir leben ja nicht mehr im Mittelalter.«

»Jedenfalls ist mir die ganze Geschichte höchst zuwider.«

›Weil du mir den Jungen nicht gönnst‹, dachte Donata, ›weil du eifersüchtig bist!‹ – Aber das sprach sie nicht aus, weil sie die Schwester nicht verletzen wollte. Statt dessen sagte sie: »Das kann ich verstehen. Du hättest nicht damit gerechnet, daß ich mich noch einmal verlieben würde.«

»Es ist ein Skandal!«

»Unsinn«, widersprach Donata, »niemand wird es merken.« – Im gleichen Augenblick wurde ihr klar, daß dies nicht die Wahrheit war. Stolze hatte es herausbekommen, und wenn sie ihm glauben durfte, wußten es auch schon alle in ihrem Architekturbüro. Aber sie wollte die einmal eingeschlagene Linie nicht aufgeben. »Christian und Silvi werden nie darauf kommen, wenn du es ihnen nicht unter die Nase reibst.«

»Auch wenn ich schweige – irgend jemand wird es ihnen stecken.« Auf Silvias Wangen hatten sich kreisrunde rote Flecken gebildet. »Donata, ich bitte dich, muß das denn sein?«

»Niemand kommt gegen sein Schicksal an.«

»Meine liebe Donata, du machst es dir sehr einfach. Du stehst im Begriff, dein ganzes Leben, unser aller Leben, völlig durcheinander zu wirbeln und zu zerstören – aber natürlich bist du ganz unschuldig daran. Es ist dir so in den Sternen bestimmt, und dagegen kannst du dich nicht wehren.«

»Du weißt, ich halte nichts von Astrologie.«

»Wenn du dich auf dein Schicksal berufst, ist es genau dasselbe. Es liegt immer in unserer eigenen Hand, was wir aus unserem Leben machen.«

»Das glaube ich nicht, und ich könnte dir tausend Beispiele nennen, die das Gegenteil beweisen.«

Silvia zündete sich eine Zigarette an. »Ich habe nicht die Absicht, mit dir zu philosophieren. Wenden wir uns lieber den nackten Tatsachen zu. Wie soll es nun weiter gehen?«
»Mach dir darüber keine Sorgen. Tobias ist ja nur ganz vorübergehend hier im Haus. Sobald sein Bruder eine Wohnung für ihn gefunden hat ...«
»Bist du sicher, daß er sich wirklich danach umschaut? Ich bezweifle es. Jedenfalls hat er nichts mehr von sich hören lassen. Warum sollte er auch? Er weiß ihn ja bei dir in guter Obhut.«
Donata verzichtete darauf, der Schwester zu sagen, daß Sebastian das keineswegs so sah. »Wäre auch nicht weiter schlimm«, entgegnete sie, »dann muß Tobias sich eben selber auf die Suche machen.«
»Wirst du das von ihm verlangen?«
»Aber sicher.«
Silvia drückte ihre Zigarette in dem fast schon überquellenden Aschenbecher aus und zündete sich sofort wieder einen neue an. »Das nehme ich dir nicht ab. Du bist ja Wachs in seinen Händen. Wie könntest du es über dich bringen ihn aus dem Haus zu jagen? Er wird dir entgegen halten, daß hier doch Raum genug ist. Und damit hat er ja recht.«
Donata schwieg; dem war nichts entgegenzusetzen.
»Wenn das so ist«, erklärte Silvia mit Nachdruck, »dann muß ich dich leider verlassen.«
»Das ist doch albern. Du kannst mich doch nicht allen Ernstes vor die Entscheidung stellen: entweder ich oder er.«
»Doch, Donata. In einer von Sex vergifteten Atmosphäre könnte ich nicht atmen.«
»Überleg dir das gut!«
»Ich weiß, daß ich nie mehr so angenehm leben werde wie hier bei dir. Aber wenn dieser junge Mensch nicht geht, dann gehe ich.«

»Bildest du dir ein, ich könnte ihn mit dem Argument beeindrucken, daß du seine Anwesenheit nicht ertragen kannst? Bisher hatte er das Gefühl, daß du ihn recht gut leiden kannst.«

Silvia fuhr hoch. »Was hat er dir erzählt?«

»Nur, daß du ihn bisweilen besucht hast. Geheimnisse hat er keine ausgeplaudert – falls solche zwischen euch bestehen.«

»Nein, ich habe mich ihm natürlich nicht anvertraut. Wo denkst du hin. Aus reinem Mitleid habe ich hin und wieder zu ihm hineingeschaut. Gegen ihn habe ich ja auch nichts. Nur gegen euer Verhältnis.«

»Man könnte es auch eine Liebesgeschichte nennen. Ist dir das nie durch den Kopf gegangen?« Donata hatte plötzlich genug; sie stand auf. »Erlaubst du, daß ich mich zurückziehe?« fragte sie mit übertriebener Förmlichkeit.

»So wie ich die Dinge sehe, habe ich dir weder etwas zu erlauben, noch zu verbieten.«

»Da hast du auch wieder recht. Gute Nacht, Schwester. Es wird uns beiden gut tun, die ganze Angelegenheit einmal zu überschlafen.«

Sie atmete auf, als sie in die unverbrauchte, unverqualmte Luft der Diele trat. Ein Auszug Silvias würde kein Verlust für sie sein. Sie hatte nach dem Tod ihres Mannes jahrelang allein gelebt und würde es wieder können. Die Schwester war seinerzeit genau so provisorisch bei ihr eingezogen wie jetzt Tobias. Sicher wäre es vernünftig, wenn auch herzlos, sie hinauszugraulen.

Auf keinen Fall würde sie sich in ihrem eigenen Haus Vorschriften über ihren Lebenswandel machen lassen.

Am Sonntagnachmittag kam Dr. Sebastian Müller. Er hatte sich telefonisch angemeldet, und Donata hatte ihn zum Tee eingeladen. Er erschien in einem sehr konventionellen grauen Anzug und brachte einen Koffer mit Habseligkeiten seines Bruders mit. Donata nutzte die Gelegenheit, ihn Silvia vorzustellen.
Den Tee nahmen sie in dem eleganten Speisezimmer ein, das Donata nicht besonders liebte, weil es keinen Ausblick zum Garten hatte. Aber die Bäume draußen begannen ohnehin kahl zu werden, und bei zugezogenen Vorhängen und dem warmen Licht der geschickt verteilten Lampen wirkte es durchaus behaglich. Die silbernen Dosen, Kannen und Kännchen schimmerten auf dem weiß gedeckten Tisch. Frau Kowalski hatte einen Teestollen gebacken und Donata hatte selber hauchdünne Scheiben Vollkornbrot und Pumpernickel mit Käse und mit frischen Kräutern gewürzten Gurken- und Tomatenscheiben belegt.
Sie hatte sich schick gemacht. Sie trug ein leichtes grünes Wollkleid – dasselbe, das sie einmal für Tobias im Büro hatte anziehen wollen und dann verworfen hatte – war sorgfältig geschminkt und hatte eine ihrer hübschen Perükken aufgesetzt. Silvia hatte ein leuchtend buntes Seidenkleid gewählt und sehr kräftiges Make-up aufgelegt.
Tobias, als einziger, war, in Jeans und Rolli, ausgesprochen leger gekleidet; es wurde ihm selbst bewußt, und er entschuldigte sich. »Immerhin bin ich ja noch Patient.«
»Und ich dachte, du spielst den Sohn des Hauses«, gab sein Bruder zurück.
Donata traf diese zynische Bemerkung wie ein Hieb; ihre Augen funkelten vor unterdrücktem Zorn.
Silvia lachte beifällig.
Tobias lächelte. »Zum Spielen«, behauptete er, »bin ich hier überhaupt noch nicht gekommen.«

Sie nahmen Platz, Donata schenkte Tee ein, und Silvia bot Kuchen und Brote an.
Sebastian trank einen Schluck Tee und sagte, mit fast widerwilliger Anerkennung: »Schmeckt ausgezeichnet.«
Tobias strahlte ihn an. »Habe ich selbst bereitet. Aber unterstelle mir jetzt, bitte, nicht, ich hätte den Küchenjungen gemimt.«
»Na, jedenfalls scheinst du zu deinem alten munteren Selbst zurück gefunden zu haben.«
»Ja, ich habe mich prächtig erholt«, stimmte Tobias ihm zu, »ich denke, diese Woche fange ich wieder an zu arbeiten.«
Donata erschrak. Sie wußte, daß es so kommen würde, aber sie hatte das Problem vor sich hergeschoben. Jetzt erkannte sie, daß sie unbedingt mit Tobias sprechen mußte.
»Erst gehst du zum Arzt«, bestimmte Sebastian.
»Aber wieso denn?«
»Um dich gesund schreiben zu lassen. Du hast es seinerzeit nicht mitbekommen, aber Doktor Koch hat mir das ans Herz gelegt. Er will auch noch ein EKG von dir machen. Mit dieser Art Grippe ist nicht zu spaßen.«
»Nun übertreib aber nicht! Als wenn ich nicht selber beurteilen könnte, ob ich gesund bin oder nicht.«
»Du wirst tun, was ich dir sage!«
Donata war Sebastians Meinung, aber sie sprach es nicht aus, weil sie vor den anderen nicht den Anschein erwecken wollte, Tobias zu dirigieren.
»Zu Befehl, großer Bruder, ganz zu deinen Diensten«, spottete Tobias.
»Daran ist durchaus nichts komisch.«
Silvia rührte heftig in ihrer Tasse. »Wie steht es mit einer Wohnung für unseren Patienten?« fragte sie, ohne Sebastian anzusehen. »Ich hoffe, Sie hatten Erfolg bei der Suche.«

»Aber, Silvia, das klingt, als könnten wir Tobias nicht schnell genug los werden.« Donata blickte Sebastian herausfordernd an. »Davon ist nicht die Rede.«
Sebastian hielt ihrem Blick stand. »Ich finde Frau Münsingers Frage durchaus berechtigt.« Er wandte sich Silvia zu. »Ja, ich habe etwas gefunden. Vielleicht ist es nicht ganz das, was der Junge sich vorstellt ...«
Tobias fiel ihm ins Wort. »Bitte, sprich nicht über mich, als wäre ich ein Halbwüchsiger!«
Sebastian hob mit einer resignierenden Geste beide Hände. »Tut mir leid, es kommt mir manchmal so vor.«
»Mach dich nicht lächerlich! Du bist nur drei Jahre älter als ich. Wenn man es genau nimmt, nur zwei Jahre und neun Monate.«
»Ich sagte ja, es tut mir leid.«
Donata war völlig klar, daß Sebastian mit voller Absicht immer wieder auf Tobias' Alter anspielte, aber ihr schien es klüger, sich nicht einzumischen.
»Was ist nun mit der Wohnung?« wollte Silvia wissen.
»Es ist eher eine Unterkunft, aber sie ist sehr sauber und recht komfortabel.«
Tobias runzelte die Stirn. »Unterkunft? Was soll das heißen?«
»Es handelt sich um einen Platz in einer Wohngemeinschaft. Durch einen besonderen Zufall wird er zum ersten Dezember frei. Ich habe ihn natürlich sofort für dich reserviert.«
»Und es stecken bestimmt ganz besonders nette tolle Typen drin, wie?« fragte Tobias. »Hörer von dir, nehme ich an.«
»Eine Wohngemeinschaft, das ist doch wirklich reizend!« rief Silvia. »Genau das, was junge Leute heutzutage ja so lieben. Ich gratuliere, Tobias. Das haben Sie gut gemacht, Doktor Müller.«

Sebastian lächelte, halb geschmeichelt, halb unbehaglich. »Wie gesagt, es war ein Zufall.«
»Wenn du keine Lust hast, da einzuziehen, Tobias«, sagte Donata, »du brauchst es natürlich nicht.«
»Natürlich nicht«, stimmte Sebastian ihr zu, »niemand zwingt dich. Du hast ja auch Gelegenheit dich selber umzusehen. Aber es ist nicht einfach.«
Tobias machte ein unglückliches Gesicht.
»Aber das alles müssen wir ja nicht jetzt gleich entscheiden«, meinte Donata.
»Natürlich nicht. Aber sieh dir die Leute erst mal an! Sprich mit ihnen. Das sind Typen, mit denen du dich bestimmt verstehst.«
»Ich dachte, aus dem Studentenalter wäre ich jetzt glücklich 'raus.« murrte Tobias.
»Es wäre ja auch nur eine Übergangslösung.«
»Die Frage ist«, sagte Donata, »ob er die braucht. Ich finde, er kann bleiben, bis er etwas gefunden hat, das ihm wirklich zusagt.«
»Donata, du bist ein Schatz!« rief Tobias erleichtert und küßte ihre Hand. »Wenn ich dich nicht hätte!«
Silvia und Sebastian schwiegen.
»Ich verspreche dir, Sebastian«, fuhr Tobias eifrig fort, »ich werde mir das Ganze ansehen. Vielleicht gefällt es mir ja wirklich. Aber wenn nicht, dann bleibe ich einfach hier. Es ist euch doch recht?«
»Ja, Tobias«, sagte Donata und widerstand der Versuchung über den Tisch weg seine Hand zu berühren.
Die anderen schwiegen. »Ist irgend etwas dagegen einzuwenden?« fragte Tobias, jetzt drängend.
»Es wirkt etwas sonderbar«, sagte Sebastian, nach den richtigen Worten tastend, »wenn ein junger Mann bei seiner Chefin lebt, finde ich.«

»Aber wieso denn?« rief Tobias. »Mir kommt das ganz natürlich vor.«
»Das ist es absolut nicht«, erklärte Silvia scharf.
»Ist dir niemals der Gedanke gekommen«, fragte Sebastian, »du könntest Frau Beck kompromittieren?«
»Kompromittieren? Ich weiß nicht einmal, was das heißt!«
»Ihren Ruf schädigen.«
»Weil ich ein leer stehendes Zimmer in ihrem sehr großen Haus bewohne?«
»Stell dich bitte nicht dümmer als du bist.«
»Ich finde es rührend, Doktor Müller«, mischte Donata sich ein, »daß Sie so um meinen Ruf besorgt sind. Aber ich denke doch, daß ich ihn selbst verteidigen kann.«
»Normalerweise ganz gewiß. Aber im Augenblick – entschuldigen Sie, daß ich das so offen ausspreche – scheinen Sie beide mir nicht ganz zurechnungsfähig zu sein.«
»Damit treffen Sie den Nagel genau auf den Kopf«, stimmte Silvia ihm zu.
»Es wird, es muß zu Klatsch und Tratsch kommen.«
»Um so etwas habe ich mich noch nie gekümmert«, behauptete Donata.
»Es würde Ihnen also nichts ausmachen, wenn ein Artikel in der ›Abendzeitung‹ über Sie erschiene? Etwa unter dem Motto: ›Donata Beck, die erfolgreiche Architektin, scheint ihr Herz für die Jugend entdeckt zu haben! Wie man hört, lebt sie mit einem zwanzig Jahre jüngeren Mann zusammen‹.«
»So lange man mich als ›erfolgreich‹ bezeichnet, könnte ich es durchaus ertragen«, erwiderte Donata, »im übrigen sind es keine zwanzig Jahre.«
»Sie scheinen sich nicht darüber klar zu sein, daß auch Ihr Erfolg, an dem Ihnen doch so viel liegt, darunter leiden kann, wenn dieses Verhältnis erst public wird.«

Donata holte Luft. »Mein lieber Doktor Müller, ich glaube Ihnen kein Wort. Ich nehme Ihnen einfach nicht ab, daß Sie so besorgt um mich sind. Sie kennen mich ja kaum. Wenn Sie schon Ihre Kassandrarufe nicht unterdrücken können, warum sind Sie dann nicht wenigstens ehrlich? Es geht Ihnen ja nicht um mich, sondern um Ihren Bruder.«

»Aber mir geht es um dich!« rief Silvia und schob ihren Teller mit einem angeknabberten Stück Kuchen von sich. »Hat jemand was dagegen, wenn ich mir eine Zigarette anzünde?«

Da niemand sich dazu äußerte, tat sie es.

»Sie haben nicht ganz Unrecht, Frau Beck!« gab Sebastian zu. »Was wird man von Tobias denken, wenn sich herumspricht, daß er mit einer so viel älteren Frau zusammen lebt?«

»Ich lebe nicht mit Donata zusammen«, widersprach Tobias hitzig, »ich wohne nur hier. Ich habe ihre Privaträume überhaupt noch nie betreten.«

»Du weichst mir aus«, stellte Sebastian fest, »das ist nicht der springende Punkt.«

»Du willst wissen, ob ich sie liebe?«

»Übernimm dich nicht! So große Worte scheinen mir in diesem Fall nicht angebracht.«

»Aber genau das ist die Wahrheit! Ich liebe Donata, und sie liebt mich ...« Er unterbrach sich. »Jedenfalls mag sie mich. Und was die Leute darüber denken werden? Daß ich verdammtes Glück habe.«

»Sei nicht so naiv! Man wird dir vorwerfen, daß du dich in das gemachte Bett gelegt hast.«

»Es ist, wie es ist«, entschied Donata, »das alles geht nur mich und Tobias etwas an. Ich weiß, wie sehr Sie sich nach dem Tod Ihrer Eltern um ihn gekümmert haben, Doktor Müller, und ich bin Ihnen von Herzen dankbar dafür. Aber wie sehr Sie auch immer auf seine Jugend anspielen mögen – er ist inzwischen Ihrer gut gemeinten Vormundschaft entwachsen.«

»Siehst du das auch so, Tobias?«

»Ganz genau. Ich selber hätte es nicht besser formulieren können.«

»Dann habe ich nichts mehr dazu zu sagen.« Sebastian stand auf. »Aber bilde dir nur nicht ein, daß du dich wieder an mich wenden kannst, wenn du in der Patsche sitzt, in die du unweigerlich geraten wirst.«

Tobias sprang auf. »Warum sagst du mir sowas? Wir sind doch Brüder. Wir werden Brüder bleiben, was immer auch geschieht.« Er schien nahe daran in Panik zu geraten.

»Du hast deine Wahl getroffen«, entgegnete Sebastian kalt.

»Es geht hier doch gar nicht um Grundsatzentschlüsse«, erinnerte Donata, »sondern nur darum, ob Tobias so lange hier wohnen kann, bis er eine anständige Bleibe gefunden hat. Um weiter nichts.«

»Dieser Ansicht bin ich nicht«, erwiderte Sebastian, »es sind hier Worte gefallen, die weit über dieses Thema hinaus gehen.«

»Das mag sein, und ich finde es sehr gut so. Fest steht, wir lieben uns ...«

»Oh, Donata!« Mit wenigen Schritten war er bei ihr, zog sie hoch und nahm sie in die Arme. »Das ist das erste Mal, daß du das zugibst.«

Sanft versuchte sie sich zu befreien. »... aber wie wir unser Leben gestalten wollen, das wissen wir nicht. Darüber müssen wir erst noch nachdenken. Ihr macht es uns nicht leichter, indem ihr gleich das Schlimmste heraufbeschwört.«

»Donata, heirate mich!«

Sie schüttelte stumm den Kopf und drückte ihm zwei Finger auf die Lippen.

Angewidert verzog Sebastian das Gesicht. »Du weißt nicht mehr, was du sagst. Wenn es ginge, würde ich dich entmündigen lassen.« Er wandte sich zur Tür. »Es war ein reizender Nachmittag«, sagte er voll bitterer Ironie, »aber jetzt entschuldigen Sie mich, bitte.« Als Tobias zu ihm eilte, fügte er hinzu: »Danke, ich finde schon allein hinaus.« Der Blick, mit dem er seinen Bruder maß, war voller Verachtung.

»Mir ist nicht gut«, sagte Tobias.

»Es war zu viel für dich.« Donata begann das Geschirr zusammenzuräumen. »Am besten gehst du nach oben und legst dich hin.«

»Aber du kommst doch zu mir?«

»Bestimmt. So bald du dich ausgeruht hast.«

Er küßte Donata, bevor er sich zurückzog.

Silvia zündete sich eine neue Zigarette an. »Sein Bruder scheint ein vernünftiger Mann zu sein«, behauptete sie.

Donata nahm die Kanne vom Stövchen und blies die Kerze aus.

»Er sieht das Unheil, das auf euch zukommt«, fuhr Silvia fort.

Immer noch schweigend trug Donata das benutzte Geschirr zum Speiseaufzug.

»Es kann mit euch beiden nicht gutgehen.«

»Muß es ja auch nicht«, sagte Donata endlich.

»Was soll das nun wieder heißen?«

»Welche Liebesgeschichte geht schon gut aus – außer in Romanen? Ist deine etwa gutgegangen? Haben Christian und Silvi bis jetzt Glück gehabt? Ich finde, man muß dankbar sein, wenn man der Liebe begegnet. Wie es später ausgeht, darauf kommt es doch nicht an.«

Der Arzt schrieb Tobias noch für eine Woche krank und ermahnte ihn, sich vorläufig zu schonen.
Tobias paßte das gar nicht. Er brannte darauf, wieder zur Arbeit zu gehen. Morgens stand er auf, um Donata beim Frühstück Gesellschaft zu leisten und ging dann Herrn Kowalski bei Arbeiten im Haus und im Garten zur Hand. Er fühlte sich vollkommen fit und tat, als könnte er Bäume ausreißen. Aber schon nach wenigen Stunden überfiel ihn Müdigkeit, und spätestens nach dem Mittagessen hatte er das Bedürfnis, sich hinzulegen. Er mochte die Schwäche Donata nicht zugeben, aber sie erfuhr es von der Haushälterin. Sie wußte auch, daß er, wäre er wieder ganz gesund gewesen, sich nicht hätte bremsen lassen.
Endlich, am Freitagmorgen, erklärte er: »Nun ist aber Schluß mit dem Faulenzen! Heute fahre ich mit dir ins Büro.«
Sie sah ihn an, und er wirkte auf sie gesund genug, etwas zu unternehmen. Dennoch sagte sie: »Heute? Am Freitag? Das wäre doch Unsinn.«
»Nein, gar nicht!« widersprach er. »Ich finde es ausgesprochen vernünftig mit einem kürzeren Arbeitstag zu beginnen. Und am Wochenende habe ich dann ja schon wieder Gelegenheit mich auszuruhen.«
Jetzt konnte Donata ihm nicht länger ausweichen; der Zeitpunkt war gekommen, ernsthaft mit ihm zu reden. »Ich weiß nicht«, sagte sie sehr vorsichtig, »ob es überhaupt klug ist, die Arbeit wieder aufzunehmen.«
Er verstand sie nicht. »Du machst wohl Witze!«
»Mir ist zu Ohren gekommen – bitte, bleib ganz ruhig, mein Lieber, es besteht kein Grund zur Aufregung –, daß im Büro über uns geklatscht wird.«
Seine blauen Augen verfinsterten sich. »Wer behauptet das?«

Sie hielt seinem Blick stand. »Stolze.«

»Na und?«

»Und er ist der Ansicht, daß das dem Betriebsklima schadet.«

»Unfug!«

»Das habe ich ihm auch erwidert, aber je länger ich über den Fall nachgedacht habe . . .«

Tobias sprang auf. »Dieser vertrocknete Bürokrat! Wie kannst du dir von dem etwas einreden lassen?«

»Ich habe, wie gesagt, darüber nachgedacht und bin zu der Ansicht gekommen, daß er nicht so ganz unrecht hat. Bitte, setz dich wieder! Den wilden Mann zu spielen hat wirklich keinen Sinn.«

Er blieb stehen. »Aber wir haben uns doch nicht schlecht benommen – Küßchen getauscht oder Händchen gehalten oder irgend so etwas.«

»Natürlich nicht. Niemand macht dir ja auch einen Vorwurf. Aber man hat es uns eben angemerkt.«

»Und wenn es so ist?« Langsam ließ Tobias sich auf seinen Stuhl sinken. »Du kannst doch in deinem eigenen Betrieb tun und lassen, was du willst.«

»Es wäre schön dumm von mir, in meiner eigenen Firma Unruhe zu stiften – oder denkst du etwa nicht?«

»Aber den anderen kann das doch ganz egal sein, und es ist ihnen auch egal.«

»Wilhelmina soll außer sich vor Eifersucht sein.«

»Wilhelmina? Der habe ich doch niemals Avancen gemacht.«

»Du hast mit ihr geflirtet.«

»Wie mit jedem Mädchen. Was ist schon dabei?«

Donata zündete sich eine Zigarette an. »Flirtest du wirklich mit jeder?« fragte sie erstaunt.

»Ja, natürlich. Die Netten erwarten das, und die weniger

Netten freuen sich um so mehr darüber. Das ist doch ganz harmlos.«
»Wilhelmina scheint dich jedenfalls mißverstanden zu haben.«
»Dann ist sie ein ganz dummes Ding.«
»Mag sein.«
Er nahm sich eine Zigarette, was er selten tat, und wirkte unglaublich jung, während er ungeschickt paffte: »Wieso streiten wir uns eigentlich wegen Wilhelmina?«
Obwohl das Gespräch ernst genug war, mußte sie lächeln.
»Erstens streiten wir uns gar nicht, und zweitens geht es auch nicht um Wilhelmina. Sie ist ja nur Volontärin und hat nicht einmal einen Anstellungsvertrag. Ich könnte sie jederzeit entlassen.«
»Warum tust du es dann nicht?«
»Weil niemandem damit geholfen wäre. Stolze stört sich an unserer Beziehung.«
»Hat er denn das Recht dazu?«
»Leider ja. Er war von Anfang an mit dabei, kümmert sich um die finanziellen Aspekte der Firma ...«
»Das könnte ich auch!« fiel er ihr ins Wort.
»Du hast nicht seine Erfahrung.«
»Dafür denke ich modern und weiß, wie es heutzutage auf dem Baumarkt zugeht. Er ist doch verstaubt bis zum geht nicht mehr.«
»Er hat Geld in der Firma.«
Tobias runzelte die Stirn. »Ohne das du nicht auskommen kannst?«
»Doch. Im Notfall könnte ich eine Hypothek auf das Haus nehmen. Oder es auch verkaufen.«
Wieder sprang er auf. »Dein schönes Haus?« rief er entsetzt.
Sie drückte ihre Zigarette aus. »Es ist ja noch nicht so weit,

Tobias«, sagte sie beruhigend, »vielleicht wird es ja auch nie dazu kommen. Ich habe das nur erwähnt, weil ich denke, daß wir alle Aspekte berücksichtigen sollten. Tatsache ist: Entweder verzichtest du auf deine Stellung oder Stolze zieht sich und sein Geld aus der Firma zurück. Vor diese Entscheidung hat er mich gestellt.«

Schweigend trat Tobias an das Panoramafenster. Sie folgte ihm und blickte in den fast schon winterlichen Garten hinaus. Die Bäume und Büsche standen schon kahl, und nur das Holz der Terrasse schimmerte noch in seinem warmen, rötlichen Ton. Das Wasser im Becken lud nicht zum Baden ein.

»Sei nicht verzweifelt«, sagte sie, »das ist zwar eine blöde Situation, aber wir werden schon mit ihr fertig.«

Er wandte sich ihr zu. »Ich kann dich nicht aufgeben, Donata.«

»Das sollst du ja auch nicht. Wir werden eine andere interessante Stellung für dich finden, und privat zusammen sein können wir, so oft wir wollen.«

»Aber das ist nicht dasselbe.«

»Nein, das ist es nicht«, gab sie traurig zu, »ich hatte dich auch gern an meiner Seite.«

»Warum heiratest du mich nicht, Donata? Das würde alles ändern. Niemand wird mehr über uns klatschen, wenn wir erst Mann und Frau sind.«

Sie verbarg ihre Rührung hinter einem Lächeln. »Mein lieber Junge, das kann doch nicht dein Ernst sein.«

»Doch ist es das! Mein heiliger Ernst! Und nenn mich nicht Junge! Es ist schon schlimm genug, wenn du ›mein Lieber‹ zu mir sagst.«

»Das magst du nicht?«

»Nein, ganz und gar nicht. Nenn mich ›Geliebter‹ oder, von mir aus auch, ›Tobias‹.«

»Ich werde es mir merken.«
»Und – willst du meine Frau werden? Glaub nur nicht, daß ich auf dein Geld scharf bin. Wir können einen Ehevertrag machen, Gütertrennung vereinbaren.«
»Das steht ja jetzt gar nicht zur Debatte. Ich muß fort. Ich bin schon zu spät. Denk über das nach, was ich dir gesagt habe! Wir müssen zu einer Entscheidung kommen. Und glaub mir eines: Selbst wenn es uns gelingen würde, Stolze noch einmal umzustimmen – was ich übrigens nicht für möglich halte –, auf die Dauer könnte es nicht gutgehen.«

Jetzt, da sie die Situation endlich geklärt hatte, fühlte Donata sich dennoch nicht wohler. Es kam ihr vor, als sei sie Tobias gegenüber nicht fair gewesen. Sie hatte ihm die Sachlage so dargestellt, daß ihm keine Wahl blieb, als sich zu fügen. Anstatt mit ihm zu diskutieren, hatte sie ihn brutal überfahren.
Was hatte er ihren Argumenten entgegenzusetzen gehabt? Daß er es liebte mit ihr zusammen zu arbeiten. Oh ja, das tat sie auch! Aber wie es aussah, konnten sie sich gerade das nicht leisten.
Donata war deprimiert. Sie bedauerte Tobias, und sie bedauerte sich selber. Außerdem war sie wütend auf ihren Geschäftsführer. Hätte sich Stolze etwa in Wilhelmina verliebt, so hätte er wohl im Traum nicht daran gedacht ihr zu kündigen. Es wäre ihm egal gewesen, wenn alle im Büro davon wüßten – wenn nur seine Frau nichts erführe. Tausende von Männern machten es so und kamen damit durch. Aber ihr, nur weil sie eine Frau war, wagte er Vorschriften zu machen.
An diesem Morgen kam sie zu spät. Alle anderen waren schon da, und es fiel ihr schwer freundlich zu grüßen.
»Herr Stolze läßt Sie bitten zu ihm ins Büro zu kommen«, verkündete Frau Sforzi.

»Er war also ausnahmsweise mal pünktlich?« fragte Donata bissig.
Rosemarie Sforzi, die einen solchen Ton nicht gewohnt war, sah sie verwundert an.
»Bitte, melden Sie mich ihm!«
Stolze empfing sie in der geöffneten Tür, und sie reichte ihm lächelnd die Hand. – ›Du mußt dich zusammennehmen‹, beschwor sie sich, ›du bist Geschäftsfrau, du darfst dich nicht von deinen Gefühlen hinreißen lassen!‹ – »Bitte, entschuldige, Arthur«, sagte sie, »daß ich mich verspätet habe. Du weißt, das kommt selten genug bei mir vor.«
»Du denkst doch nicht etwa, daß ich dir einen Vorwurf deswegen mache?« erwiderte er aalglatt. »Dazu hätte ich nicht das mindeste Recht.«
»Stimmt schon.« Donata nahm gegenüber dem Schreibtisch Platz und schlug die Beine übereinander. »Aber es ist mir eben selber unangenehm.«
Stolze achtete auf seine Bügelfalten, während er sich setzte. »Wie ist es denn passiert?«
»Ich bin später als gewöhnlich losgefahren und dann auch noch prompt in einem Stau geraten.«
»Sowas soll vorkommen.« Er bückte sich, um seine Cognacflasche hervorzuholen.
»Doch nicht schon jetzt!« entfuhr es Donata.
Bedauernd sah er auf die Flasche, bevor er sie wieder wegstellte. »Wahrscheinlich hast du recht.«
»Wenn du meinst, daß es dir guttut ...«
»Das täte es sicher. Aber manchmal muß man auch verzichten können.«
Donata hätte gerne gefragt, ob er etwas Besonderes mit ihr zu besprechen wünschte; sie verbot es sich, weil sie es ihm nicht zu leicht machen wollte, sondern sah ihn nur mit weit geöffneten Augen erwartungsvoll an.

»Tja, Donata«, begann er endlich und strich sich mit dem Ringfinger über den Schnurrbart, »den Fall Tobias Müller hätten wir nun also glücklich gelöst.«
Diese Bemerkung erschien ihr völlig unsinnig, aber sie sagte erst einmal nichts dazu, weil sie etwas Ähnliches erwartet hatte.
»Die Frage ist nur«, fuhr er fort, »ob wir ihn gleich ersetzen oder bis zum Frühjahr damit warten sollen.«
»Ich verstehe dich gar nicht«, sagte sie.
»Spreche ich chinesisch?«
›Es läuft alles falsch, ganz falsch‹, dachte sie, ›und es ist unerträglich‹. – »Er hat doch nicht gekündigt.«
»Noch nicht. Aber das steht heute oder morgen zu erwarten.«
»Er ist krankgeschrieben, Arthur.«
»Mein liebes Kind, diese Krankheit ist doch nur ein Vorwand. Damit schafft er sich eine Atempause, um sich in ungekündigter Position nach einer anderen Stellung umsehen zu können.«
»Nein, das glaube ich nicht, Arthur.«
»Er hat gemerkt, daß er mit seiner Beziehung zu dir hier angeeckt ist – ich gebe auch zu, daß ich zuletzt nicht sehr freundlich zu ihm war –, und er hat die Konsequenzen daraus gezogen. Du mußt dich damit abfinden, Donata. Im Grunde ehrt es ihn ja.«
»Du irrst dich.«
Mit einem Lächeln entblößte er seine makellosen Zähne. »So seid ihr Frauen! Was euch nicht paßt, wollt ihr einfach nicht wahrhaben.«
Schon allein sein Ton ging Donata erheblich auf die Nerven.
»Tobias ist krank«, erklärte sie mit Nachdruck, »das heißt: Er war es. Inzwischen ist er wieder auf dem Weg der Besserung.«

Sein Lächeln erlosch nicht ganz; es wurde zu einer schwachen zynischen Grimasse. »Und woher willst du das wissen?«
»Weil ich ihn in meinem Haus aufgenommen habe.«
Er verlor die Beherrschung. »Was hast du?«
»Brüll mich nicht an! Ja, du hast ganz richtig gehört. Er war sehr krank, hatte hohes Fieber und keine Unterkunft. Seine Freundin hatte ihn aus der Wohnung geworfen. Da habe ich ihn in einem meiner Gästezimmer untergebracht.«
»Donata, wie konntest du nur!«
Donata schob ihr Kinn vor. »Für mich war das ganz natürlich, und ist es immer noch. Wo sollte der arme Kerl denn hin?«
»In eine Klinik zum Beispiel.«
»Für eine Einweisung war seine Erkrankung nicht gravierend genug.«
Er begann mit den Fingern auf die Schreibtischplatte zu trommeln. »Und wer weiß darüber Bescheid?«
»Das handelt sich doch nun wirklich um mein Privatleben. Es geht dich nicht das Geringste an.«
»Wenn du deinen Ruf ruinierst?«
»Das ist doch Quatsch, Arthur, und du weißt es. Millionen Paare leben heutzutage unverheiratet zusammen, und niemand stört sich daran. Außerdem ist es ja nur vorübergehend.«
»Er muß aus deinem Haus, und zwar sofort.«
Donata hatte vorgehabt, ihm zu berichten, daß sie mit Tobias schon über seine Kündigung gesprochen hatte. Jetzt schien ihr das unmöglich. »Aus meinem Haus«, sagte sie böse, »und aus meiner Firma, ja? Am besten sollte er wohl ganz aus meinem Leben verschwinden?«
»Du sagst es.«

»Und warum?« Auch Donata wurde laut. »Nur wegen des belanglosen Altersunterschiedes.«
»Er ist alles andere als belanglos.«
»Doch, Arthur, ist er. Wir kennen Eheleute ...«
»Du sprichst von Ehe?«
»... die weit weniger zusammen passen. Sie haben nicht die gleichen Interessen, nicht den gleichen Bildungsgrad, den gleichen Humor, und doch kommen sie irgendwie miteinander aus. Bei Tobias und mir stimmt alles, nur das Alter nicht.«
»Aber das ist entscheidend! Verdammt noch mal, jetzt muß ich mir doch einen Schluck nehmen.« Er tauchte hinter seinem Schreibtisch unter.
›Anscheinend hast du es nötig‹, dachte Donata, sprach es aber nicht aus, weil sie den Streit nicht zu einer Schlammschlacht ausarten lassen wollte.
»Du auch?« fragte er, die Flasche schon in der Hand.
»Nein, danke.«
Er goß sich ein, leerte das halbe Glas auf einen Zug und schenkte gleich wieder nach, bevor er die Flasche verschwinden ließ.
Donata hatte die Gelegenheit genutzt sich wieder zu fangen.
»Hör mal, Arthur«, sagte sie jetzt ruhiger, »darf ich dich daran erinnern, daß Aline mehr als zwanzig Jahre jünger ist als du?«
»Das ist etwas ganz anderes. Sie ist meine zweite Frau. Ich war über Vierzig, als ich sie heiratete. Da war es doch nur natürlich, daß ich keine Gleichaltrige, sondern eine Jüngere genommen habe.«
»Ich bin auch über Vierzig, Arthur, und es kommt mir auch ganz natürlich vor, mit einem jüngeren Mann zusammenzusein.«
»Du machst mich noch wahnsinnig, Donata!«

»Das liegt nicht in meiner Absicht. Ich will nur erreichen, daß du meinen Standpunkt verstehst.«
»In zehn Jahren bist du zweiundfünfzig und dann ist er ...«
»Spar dir deinen Atem, Arthur. Rechnen kann ich genau so gut wie du. Aber wer weiß schon, wer von uns dann noch lebt? Es geht mir nicht um die Zukunft. Ich will jetzt mit ihm zusammensein, so lange er noch verliebt in mich ist.«
Er zündete sich eine Zigarette an, ohne ihr eine anzubieten.
»Und wie lange, denkst du, wird das dauern?« fragte er spöttisch.
»Das ist nicht vorauszusehen«, erwiderte sie gelassen, »und darauf kommt es auch gar nicht an. Tatsache ist: Ich bin glücklich mit ihm, und ich will dieses Glück genießen.«
»Auf Kosten der Firma?«
»Das sehe ich nicht so, Arthur, aber wenn es denn sein müßte: ja, auch das. Ich liebe meinen Beruf, aber er bedeutet nur mein halbes Leben. Ich bin ja nicht nur ein Arbeitstier, sondern ein ganzer Mensch, liebesbedürftig wie alle anderen, nicht anders als du auch. Von dir hat niemand private Opfer verlangt.«
»Ich habe niemals die Firma geschädigt. Für mich gibt es keine andere Frau als Aline.«
»Wirf dich bloß nicht so in die Brust! Du hast auch deine Schwächen.«
»Nicht, daß ich wüßte.«
»Sei nicht so ein Heuchler, Arthur! Du weißt doch selber, daß du zuviel trinkst.«
»Ich behalte immer meinen klaren Kopf.«
»Das kannst du gar nicht. Das kann niemand, der schon vor zehn Uhr morgens zur Flasche greift. Ich mache mir schon lange Sorgen deswegen. Aber ich habe nie etwas darüber gesagt, weil ich mir klar darüber bin, daß du nicht damit aufhören kannst.«

»Was soll das?« fragte er wütend. »Wie kommst du überhaupt auf dieses Thema?«
»Ich versuche nur dir vor Augen zu führen, daß du mit deinem übermäßigen Alkoholgenuß unsere Firma mindestens so sehr in Gefahr bringst, wie ich mit meiner nicht ganz konventionellen Liebe.«
Er grinste bösartig. »Dann können wir ja beide einpacken, wie?«
»Genau so gut können wir auch weitermachen – mit ein wenig Duldsamkeit von deiner Seite.«
»Ich denke nicht im Traum daran.« Er drückte seine Zigarette mit einer Heftigkeit aus, als gälte es einen Feind zu vernichten. »Ich weiß, was dieser Junge will. Dich hat er jetzt schon in der Tasche. Nicht mehr lange, dann wird er das große Wort hier führen. Zum Befehlsempfänger bin ich aber nun einmal nicht geboren. Ich scheide aus.«
»Daran«, erklärte Donata und warf den Kopf in den Nacken, »kann ich dich leider nicht hindern.«
»So ist es. Aber merk dir meine Worte: Er wird dich ruinieren.«
Donata stand auf. »Darauf lasse ich es ankommen.«
»Du warst immer schon eine Spielerin.«
»So? Findest du? Das ist mir noch gar nicht aufgefallen.« Sie lachte. »Aber wenn es so ist – bisher habe ich jedenfalls Glück gehabt, nicht wahr?«

Tobias stürmte heraus, als Donata nach Hause kam. Sie winkte ihm zu und fuhr in die Garage. Er folgte ihr.
»Was ist los?« fragte sie, während sie ausstieg.
Er umarmte sie heftig. »Ich hatte solche Sehnsucht nach dir.«
»Dabei bin ich früher dran als gewöhnlich«, erwiderte sie lächelnd.

Er küßte sie, und es war ihr, als hätten sie ein ganz verstohlenes Rendezvous; es war kein unangenehmes Gefühl.
»Ich habe für dich gekämpft!« berichtete sie atemlos, als er sie endlich freigab. »Du bleibst, und Stolze geht.«
»Oh, Donata!« rief er, freudig überrascht und wollte sie wieder in die Arme nehmen.
»Hier ist nicht der richtige Platz«, sagte sie abwehrend, »man kann uns womöglich von der Straße her sehen.«
»Dann schließen wir einfach das Tor«, sagte er und drückte auf den entsprechenden Knopf.
Doch sie nutzte die Gelegenheit in die Diele zu schlüpfen.
»Du bist eine Spielverderberin«, beschwerte er sich, als er sie eingeholt hatte.
»Und du ein Tollkopf«, gab sie zurück.
»Ich bin glücklich.«
Sie stellte sich auf die Zehenspitzen, gab ihm einen kleinen Kuß auf die Nase und bat: »Warte auf mich! Ich will mich frisch machen.«
»Kann ich dir dabei nicht Gesellschaft leisten?«
»Lieber nicht«, sagte sie bedenklich.
»Silvia ist nicht da, wie du bemerkt haben wirst.« Jetzt erst wurde ihr bewußt, daß das Auto ihrer Schwester nicht in der Garage gestanden hatte. »Und die Kowalskis kommen bestimmt nicht ungerufen.«
Sie hätte sagen können, daß sie müde war, sich nach einer heißen Dusche sehnte, einem Drink, und so war es wirklich, aber sein beschwörender Blick und sein zärtliches Lächeln waren die stärkeren Argumente. Also nahm sie ihn mit in ihren eigenen Schlafraum, den er zuvor noch nie betreten hatte. Aber er hatte nur Augen für sie und ließ es sich nicht nehmen, ihr beim Ausziehen zu helfen, obwohl sie sich dagegen wehrte, weil es ihr völlig ungewohnt war.

Er küßte sie vom Hals bis zu den Füßen und steckte seine große Nase schnuppernd in ihre Achselhöhlen. »Hm, riechst du gut!« behauptete er.
»Ich bin verschwitzt.«
»Du riechst nach dir. Geh bloß nicht mit Wasser und Seife dran.«
»Aber ich habe das Bedürfnis ...«
Er verschloß ihr den Mund mit einem Kuß. »Nachher«, flüsterte er dann, »nachher kannst du machen, was du willst.«
Er nahm sie auf ihrem riesigen Ehebett, in dem zuvor noch nie ein anderer als ihr verstorbener Mann mit ihr geschlafen hatte. Danach spürte sie weder den Wunsch nach einer Dusche, einem Drink oder einer Zigarette, sondern gab sich ganz dem Genuß hin, in seinen Armen zu liegen und sich an seine glatte Brust zu schmiegen.
Seine Lippen berührten ihre Stirn. »Zufrieden, Kätzchen?«
Sie gab ein paar schnurrende Töne von sich.
»So ist's recht, Kätzchen.«
»Nicht ganz«, murmelte sie.
Sofort war er hellwach. »Was soll das heißen? Habe ich was falsch gemacht?«
Sie reckte sich und küßte sein Kinn. »Du nicht. Ich.«
»Unsinn, Kätzchen. Du warst wundervoll.«
»Aber ich habe dich belogen. Als ich vorhin erzählt habe, ich hätte für dich gekämpft.«
Er richtete sich auf. »Hast du nicht? Und ich hatte mich schon so gefreut.«
»Reg dich nicht auf! Es stimmt schon: Stolze geht, und du kannst bleiben. Nur habe ich nicht darum gekämpft. Es hat sich so ergeben.«
Erleichtert ließ er seinen Kopf auf das Kissen zurück sinken. »Und wo ist da der Unterschied?«

»Ist dir das nicht klar? Ich war drauf und dran, ihn von deiner Kündigung zu informieren. Aber er war derart unausstehlich, daß es nicht dazu kam. Um die Sache einzurenken, hätte ich mich vor ihm demütigen müssen. Und dazu war ich denn doch nicht bereit.«

»Das hättest du mir nicht zu sagen brauchen.«

»Doch, mein ...« Sie stockte, beinahe hätte sie schon wieder ›mein Lieber‹ gesagt. »... Geliebter. Ich nehme es zwar mit der Wahrheit nicht immer ganz genau. Im Geschäftsleben darf man nicht zimperlich sein. Aber wir beide, wir sollten uns nicht belügen.«

»Du hast recht, Kätzchen. Die Vorstellung, daß du für mich kämpfst, hat mir zwar wahnsinnig gutgetan. Aber zu wissen, daß du so tapfer warst, ehrlich zu sein, ist doch noch ein besseres Gefühl.«

Am Sonntag kamen Christian und Klein-Silvi zu Besuch. Donata machte sie mit Tobias bekannt, und sie fanden es ganz in Ordnung, daß sie ihn bei sich aufgenommen hatte. Die drei kamen gut miteinander aus. Tobias flirtete mit Silvi, die das sichtlich genoß, und beim Brunch kam es zu munteren Gesprächen.

»Aus der Bude ›rausgeflogen‹«, sagte Christian, während er sein Ei aufklopfte, »oh, du Jammer! Ein Glück, daß mir sowas nicht passieren kann.«

»Da würde ich mir nicht so sicher sein!« gab Tobias zurück. »Außerdem war es keine Bude, sondern schon eine ausgewachsene Wohnung.«

»Doch, bin ich! Ich ziehe von vornherein nicht zu einer Freundin.«

»Manchmal glaube ich, er hat was gegen Frauen«, verkündete Silvi in einem Ton, als stellte sie das seltene Exemplar einer fast schon ausgestorbenen Rasse vor.

»Spinn dich aus!« entgegnete Christian mit brüderlicher Grobheit.
»Sonst würde er sich doch auch ein bißchen mehr um mich kümmern. Denkt euch, ich sehe ihn fast nur, wenn wir Tante Donata besuchen.«
»Du bist ja auch nur meine Schwester.«
»Nur seine Schwester! Hört euch das an!« Jetzt wandte sie sich ihm zu. »Du könntest schon mal mit mir ausgehen.«
»Wozu?« gab Christian zurück.
»Wie wäre es, wenn wir drei mal ins ›P eins‹ gingen?« schlug Silvi vor.
»Tut mir leid, Silvi«, erklärte Tobias lächelnd, »das ist nichts für mich. Ich mache mir nichts aus Discos.«
»Verstehe ich nicht.«
»Ich bin wohl über das Alter hinaus.«
»Im ›P eins‹ triffst du sogar Männer über dreißig.«
»Gehn wir lieber mal zusammen ins Kino oder vielleicht ins Theater oder zum Essen, ja?«
»Oh, gerne. Wann?«
»Ich rufe dich an«, versprach er und fügte hinzu: »So bald ich Zeit habe. Ich hoffe, du kannst dich kurzfristig freimachen.«
Sie strahlte ihn an. »Für dich bestimmt!«
Christian kam auf das vorherige Thema zurück. »Sag mal, warum hat deine Freundin dich eigentlich gefeuert?« erkundigte er sich.
»Eifersucht.«
»Ach so. Das hätte ich mir denken können. Eifersüchtig sind die Mädels immer.«
»Ich nicht«, behauptete Silvi.
»Du gerade«, widersprach ihr Bruder.
Nach dem Essen entschloß man sich zu einem Spaziergang in den nahe gelegenen Isarauen. In der Nacht zuvor hatte es

geschneit, und die Wege, Bäume und Büsche entlang des Flusses wirkten wie weiß überpudert. Die Sonne schien aus einem hellen, fast farblosen Himmel und gab der Landschaft Glanz.
Zufällig ergab es sich – möglicherweise hatte Silvi auch das ihrige dazu beigetragen –, daß die drei jungen Leute, Silvi in der Mitte, vorausgingen und die Schwestern ihnen folgten. Da Donata und Silvia Stadtstiefel mit hohen Absätzen trugen, wurde der Abstand immer größer.
Christian kratzte Schnee zusammen, nicht genug, um einen Ballen daraus zu formen, und steckte ihn Silvi in den Nacken. Sie schrie auf, schimpfte und lachte und revanchierte sich, indem sie versuchte, den jungen Männern das Gesicht zu waschen. Sich gegenseitig jagend und nach Schnee bückend, boten die drei ein fröhliches Schauspiel.
»Wie die Kinder!« meinte Silvia. »Und Tobias ist eines von ihnen.«
Donata schwieg dazu.
»Ist dir nicht aufgefallen, wie gut er sich auf Anhieb mit Christian und Silvi verstanden hat?«
»Warum sollte er nicht?« gab Donata gleichmütig zurück.
»Sie sind fast Altersgenossen, nicht wahr?« stichelte Silvia weiter.
Als Donata nicht darauf einging, fuhr sie fort: »Ich verstehe ja, daß er dir gefällt. Gerade weil er so jung ist. Trotzdem tätest du gut daran, die Finger von ihm zu lassen. Er gehört zu einer anderen Generation.«
Jetzt wurde es Donata zu dumm. »Weißt du Silvia, wenn ich mal einen Rat von dir brauche, werde ich mich vertrauensvoll an dich wenden. Bis dahin verschone mich bitte damit. Okay?«
Aber die Schwester mochte nicht aufgeben. »Du rennst in dein Unglück, Donata. Du fühlst dich noch nicht alt, ich

weiß es und, zugegeben, noch wirkst du jung. Aber du machst dir keine Vorstellung, wie schnell das mit dir bergab gehen kann. Wenn du erst in die Wechseljahre kommst ...«

»Die sind bei mir schon vorbei«, warf Donata trocken ein.

Unwillkürlich blieb Silvia stehen. »Was sagst du da?«

»Daß ich aus den Wechseljahren heraus bin. Jedenfalls vertritt Doktor Heide Hurler diese Ansicht.«

»Das wäre ja entsetzlich!«

»Aber wieso denn? Sind Wechseljahre etwas so Schönes?«

»Mach dich nur über mich lustig!«

»Jedenfalls bin ich froh, daß ich das hinter mich gebracht habe. Ziemlich früh, das stimmt schon, aber ohne jede Schwierigkeit.«

»Und ich habe gar nichts gemerkt.«

»Ich auch nicht. Das ist ja gerade das Gute.«

Vor ihnen hakte Silvi sich bei Tobias ein.

Als nähme sie sich ihre Tochter zum Beispiel tat ihre Mutter das Gleiche bei Donata. »Wenn es bei dir wirklich schon so weit ist«, sagte sie vergnügt, »brauchen wir über die ganze Angelegenheit gar nicht mehr zu reden. Dann ist es mit der Erotik sowieso bald aus. Ich wette hundert zu eins, daß dir diese Liebschaft in aller kürzester Zeit nur noch lästig sein wird.«

»Dann kannst du ja auch endlich aufhören dich darüber aufzuregen.«

»Er bleibt nicht in unserem Haus, nicht wahr?« fragte Silvia hoffnungsvoll. »Du schickst ihn fort?«

»Ja«, sagte Donata nur.

»Bravo, Donata! Endlich kommst du zur Vernunft.«

»Ich habe mir das gründlich überlegt. Es wäre nicht gut für ihn. Ein junger Mann braucht eine in sich abgeschlossene Wohnung mit separatem Eingang.«

»Damit er Freundinnen empfangen kann?« fragte Silvia schadenfroh.

»Ich dachte eher an Freunde.«
»Ich will mich nicht mit dir streiten, aber ein Kostverächter scheint er jedenfalls nicht zu sein. Auf meine Silvi ist er sofort angesprungen.«
Donata war der Meinung, daß, ganz im Gegenteil, ihre Nichte Tobias ganz unverhohlen Avancen gemacht hatte, aber sie sprach es nicht aus. »Wie schön für sie«, sagte sie nur.
»Du bist gar nicht eifersüchtig? Wirklich nicht? Das ist gut, das ist sehr gut – der Beweis dafür, daß deine Gefühle schon abgekühlt sind.«
Die jungen Leute waren an einer Weggabelung stehengeblieben. »Hier entlang?« riefen Sie. »Dorthin?« – »Oder gehen wir schon wieder zurück?« –
Sie blieben stehen und warteten, bis Silvia und Donata herangekommen waren. Dann berieten sie gemeinsam und konnten sich nicht recht einig werden.
Sanft, aber bestimmt befreite Tobias sich von Silvias Arm. »Ich schlage vor, daß wir uns trennen«, erklärte er, »Donata und ich gehen weiter die Isar entlang ...«
»Da komme ich mit!« unterbrach Silvi ihn.
»Na gut, dann nehmen Donata und ich ...« dabei grinste er sie fröhlich an »... den anderen Weg.«
»Du willst mich loswerden?« rief Silvi empört.
»Um die Wahrheit zu sagen: ja. Ich habe für eine Weile genug von euch jungem Gemüse. Ihr seid mir zu aufreibend.«
»Armleuchter!«
»Was für ein häßliches Wort aus Kindermund!« Mißbilligend schnalzte er mit der Zunge und reichte dann lächelnd Donata die Hand. »Komm mit mir, Geliebte!«
Sie schlug ein und ließ sich von ihm mitziehen, während sie deutlich empfand, daß die anderen hinter ihnen herstarrten.

»Das war ziemlich hart«, meinte sie, als sie außer Hörweiter waren.
»Anders wäre ich sie nicht losgeworden!«
»Das kommt davon, wenn man das Flirten nicht lassen kann.«
»Hat es dich in Verlegenheit gebracht?«
»Nein, hat es nicht«, bekannte sie, »ich bin ja stolz auf dich.«
Er blieb vor ihr stehen und blickte ihr lächelnd in die Augen.
»Daß du mich eingefangen hast.«
»Ja, mein Geliebter. Ich weiß, es kann nicht für immer sein. Aber ich möchte dich so lange wie möglich behalten.«
Sie fielen sich in die Arme und küßten sich, ungeachtet dessen, daß sie nicht die einzigen Spaziergänger an diesem schönen Wintertag waren. Aber sie waren auch nicht das einzige Liebespaar, und so blieben sie unbeachtet. Es hätte ihnen aber auch nichts ausgemacht, wenn man mit Fingern auf sie gezeigt hätte. In diesem Stadium der Liebe war ihnen die Meinung ihrer Mitmenschen völlig gleichgültig.

Da Arthur Stolze noch einige Wochen Urlaub guthatte, zog er sein Geld zwar erst ultimo aus dem Architekturbüro Beck, verließ die Firma jedoch praktisch schon Mitte Dezember. Die finanzielle Regelung hatte Donata ganz ihm überlassen. Sie vertraute ihm trotz der jüngst aufgetretenen Spannungen vollkommen.
»Du wirst mir fehlen«, sagte sie beim Abschied, und sie meinte es ernst.
Er hatte eine Runde für alle Mitarbeiter ausgegeben, und jetzt waren sie allein in seinem Büro zurückgeblieben, in dem alle seine privaten Dinge schon ausgeräumt worden waren.
»Ach, die Buchhaltung schaffst du schon«, meinte er, »ob

dein junger Mann etwas davon versteht, möchte ich allerdings bezweifeln.«

»Er ist mehr Künstler, ja«, stimmte sie ihm friedfertig zu.

»Mein letzter Rat: Wenn alles schiefgeht, wurschtele nicht einfach weiter, sondern melde Bankrott an. Damit kommst du immer noch am billigsten davon.«

»Ich werde daran denken.«

Er seufzte. »Es fällt mir nicht leicht, hier wegzugehen.«

»Du tust es freiwillig«, erinnerte sie ihn.

»Nicht ganz. Du hast mich in eine Situation gebracht, die ...«

Sie fiel ihm ins Wort. »Nicht, Arthur, bitte nicht! Vorwürfe sind genug gefallen.«

Er schwieg und sah sie aus seinen trüben braunen Augen traurig an.

»Ich gebe ja zu«, fuhr sie fort, »daß meine Liaison vielleicht nicht klug ist, aber warum sie dich derart auf die Palme gebracht hat, verstehe ich immer noch nicht. Vielleicht ist ja alles in ein paar Wochen, ein paar Monaten vorbei. Hast du daran nie gedacht?«

»Es ist mehr, als ich ertragen kann.« Er wandte sich zur Tür und ließ sie stehen, ohne ihr auch nur Lebewohl zu sagen. Sein Abgang kränkte sie, ohne sie jedoch wirklich zu verletzen. In ihren Augen war Arthur Stolze einfach nicht mehr ganz zurechnungsfähig.

Damit kam sie der Wahrheit ziemlich nahe. Stolze lebte seit langem in der Furcht, von seiner Frau betrogen zu werden. Dafür hatte er zwar keinen Beweis, aber das Gefühl beherrschte ihn, seit seine Potenz nachzulassen begonnen hatte. Aline tat zwar so, als wäre ihr das ganz gleichgültig, sie gab sich liebevoll, heiter und ausgeglichen. Aber gerade diese Haltung beunruhigte ihn tief. Sie mußte sich, dachte er, das, was er ihr nicht mehr geben konnte, bei einem

anderen Mann holen. Anders war für ihn ihre Zufriedenheit nicht zu erklären.
Er wagte nicht mit ihr über dieses Problem zu sprechen, machte manchmal einen Ansatz, brachte es aber nicht über die Lippen. Durch eine Aussprache, dachte er, würde ja nichts gewonnen sein. Sie konnte behaupten, Sex sei ihr gleichgültig geworden – woher würde er wissen, ob sie ihn nicht betrog? Schlimmer aber noch würde es sein – und das war es, was er eigentlich erwartete –, falls sie ganz offen zugab einen Geliebten zu haben.
Was hätte er dann tun können? Sie anschreien? Nutzlos. Sie verprügeln? Das war nicht seine Art. Sie aus dem Haus weisen? Ein teures Vergnügen. Wie immer er reagierte: Er würde sie verlieren. Es blieb ihm nichts übrig, als beide Augen zuzudrücken und stumm zu leiden.
So übertrug er die Wut, die er gegen seine Frau empfand, ohne sich dessen bewußt zu sein, auf Donata. Sie konnte er anfeinden, eine Hure nennen, von ihr konnte er sich trennen, ohne Angst vor der Vereinsamung. In seinen Augen war sie genau so schuldig wie seine eigene Frau. Er hielt ihr auch nicht zugute, daß sie, im Gegensatz zu Aline, niemandem zur Treue verpflichtet war. Ihr Mann war sein Freund gewesen, etwa in seinem Alter, und er unterstellte instinktiv und ohne Berechnungen anzustellen, daß Philipp, wenn er jetzt noch lebte, auch nicht mehr in der Lage sein würde, sie zu befriedigen. Selbst wenn sie noch verheiratet wäre, würde sie genau so vehement auf Tobias geflogen sein, unterstellte er.
Dies alles machte er sich nicht wirklich klar, wie er auch die Situation seiner Ehe nicht begriff. Hätte Donata ihm auf den Kopf zugesagt, was mit ihm los war, so hätte er es vehement abgestritten. Aber sie wußte so wenig wie er selber, daß sie nur den Sündenbock für seine Frau spielen mußte.
Sie hätte es wahrscheinlich komisch gefunden.

Durch Stolzes Abgang entstand eine Lücke im Architekturbüro, die nur sie selber zu spüren bekam. Die Mitarbeiter hatten ihn nie als einen der Ihren empfunden, sondern eher als einen Aufseher, der sie kontrollierte.
Wohl oder übel mußte Donata jetzt seine Aufgaben übernehmen. Nur weil es praktisch war, setzte sie sich in sein Büro hinter den riesigen Schreibtisch und nahm sich die Unterlagen der einzelnen Unternehmungen eine nach der anderen vor. Noch während sie sie studierte, begriff sie mit Erleichterung, daß sie alle Einzelheiten genau im Kopf hatte. – ›Wozu habe ich ihn überhaupt gebraucht?‹ dachte sie. Aber das war eine dumme Frage, wie sie im gleichen Atemzug erkannte. Es war sein Vermögen gewesen, das der Firma Sicherheit verschafft hatte. Der Posten des Geschäftsführers war noch von ihrem Mann sozusagen erfunden worden, um Stolze einen Anreiz zu geben und das Gefühl, tatsächlich aktiv beteiligt zu sein.
Donata hatte nicht vorgehabt, seinen Büroraum zu übernehmen; er war ihr zu repräsentativ, ja, zu pompös erschienen. Ihr kleines Zimmer hatte ihr durchaus genügt.
Aber nachdem sie nun einmal in Stolzes überaus bequemen Ledersessel saß, dessen besonders konstruierte Lehne den Rücken entlastete, dachte sie um. In ihrem bisherigen Zimmer würde sich beim besten Willen kein Platz für all die Ordner mit den Verträgen und Bauunterlagen finden lassen. Warum also nicht hierbleiben, Schließlich war sie die Chefin. Das Grün einer Pflanze, vielleicht einer Palme, würde den Raum gleich wohnlicher machen, und wenn erst ihr Zeichentisch hier aufgestellt war, würde er sofort nur halb so groß wirken.
Sie stand auf, schraubte den Sessel, der einige Zentimeter zu hoch für sie gewesen war, herab und probierte ihn noch

einmal aus. Jetzt paßte er ihr wie angegossen. Wenn sie auch, wie sie dachte, nicht so eindrucksvoll wirken würde wie Arthur Stolze, würde sie hier doch sehr gut Kunden empfangen können.

Danach telefonierte sie mit Frau Sforzi und bat sie, ihren Zeichentisch hereinbringen zu lassen. Sie öffnete Günther Winklein und Tobias die Tür, die ihn wenig später brachten.

»Du willst also jetzt hier residieren?« erkundigte sich Tobias.

»Wärst du selber gern hier eingezogen?«

»Aber nicht doch, Donata. Ich bleibe lieber unter meinesgleichen.«

»Und was wird aus deinem früheren Büro?« fragte Winklein.

»Das kannst du übernehmen, wenn du es haben willst.«

»Mit dem größten Vergnügen. Danke, Donata. In meinem Alter hat man gern einen Raum, in den man sich wenigstens hin und wieder zurückziehen kann.«

»Es beruhigt mich, wenn du das so auffaßt«, sagte Donata, »ich hätte die anderen nämlich nicht gern ganz ohne Aufsicht gelassen.«

»Mir traust du also nicht zu, daß ich für Ordnung sorgen kann?« fragte Tobias.

»Darüber habe ich noch gar nicht nachgedacht«, erwiderte sie ausweichend, »aber jetzt, wo du mich darauf ansprichst – nein, ich glaube nicht, daß du der richtige Typ dazu wärst.«

»Und warum nicht?«

›Weil du dir noch keinen Respekt verschaffen kannst, und schon gar nicht bei den Frauen‹, hätte sie beinahe gesagt, aber dann erklärte sie, indem sie ihn liebevoll musterte: »Du bist zu sehr Künstler.«

»Ich nicht?« protestierte Winklein.

»Ach, ihr Lieben, macht mir doch nicht das Leben unnötig schwer! Als wüßtet ihr nicht genau, wie ich es meine. Helft mir lieber beim Umräumen. Wir müssen den Schreibtisch verrücken, denke ich. Am besten nach links. Den Zeichentisch stellen wir unter die rechte Daube.«
Sie machten sich an die Arbeit. Der schwere Schreibtisch hinterließ dort, wo er gestanden hatte, tiefe Druckspuren in dem grauen Teppichboden. Tobias machte sich sofort daran, sie mit einem Schlüssel aufzulockern.
»Du kannst ihm ruhig helfen, Günther«, sagte Donata, »ich täte es auch selber, wenn ich nicht diesen engen Rock anhätte.«
Während die Männer damit beschäftigt waren, die Druckstellen verschwinden zu lassen, schob Donata mit den Füßen den roten persischen Läufer zurecht, so daß er wieder vor dem Schreibtisch zu liegen kam. »Jetzt brauche ich nur noch meine Box mit den Stiften.« Da sie wußte, daß Tobias sie holen würde, bedankte sie sich bei Günther Winklein und verabschiedete ihn. Die Tür ließ sie offen.
Wenig später zog Tobias die fahrbare Box herein und plazierte sie neben dem Zeichentisch.
»Danke, Tobias.« Sie sah sich um. »Das Zimmer ist hübsch geworden. Sieht richtig gut aus, nicht wahr?« sagte sie zufrieden.
Er machte ein unglückliches Gesicht.
Sie streichelte ihm sachte über die Wange. »Glaub nur nicht, daß ich dich als Hilfsarbeiter ausnutzen will. Das war nur heute, ganz ausnahmsweise. Wenn ich auf diesen Umzug eingestellt gewesen wäre, hätte ich mir Jeans angezogen und alles selbst erledigt.«
»Das weiß ich doch«, behauptete er, aber seine Miene erhellte sich nicht.
»Aber?« ermunterte sie ihn.

Er rang sich ein Lächeln ab. »Was soll's.«
»Wir hatten uns versprochen, ehrlich zueinander zu sein«, erinnerte sie ihn.
»Wir können nicht jeden Gedanken miteinander teilen.«
»An deinen bin ich brennend interessiert. Also spuck's schon aus!«
»Du wirst mich auslachen.«
»Laß es darauf ankommen!«
»Nun also, ja ... schließlich ist es keine Schande ... ich hatte gehofft, daß wir hier zusammen arbeiten könnten.«
Sie war leicht konsterniert. »Im Ernst?«
»Ja, warum denn nicht? Wir brauchen nur einen Stuhl an die Schmalseite des Schreibtisches zu stellen.«
Sie fiel ihm ins Wort. »Dann könntest du als mein Sekretär durchgehen, wie?«
»Das natürlich nicht. Es würde nicht den Eindruck erwekken, wenn du nicht ...«
»Ich bitte dich, Tobias, was für eine Idee! Nimm Vernunft an!«
»Ich ahnte schon, du würdest mich auslachen.«
»Durchaus nicht, im Gegenteil. Ich bin betroffen.«
»Du weißt doch, wie gern ich mit dir zusammen arbeite.«
»Ich auch, Tobias. Aber ich will auch mal meine Ruhe haben. Genau wie Günther. Du hast das von ihm ja eben gehört.« Sie verzog den Mund zu einem Lächeln. »Wir sind übrigens im selben Alter.«
»Ja, wenn das so ist.« Er zuckte die Achseln. »Tut mir leid, daß ich überhaupt davon gesprochen habe.«
»Muß es nicht. Ich hatte dich ja dazu gedrängt.«
»Trotzdem – verzeih mir, bitte!«
»Was denn? Du hast ja nichts verbrochen. Aber wenn du jetzt nicht gleich aufhörst zu schmollen, werde ich ernstlich böse.«

»Ich bin bloß enttäuscht.«

Sie merkte, daß die Tür immer noch einen Spalt breit offen stand und drückte sie ins Schloß. Sie hatten zwar leise gesprochen, so daß nicht anzunehmen war, daß die anderen draußen hätten zuhören können. Falls es doch passiert war, konnte es eher für ihn als für sie unangenehm sein. Doch was sie ihm jetzt sagen wollte, war so privat, daß es keinen Außenstehenden etwas anging.

»Tobias, ich liebe dich sehr, und das weißt du.«

»Aber du zeigst es mir nicht.«

»Ich habe dir von Anfang an klarzumachen versucht, daß ich nicht bereit bin, mein Schlafzimmer mit dir zu teilen, und genau so halte ich es mit meinem Büro.«

»Aber wieso, Donata? Ich verstehe das nicht.«

»Ich brauche meinen Schönheitsschlaf. Ich will nachts allein sein, mich im Bett wälzen, wenn mir danach zumute ist, das Licht anknipsen können und lesen, ohne jemanden zu stören.«

»Na schön, das sehe ich ja noch ein. Aber warum kannst du dein Büro nicht mit mir teilen? Der Raum ist doch groß genug. Sogar ein zweites Zeichenbrett läßt sich ohne weiteres hineinstellen. Wir würden so viel Spaß miteinander haben, Donata!«

»Es geht hier nicht um Spaß, sondern um Arbeit. Ich muß mich konzentrieren können. Vielleicht wäre das noch möglich, wenn jeder an seinem Zeichentisch stünde. Aber ich schreibe ja auch. Zum Beispiel Artikel für die ›DBZ‹.

»Für die ›Deutsche Bauzeitschrift‹?« wiederholte er etwas töricht.

»Du fragst, als hättest du nie davon gehört.«

»Im Gegenteil. Ich habe schon Artikel von dir gelesen, noch bevor ich dich kannte. Nur habe ich im Moment nicht daran gedacht.«

»Dein Fehler, Tobias. Ich kann nicht schreiben, wenn mir jemand über die Schulter sieht.«
»Ich würde ja nicht ...«
»Hör jetzt auf, Tobias, bitte! Ich will mich nicht mit dir streiten.«
Plötzlich änderte er seine Haltung; er entspannte sich sichtlich. »Wäre das denn so schlimm, Kätzchen?«
»Ich hasse sinnlose Auseinandersetzungen.«
»Aber wir könnten uns doch wieder versöhnen.«
Er zog sie an sich und küßte sie.
Sie gab ihm nach, spürte, wie sehr sie ihn liebte, ohne daß sie ihre Verärgerung ganz überwand.
Dann stemmte sie ihm beide Fäuste gegen die Brust und schob ihn von sich. »Auch das paßt mir nicht ins Konzept«, erklärte sie und versuchte ihre Absage mit einem zärtlichen Lächeln zu versüßen, »Liebesstunden während der Arbeitszeit.«
Er nahm es nicht ernst. »Ich weiß gar nicht, wie ich das wieder gutmachen kann.«
»Indem du dich sofort wieder mit deinem Entwurf für die Mehrzweckhalle beschäftigst.« Sie ließ ihn stehen und setzte sich hinter den Schreibtisch.
»Jawohl, Chefin«, sagte er mit mühsamem Spott.
Sie schlug einen Ordner auf und schenkte ihm keinen Blick mehr. Erst am Geräusch der zuschlagenden Tür merkte sie, daß er sie verlassen hatte. Sie lehnte sich bequem zurück und dachte nach.
Sie bedauerte, daß sie ihn verletzt hatte, aber sie bereute es nicht. Sein Wunsch, das Chefzimmer mit ihr zu teilen, war zu unvernünftig gewesen. Das Argument, das am entscheidensten dagegen sprach, hatte sie ihm nicht einmal vorgehalten. Den denkbar schlechten Eindruck, den es bei den anderen Mitarbeitern und auch bei den Auftraggebern

machen würde, wenn er, der als letzter in die Firma eingetreten war, hier bei ihr einzöge. Nein, das war ganz und gar unmöglich. Wenn es ihr nicht mehr gelingen würde, ihn in seine Schranken zurückzuweisen, würde sie ihn aufgeben müssen.
Das Herz wurde ihr schwer bei der Vorstellung auf ihn zu verzichten. Aber sie war entschlossen, wenn es notwendig sein sollte, einen Strich zu ziehen.

Gewöhnlich pflegte Donata in der Vorweihnachtszeit eines ihrer berühmten Dinner zu geben. In diesem Jahr entschloß sie sich nach reiflichem Überlegen, darauf zu verzichten. In den vergangenen Jahren hatten stets Arthur Stolze und Aline teilgenommen. Nach allem, was geschehen war, wollte sie sie nicht mehr dabeihaben. Sie jedoch zu übergehen, noch bevor die Trennung ganz vollzogen war, erschien ihr taktlos.
Auch war sie sich noch nicht im klaren, welche Rolle sie bei einer solchen Gelegenheit Tobias zuweisen sollte. Ihn als hoffnungsvollen jungen Mitarbeiter vorzustellen und ihn als Tischherrn einer möglichst attraktiven Dame einzuweisen, hätte auf der Hand gelegen. Aber sie fürchtete, daß ihm das nicht passen würde. Er war in diesem Punkt sehr verletzlich, wie sie festgestellt hatte. Also zog sie es vor, die fällige Einladung aufzuschieben, bis ihre Beziehungen sich eingespielt und die Wogen sich geglättet hatten.
Ein anderes Problem war, wie sie die Weihnachtsferien verbringen sollten. Tobias wäre gerne nach Kitzbühel oder St. Moritz zum Skifahren gereist. Es war ihm dabei nicht nur um den Sport gegangen, sondern, wie er zugab, auch um die Gelegenheit, endlich einmal vierundzwanzig Stunden und mehr mit ihr zusammenzusein.
Aber gerade davor schrak sie zurück. Sie war an einen

gewissen persönlichen Freiraum gewöhnt, auf den sie nicht verzichten wollte. Abgesehen davon, mochte sie sich auch nicht der Konkurrenz von Frauen aussetzen, die um die zwanzig Jahre jünger waren als sie selber. Sie war immer sehr sportlich gewesen, eine glänzende Skifahrerin, aber sie hatte es schon vor Jahren aufgegeben. Sie wußte nur zu gut, daß ihr ein von Wind und Wetter zu stark gerötetes Gesicht nicht mehr stand, genau so wenig wie die dunklen Ringe unter den Augen, wenn sie sich übernommen hatte. Sie haßte eiskalte Finger genau so sehr, wie verschwitzt zu sein. Da sie das alles schon zuvor gestört hatte, wäre es ihr an der Seite von Tobias unerträglich geworden.

Also lehnte sie ab.

Er war tief gekränkt, weil er sie nicht verstand. »Du siehst das ganz falsch«, versuchte er zu erklären, »niemand verlangt ja von dir, daß du dich verausgabst. Du tust, als müßtest du eine Abfahrt nach der anderen bewältigen. Aber das stimmt ja gar nicht. Es genügt, du rutschst einmal am Tag 'runter, wenn du gerade Lust hast. Oder du läßt es überhaupt, gehst einfach spazieren oder legst dich in die Sonne.«

»Während du dich mit den süßen Skihäschen auf der Piste amüsierst.«

»Aber das werde ich nicht! Es gibt keine andere Frau, für die ich mich interessieren könnte. Wenn du willst, verzichte ich ganz auf die Bretter und leiste dir Gesellschaft.«

»Das wäre ein feiner Wintersporturlaub für dich. Nein, nein Tobias, das kommt überhaupt nicht in Frage. Ich hasse es, wenn jemand mir Opfer bringt.«

»Ich würde so gern mit dir verreisen.«

»Ich ja auch«, behauptete sie, ohne sich bewußt zu werden, daß sie log, »aber nicht ausgerechnet zum Wintersport.«

»In der warmen Jahreszeit werden wir keine Zeit dazu haben.«

Diese Feststellung war zu wahr, als Donata ihr hätte widersprechen können. »Fahr du allein!« schlug sie statt dessen vor.
»Genau das will ich nicht. Wenn du nicht fährst, bleibe ich auch.«
Schließlich einigten sie sich darauf, daß sie in München bleiben, aber hin und wieder die Gelegenheit wahrnehmen würden, tagsüber nach Kitz zu fahren. Das schien beiden ein annehmbarer Kompromiß.
Aber ein bitterer Nachgeschmack blieb zurück. Sie erkannten, daß sie ihre außerberuflichen Interessen nicht völlig gleichschalten konnten. Tobias mußte durch seinen Verzicht ein Opfer bringen, und Donata war gezwungen es anzunehmen. Diese Erkenntnis setzte ihr zu.
Ein paar Tage später – sie waren wieder einmal die letzten im Büro – erklärte sie: »Tobias, ich habe es mir überlegt. Wir machen es mit dem Winterurlaub doch anders.«
Er hatte ihr gerade in den Mantel helfen wollen, jetzt ließ er vor Überraschung die Hände sinken. »Ja, wie denn?«
»Ich komme doch mit.«
»Hurra!« schrie er, ließ ihren Mantel zu Boden fallen und schloß sie in die Arme.
»Nicht so stürmisch!« wehrte sie sich. »Du brichst mir noch die Knochen.«
»Das werde ich schon nicht.« Er hielt sie weiter fest. »Kätzchen wie du sind nicht so leicht zu knacken.« Er hob sie hoch.
»Bitte, jetzt nicht. Du hast viel zu tun. Am besten, du fängst gleich damit an.«
»Womit?« fragte er erstaunt.
»Dich um ein Hotel zu kümmern. Das wird jetzt, auf den letzten Drücker gar nicht so einfach sein. Am besten, du fängst gleich damit an.«

»Und wo will mein Kätzchen hin?« fragte er, während er sie zärtlich wiegte.
»Der Ort ist mir ganz gleich, nur sollte es ein erstklassiges Hotel sein. Und wir brauchen eine Suite, zwei Schlafzimmer und einen Wohnraum, damit wir uns nicht auf die Nerven gehen.«
Er stellte sie auf die Füße. »Ich hätte mir doch denken sollen, daß ein Haken daran ist.«
»Nun werde nur nicht undankbar. Ich verschaffe dir ja deinen geliebten Wintersport, was willst du mehr? Aber um dir gleich den zweiten Haken zu nennen: Ich werde nicht skifahren, sondern mir statt dessen einen guten Tag machen. Abends gehen wir dann zusammen aus, tanzen oder so etwas, falls du nicht zu müde bist.«
»Ich werde auch tagsüber nicht von deiner Seite weichen.«
»Genau das, mein ...« Sie stockte. »... Geliebter, kommt überhaupt nicht in Frage. Ich verlange, daß du dich tüchtig austobst. Auf den Pisten, versteht sich.«
»Na ja«, sagte er, »ganz so habe ich mir das nicht vorgestellt.« Er hob den Mantel auf. »Du kommst also nur mir zu Gefallen mit.«
»Das denn doch nicht. Eine Luftveränderung wird auch mir bestimmt guttun. Und davon abgesehen: Eine traute Feier im Kreis meiner Familie reizt mich überhaupt nicht.« Sie wollte ihm den Mantel aus der Hand nehmen.
Aber er hielt ihn ihr wieder hin. »Du bist wirklich eine Frau, die weiß, was sie will.«
»Ja, und zwar daß du dich jetzt gleich ans Telefon hängst. Vom Büro aus ist es billiger.« –
Noch am gleichen Abend kam er mit einer Erfolgsmeldung nach Hause: Es war ihm gelungen, eine Suite im »Palace-Hotel« in Sankt Moritz zu reservieren.
Sie feierten dieses Ergebnis mit einer Flasche Champagner. Silvia war schon zu Bett gegangen.

So sehr sich Donata auch gegen eine Veränderung ihres Lebens sträubte, sie konnte nicht verhindern, daß es doch geschah.
Nach dem Tod ihres Mannes hatte sie sich zunächst aus dem Gesellschaftsleben zurückgezogen. Aber immer weiter waren ihr die Einladungen zu Partys, offiziellen Feiern, Ausstellungen und Premieren ins Haus geflattert. Eines Tages dann, aus keinem besonderen Anlaß, hatte sie sich doch entschlossen, wenigstens die wichtigsten Termine wahrzunehmen. Es war nicht so, daß sie diese Abwechslung wirklich brauchte. Tagsüber kam sie ganz ungezwungen mit sehr vielen Menschen in Berührung. Aber sich sehen zu lassen, nicht in Vergessenheit zu geraten, gehörte zu ihrem Geschäft. Natürlich geschah es immer wieder, daß man sie um einen kostenlosen Rat bat.
Herren im Smoking, die als millionenschwer bekannt waren, scheuten sich nicht davor zurück sie zu fragen: »Gnädige Frau, ich plane den Umbau meines Gartenhauses zur Garage. Wenn Sie mir da vielleicht einen Tip geben könnten.«
In solchen Fällen pflegte sie mit liebenswürdigem Interesse alles anzuhören, was ihr der andere über das Vorhaben zu sagen wußte, um dann endlich, womöglich noch liebenswürdiger zu erklären: »Ich müßte mir die Unterlagen ansehen, um wirklich helfen zu können. Am besten kommen Sie damit in mein Büro. Ich würde mich freuen.«
Manchmal hatte sie mit dieser Taktik Erfolg, meist allerdings blieb es bei dem Partygeplauder. Donata nahm das ohne Enttäuschung hin.
Wenn sie großes Glück hatte, konnte sie aber auch auf jemanden treffen, der tatsächlich gerade einen Architekten für irgendein Bauvorhaben suchte und es als einen Wink des Schicksals nahm, gerade auf sie zu stoßen. Auf diese Weise

hatte sie sich schon einige Aufträge an Land gezogen. Obwohl die Münchner Gesellschaft aus einem Kreis ganz bestimmter Leute bestand, in den Außenstehende selten eindrangen, war eben doch der Erinnerungseffekt wichtig. Im Jahr nach dem Tod ihres Mannes hatte sie, trotz aller Einladungen, den Eindruck gehabt, ganz schnell in Vergessenheit zu geraten.

Zuerst war es ihr nicht leichtgefallen, wieder da anzuknüpfen, wo der Faden gerissen war. Früher hatte Philipp sich stets die Zeit genommen sie zu begleiten. Sie hatte ihn als ihren Schutz und Schirm empfunden. Es konnte niemals geschehen, daß sie einmal allein in einer Ecke stand, ohne daß sich jemand um sie kümmerte. Immer waren sie zusammen aufgetreten, und zusammen waren sie ein attraktives Paar gewesen.

Es hatte sie Überwindung gekostet – ein Gefühl, über das sie bald nur noch lächeln konnte –, ihre Hemmungen abzulegen. Sie war sogar nahe daran gewesen, ihre Schwester um Begleitung zu bitten, eine Idee, die sie dann bald wieder verwarf. Silvia war eine Frau, die stets Rücksichtsnahme erwartete, auf ihr Befinden und ihre Launen. Außerdem waren zwei Frauen, die unbeachtet irgendwo herumstanden, genau so arm dran, vielleicht noch ärmer, als eine allein. Nein, sie war gezwungen, auch auf dem Parkett die gleiche Selbständigkeit zu zeigen wie im Beruf.

Sie tat es, und es gelang ihr überraschend gut. Auf besonders hohen Absätzen, den Kopf mit einer ihrer hübschen Perücken geschmückt, elegant gekleidet und sorgfältig geschminkt trat sie auf, mischte sich in eine Gruppe von Freunden, verließ sie bald wieder, um sich nach anderen Bekannten umzusehen, versprühte Charme und erntete Bewunderung und beifälliges Gelächter. Der Alptraum, das fünfte Rad am Wagen zu sein, erfüllte sich nie.

Schon bald begann sie ihre Ungebundenheit zu lieben. Sie konnte gehen, wann immer sie wollte, bleiben so lange sie Lust hatte, sich mit jemandem verabreden, wenn ihr der Sinn danach stand. Das alles hatte es in ihrer Ehe nicht gegeben.

Aber jetzt war Tobias da, und das änderte alles. Zu Beginn ihrer Beziehung hatte sie noch nicht daran gedacht ihn mitzunehmen. Aber das hatte zur Folge, daß sie ihm auch nichts von ihren Erlebnissen erzählen konnte, schlimmer noch, er erfuhr es von anderer Seite.

»Du warst vorgestern auf der Heyne-Party«, hielt er ihr eines Tages vor.

Sie hatten sich gerade geliebt, sie lag noch in seinen Armen und war auf nichts weniger als einen Vorwurf gefaßt gewesen; sie zuckte förmlich zusammen. »Wie kommst du darauf?« fragte sie.

»Es stand in der ›Abendzeitung‹.«

»Ach so.«

»Du hast mir nichts davon gesagt.«

»Wozu auch.«

»Weil es mich interessiert.«

Besänftigend küßte sie seine Brust. »Ach, Liebling, du kennst doch diese Partys ...«

»Nein, Donata! Genau die Partys kenne ich eben nicht.«

»Sie sind nicht interessant«, behauptete sie, »weiß Gott nicht.«

»Warum gehst du dann doch hin?«

»Weil ich mich sehen lassen muß.«

»Und ich muß das nicht?«

»Nein, wirklich nicht. Dazu bist du noch nicht groß genug. Sei froh darüber.«

»Immerhin bin ich ein paar Jahre älter als Nathalie Heyne, und die war auch dort.«

»Hast du es etwa auf die schöne Nathalie abgesehen?«
»Abgesehen habe ich es nur auf dich, Donata, und das weißt du. Aber allmählich komme ich darauf, daß du mich nicht wirklich liebst.«
»Sag sowas nicht!«
»Sonst wäre es dir doch ganz selbstverständlich mich mitzunehmen.«
»Ich wußte nicht, daß dir das Spaß machen würde«, behauptete sie, und merkte selber, daß diese Erklärung mehr als lahm klang.
»Du hättest mich wenigstens fragen können.«
Sie begann, mit dem Zeigefinger Kreise auf seiner glatten Brust zu malen. »Ich dachte, du hättest deinen eigenen Kreis. Ich frage dich ja auch nie, was du vorhast, wenn du abends fortgehst, mit wem du ausgehst ...«
»Mangel an Liebe«, unterbrach er sie.
»Wäre es dir lieber, ich würde eifersüchtig sein?«
»Ein bißchen schon.«
Sie lachte. »Ach, mein Katerchen! Nur ein großer Kindskopf wie du, kann Eifersucht mit Liebe verwechseln.« Dann fügte sie ernster hinzu: »Du gehst ja auch gar nicht so oft aus, daß viel dahinter sein könnte.«
»Du bist dir meiner sehr sicher.«
»Leider überhaupt nicht.« Sie zitierte: »Du bist so jung, du bist so schön, aus deinen Augen strahlt das Glück ...«
»Ein Gedicht von Storm«, sagte er trocken, »kenne ich. Vielleicht siehst du mich so. Aber von dir kannst du bestimmt nicht behaupten, du wärst schon alt und müde.«
»Nein, tue ich nicht.«
»Warum hast du dann nicht den Mut dich mit mir sehen zu lassen?«
»Das ist keine Sache des Mutes.«
»Nein? Ist es nicht? Schade, das hätte ich gerade noch

verstanden. Dann nenne mir doch, bitte, den wirklichen Grund.«

»Verzeih mir, aber ich habe einfach nicht darüber nachgedacht. Seit Jahren bin ich es gewohnt allein auszugehen. Es ist mir nicht in den Sinn gekommen, dich um deine Begleitung zu bitten.«

»Du willst mich nicht dabeihaben, gib es doch zu!«

»Nein, das stimmt nicht«, widersprach sie, während sie noch überlegte, wieviel Wahrheit in seiner Behauptung steckte.

Er packte sie bei den Schultern und drehte sie zu sich um, so daß sie ihm ins Gesicht blicken mußte. »Heißt das, du nimmst mich von jetzt an mit?«

»Wenn du es wirklich willst.«

»Ich bestehe darauf.«

»Also gut – abgemacht.«

Sie küßte ihn auf den Mund und spürte, wie sein Begehren wieder erwachte.

Rasch löste sie sich von ihm. »Nicht doch, nicht doch, für heute ist's genug.« Sie schwang die Beine über die Bettkante. »Ich muß dich jetzt verlassen.«

»Bleib doch noch, Kätzchen! Wenigstens fünf Minuten.«

Sie zog sich ihren seidenen Hausmantel über. »Nein, mein Katerchen! Ich weiß, was aus solchen fünf Minuten werden kann. Schlaf gut und träume süß!« Von der Tür her warf sie ihm noch eine Kußhand zu, dann war sie draußen.

Sie hatte den Eidruck, von ihm überfahren worden zu sein. Er hatte sie in die Ecke gedrängt, so daß ihr nichts anderes übrig geblieben war, als ihm seinen Wunsch zu erfüllen. Aber andererseits fand sie, daß er im Recht war. Wenn er ihr seine Jugend schenkte, sich nicht an ihren Jahren stieß, so durfte er wohl auch die Privilegien mit ihr teilen, die sie ihrem Alter und ihrer gesellschaftlichen Stellung verdankte.

Wie nicht anders zu erwarten war, machte Tobias sich gut als Donatas Begleiter. Sie beriet ihn in der Frage der Kleiderordnung, ansonsten wußte er selber genau, wie er sich zu verhalten hatte. Er unterstützte ihr Auftritte, drängte sich nie vor oder versuchte ihr die Schau zu stehlen. Sehr rasch wurde er akzeptiert, oder jedenfalls sah es so aus. Donatas Freunde boten ihm nicht gerade das Du an, aber sie ließen ihn auch nicht links liegen, sondern zogen ihn in ihre Gespräche mit ein.

Er galt als ein guter, repräsentabler junger Mitarbeiter Donatas, der es sich zur Aufgabe gemacht hatte, ihr, der alleinstehenden Frau, zur Seite zu stehen. Daß intime Beziehungen zwischen ihnen bestanden, ließen sie sich in der Öffentlichkeit nicht anmerken. Manche mochten es ahnen, andere schlossen es gerade wegen des Altersunterschiedes völlig aus. Aber alle verstanden, daß sie den intelligenten, gewandten jungen Mann gerne um sich hatte.

Am langen Samstag vor dem letzten Advent besuchten sie eine Kunstausstellung des Goldschmieds Eickelbaum in der Theatinerstraße. Obwohl heute, bei der Eröffnung, nur geladenes Publikum zugelassen war, herrschte eine drangvolle Enge. Donata hatte nicht vorgehabt lange zu bleiben; sie wollte sich nur sehen lassen. Aber die ausgestellten Schmuckstücke waren so faszinierend, daß sie nicht gehen wollte, bevor sie alles gesehen hatte. Ausnahmsweise schenkte sie den anwesenden Bekannten nur ein Lächeln und ein Kopfnicken, und ließ sich von Tobias einen Weg an den Vitrinen vorbei bahnen.

Ein breiter goldener Armreif, schlicht und sehr modern, gefiel ihr besonders. »Ist der nicht wunderschön, Tobias?« rief sie begeistert.

»Soll ich ihn dir zu Weihnachten schenken?«

»Untersteh dich! Wenn ich ihn haben will, kaufe ich ihn mir selber.«

»Ich habe irgendwo gelesen, daß Schmuck nur Spaß macht, wenn man ihn geschenkt bekommt.«

»Der Autor hat mich nicht gekannt. Außerdem mache ich mir gar nichts aus Geschmeide.«

»Stimmt nicht. Ich sehe doch, wie hingerissen du bist.«

»Wegen seiner Schönheit. Sieh nur diesen Anhänger! Ist er nicht ein Gedicht?«

»Aber trotzdem machst du dir natürlich nichts daraus«, spottete er.

»Ich muß nicht alles besitzen, was mir gefällt«, stellte sie richtig, »ich liebe zum Beispiel auch einige Gemälde von Picasso, besonders die aus seiner blauen Periode, aber nie würde ich mir einen ins Haus hängen, selbst wenn ich es mir leisten könnte.«

»Na, vielleicht ist das ganz gut so. Es würden bestimmt ein paar Monatsgehälter draufgehen, wenn ich hier zuschlagen würde. Soll ich dir etwas zu trinken holen?«

»Nein, danke. Gehen wir lieber anschließend ins ›Franziskaner‹ und trinken eine Weiße, ja?«

»Mit Vergnügen.«

Sie hatten ihren Rundgang, der eher ein mühsames Geschiebe gewesen war, beendet und bahnten sich einen Weg zur Tür. Als sie auf die Straße wollten, prallten sie fast gegen Anton Mittermeier, der gerade im Begriff war einzutreten. Der Baulöwe, groß und schwergewichtig, trug einen mit Pelz besetzten und wahrscheinlich auch gefütterten grauen Mantel.

Als er Donatas ansichtig wurde, lüftete er seinen Bowler, eine in München ganz unübliche Kopfbedeckung, und sagte mit übertriebener Bewunderung: »Aah, die schöne Donata!« Dann setzte er seinen Hut sofort wieder auf, weil er wohl seine rasierte Glatze nicht dem Nordwind aussetzen wollte.

»Nett, daß wir uns hier treffen, Herr Mittermeier!« gab sie strahlend zurück. »Die Ausstellung ist einzigartig.«

»Trotzdem wollen Sie schon gehen?«

»Nachdem ich alles gesehen habe. Vielleicht komme ich an einem ruhigen Tag mal wieder.«

In Mittermeiers Begleitung, halb hinter seinem breiten Rücken versteckt, war ein zierliches, sehr junges Mädchen, das ungeduldig von einem Fuß auf den anderen trat.

»Nur nicht drängeln, Traudel!« beschwichtigte sie Mittermeier. »Oder willst du schon vorgehen?«

»Du hast die Einladung«, erinnerte das Mädchen und zog einen Schmollmund.

»Dann wart' es ab!« Er legte ihr den Arm um die Schultern und zog sie vor. »Das hier ist Traudel Wanninger, ein Mädchen, aus dem vielleicht noch mal was werden kann ... und du, Traudel, hast die Ehre, Frau Donata Beck kennenzulernen, die erfolgreichste Architektin der Bundesrepublik.«

»Freut mich«, bemerkte Traudel, durchaus nicht beeindruckt, und konnte sich nicht verkneifen, Tobias zuzulächeln.

Donata machte den Baulöwen und seine Freundin mit Tobias bekannt.

»Sie sind also der bemerkenswerte junge Mann, dem es gelungen ist, den alten Stolze aus dem Architekturbüro Beck zu drängen«, bemerkte Mittermeier, halb fragend.

»Ganz so war's nicht«, erklärte Donata hastig.

»Von mir aus hätte er bleiben können«, sagte Tobias.

»Sehr großzügig von Ihnen!« Mittermeier stülpte die Lippen vor.

»Es hat private Differenzen zwischen mir und Arthur

Stolze gegeben«, behauptete Donata, »mit denen Tobias Müller nicht das Geringste zu tun hat.«

Mittermeier hob die buschigen grauen Augenbrauen. »Ach, wirklich nicht?«

Traudel, die sich langweilte, wandte sich an Tobias. »Wie hat Ihnen denn die Ausstellung gefallen?«

»Prächtig. Sie werden Augen machen.«

Mittermeier nahm Donata beiseite; er stellte sich zwischen sie und die jungen Leute. »Ich kann Sie ja verstehen, Donata. Jugend hat immer ihren Wert, und man muß sich den Spaß etwas kosten lassen. Aber wenn ich Ihnen einen Rat geben darf ...«

»Ja, bitte?« – Donata, der an nichts weniger gelegen war, setzte eine bewundernde Kleinmädchenmiene auf.

»Passen Sie auf, daß Sie sich nicht ruinieren!«

»Ich glaube nicht, daß die Gefahr besteht.«

»Der gute Stolze wird Ihnen noch fehlen.«

Die jungen Leute unterhielten sich angeregt hinter seinem Rücken.

»Ich habe versucht ihn zu halten«, sagte Donata, »aber da war nichts zu machen.«

»Er hat halt nicht mehr das Zeug zu einem Platzhirsch.«

»Als Platzhirsch«, sagte Donata, »habe ich ihn, soweit ich mich erinnern kann, nie gesehen.«

»Na ja, er soll zu Hause auch so seine Schwierigkeiten haben.«

»Tatsächlich? Davon weiß ich gar nichts.«

»Sie sind halt immer noch sehr naiv, Donata.«

Donata lächelte. »So? Meinen Sie?«

»Zugegeben, Sie haben eine große Karriere gemacht. So etwas bringt den Menschen leicht dazu, seine Kräfte zu überschätzen.«

»Kann sein«, gab Donata zu, »daß ich wirklich dazu neige.«

»Also: Seien Sie vorsichtig!«

Die jungen Leute lachten.

Abrupt drehte er sich zu ihnen um. »Was ist denn hier so komisch?«

Traudel kicherte. »Herr Müller ist so witzig, er ...«

Mittermeier fiel ihr ins Wort: »... ist der geborene Alleinunterhalter. Habe ich mir schon gedacht.«

Traudels Lächeln erlosch. »Aber, Daddy, ein harmloser Spaß ...

»Nichts ist harmlos an diesem jungen Mann.« Er packte sie beim Arm. »Komm jetzt!« Auf der Schwelle vor dem Juweliergeschäft drehte er sich noch einmal u. »Denken Sie an meine Worte, Donata!«

Donata und Tobias blieben betreten zurück.

Sie fand als erste die Sprache wieder. »Gehn wir auf ein Bier?«

»Dazu habe ich die Lust verloren.«

»Auch recht. Fahren wir also nach Hause.«

Sie mußten sich gegen den Wind stemmen, als sie sich auf den Weg zur Tiefgarage machten.

»Was hat dieser Heini bloß gegen mich?« fragte Tobias, leicht verstört.

»Ich könnte jetzt sagen, daß du ein bißchen zu stark mit seiner Freundin geflirtet hast ...«

»Habe ich nicht, auf Ehre. Ich habe bloß versucht, sie ein bißchen zu amüsieren.«

»Glaube ich dir ja, Geliebter. Tatsächlich war er von vornherein gegen dich eingenommen.«

»Aber warum bloß?«

»Überleg mal!«

Sie hatten inzwischen die Straße überquert und die Passagen am Max-Josef-Platz erreicht, von denen aus der Abstieg in die Garage begann. Hier drinnen war es behaglicher.

Geschäfte mit eleganten Auslagen hielten den eisigen Wind ab. Leute hasteten oder bummelten vorbei, blieben betrachtend vor den Auslagen stehen oder betraten die Geschäfte. In einer Ecke saß ein verlumpter Bettler, den Hut auf den Knien.
»Hast du mal eine Mark?« verlangte Donata.
»Der hat bestimmt eine Sozialrente.«
»Ja. Sicher. Trotzdem.« Donata war stehengeblieben.
»Und er versäuft das Geld doch nur.«
»Soll er! So lange wir genug zu trinken haben.«
Tobias warf eine Münze in den Hut, die klirrend aufprallte.
Donata zog ihn mit sich fort. »Mich stören solche Penner auch. Bei uns hat es niemand nötig, wirklich zu betteln. Aber andererseits machen sie mir doch ein schlechtes Gewissen. Weil es uns so gut geht.«
»Was hat Mittermeier dir gesagt?«
»Na, was schon?«
Jetzt war es Tobias, der stehenblieb. »Kannst du mir nicht endlich mal eine vernünftige Antwort geben?« fragte er heftig.
Donatas grüne Augen funkelten. »Schlag bitte einen anderen Ton an!«
Tobias hatte sichtbare Mühe seine Stimme zu dämpfen. »Dieser Mensch hat mich beleidigt, und du, anstatt mich zu verteidigen, steckst es einfach ein. Wie ein Schulmädchen hast du dagestanden und ihm zugehört, wie er mich madig gemacht hat – sag mir jetzt bloß nicht, das hätte er nicht getan! –, statt ihm energisch kontra zu geben.«
»Mittermeier spielt eine Rolle im Baugewerbe. Ich habe zwar noch nie einen Auftrag von ihm bekommen und werde wohl auch nie einen kriegen – trotzdem, er ist ein wichtiger Mann.«
»Das gibt ihm noch lange nicht das Recht über mich herzuziehen.«
»Hat er ja gar nicht, Geliebter.«

»Was denn sonst?«
Sie setzte sich wieder in Bewegung. »Er hat mich davor gewarnt mich zu ruinieren.«
Er hob die Stimme: »Dich von mir ruinieren zu lassen, wie?«
»Tobias«, sagte sie, »ich habe es mir deinetwegen mit Arthur Stolze verdorben. Das war nicht deine Schuld, ganz gewiß nicht. Aber es ist nun mal passiert. Ich kann mich aber deinetwegen jetzt nicht auch noch mit Mittermeier überwerfen. Es gibt bestimmt auch noch andere, denen du oder, sagen wir, unsere Beziehung, ein Dorn im Auge ist.«
»Was haben diese alten Knacker bloß gegen mich?«
»Genau das sind sie, denke ich. Und sie sehen in dir einen Jungen, der durchaus imstande ist, ihnen die eine oder andere der hübschen Miezen auszuspannen, in die sie so viel Geld investieren müssen, um sie bei der Stange zu halten. Außerdem hast du dich erdreistet, eine reife Frau wie mich zu bezaubern. Sie haben den Verdacht, daß du kassierst, wo sie zahlen müssen.«
»Aber das tue ich doch gar nicht.«
»Das wissen sie nicht.«
Sie hatten den ausgekachelten Gang erreicht, der ins Untergeschoß führte, und stiegen hinab.
»Du hast mich in eine unmögliche Situation gebracht«, beklagte er sich.
»Ich – dich?« Sie mußte lachen.
»Man wird glauben, daß du mich aushältst.«
»Nicht, solange du fleißig zur Arbeit kommst, keinen Luxuswagen fährst und kein Penthouse bewohnst.«
»Du verstehst mich nicht, Donata.«
»Doch, sehr gut sogar. Wir stecken beide im gleichen Schlamassel. Aber ist es denn wirklich so wichtig, was die anderen über uns denken, solange wir miteinander glücklich sind?«

»Wir können unserer Beziehung mit einem Schlag alles Fragwürdige nehmen.« Sie hatten inzwischen die Stufen und den langen Gang hinter sich gelassen und den Kassenraum erreicht. »Laß uns heiraten, Donata!«
Sie sah zu ihm auf. Er stand vor ihr, stark, groß und jung, einen sorgenvoll entschlossenen Ausdruck in dem glatten, vom Alter noch nicht gestreiften Gesicht, der gar nicht zu ihm paßte. Wieder konnte sie ein Lachen nicht unterdrücken.
»Was ist daran komisch?« fragte er verletzt.
»Bitte, bitte, nimm's nicht persönlich!« Sie legte ihm die Hand auf den Arm. »Es ist mir nur gerade eingefallen, daß dies dein dritter Heiratsantrag ist, und keiner war so unromantisch – vor dem Geldautomaten im Kassenraum einer Tiefgarage. Lach mit mir! Du hast doch Humor.«
Er blieb ganz ernst. »Mag sein, daß ich kein Talent dazu habe, meinen Antrag im richtigen Augenblick und der passenden Umgebung vorzubringen. Ich habe noch keine Erfahrung darin. Aber das ändert doch nichts an der Tatsache, daß ich recht habe. Es gibt nichts, was dagegen spricht.«
»Doch, Tobias, mindestens zehn gute Gründe. Bitte, erspare mir, sie dir aufzuzählen, denn du kennst sie selber.«
»Donata, ich ...«
Sie schob ihn beiseite, steckte den Parkschein und eine Geldmünze in den Automaten. Während der Automat arbeitete, wandte sie sich ihm wieder zu. »Dräng mich nicht. Tobias, ich werde darüber nachdenken.« Sie holte die Quittung und die Münzen und hängte sich bei Tobias ein. »Wir haben ja Zeit, Tobias. Wenn wir etwas haben, dann ist es Zeit, viel Zeit.«
Doch schon während sie ihn mit sich fortzog, meldete sich eine innere Stimme, die fragte: ›Stimmt das denn wirklich? Bleibt dir Zeit, Donata? Kann eine Liebe wie die deine denn von Dauer sein?‹

Aber sie ging nicht darauf ein, sondern erklärte forsch: »Wir haben doch ganz andere Probleme zu lösen. Ich habe mich nach einer Wohnung für dich umgetan, und ich glaube, ich habe schon das passende für dich in Aussicht ...«

»Die brauche ich gar nicht, wenn du mich heiratest!«

Ohne auf diesen Einwand einzugehen, fuhr sie fort: »... in der Werinherstraße, nichts Überwältigendes, zwei Zimmer, Küche und Bad, aber in zentraler Lage. Und dann müßtest du dich, spätestens zum Frühjahr hin, nach einem eigenen Auto umsehen.«

»Bevor ich dich kannte, bin ich mit meinem Fahrrad sehr gut zurechtgekommen.«

»Da warst du ja auch noch Student. Jetzt bist du Architekt, und zwar in fester Stellung.«

Sie waren die Treppe hinunter gegangen und tauchten jetzt in die Dunkelheit der Garage ein. Beide blieben stehen, um sich an die veränderten Lichtverhältnisse zu gewöhnen.

»Also, selbst als Mitfahrer bin ich dir lästig!«

»Absoluter Quatsch!« erklärkte sie energisch. »Aber so gerne ich dich an meiner Seite habe – es kann doch mal vorkommen, daß ich nach Rosenheim muß, und du, sagen wir, nach Gröbenzell. Das schaffen wir nicht in einem Auto.«

»Dann leg dir doch einen Firmenwagen zu. Ich brauche kein eigenes Auto.«

Sie bemühte sich im Dämmerlicht seinen Ausdruck zu erkennen. Er wirkte hart.

»Dann bist du anders als andere junge Männer«, sagte sie.

»Merkst du das jetzt erst?«

Er wollte sie in die Arme nehmen, aber ihr war nicht danach zumute. Auch hier, in der Düsternis der Tiefgarage, fühlte sie sich noch in der Öffentlichkeit.

»Laß mich!« bat sie. »Wir wollen doch kein Schauspiel bieten.«

Er ließ sie sofort wieder frei, und sie tat zwei hastige Schritte auf die Fahrbahn, ohne darauf zu achten, daß sich ein Wagen in Richtung der Ausfahrt näherte. Er riß sie zurück, und der Wagen glitt vorbei.
»Ohne mich«, sagte er, »wärst du glatt unter die Räder gekommen, mein Kätzchen. Da siehst du, wie sehr du mich brauchst.«
»Ja, mein Katerchen, ich geb's ja zu!« sagte sie und gab ihm einen raschen Kuß.
Sie hatte zwar einen Schrecken bekommen, und ihr Herz schlug heftig. Dennoch dachte sie, daß der Wagen, der im Schrittempo gefahren war, doch wohl noch hätte rechtzeitig stoppen können, die Gefahr also nicht allzu groß gewesen war.
»Aber jetzt laß uns zusehen, daß wir rasch hier fortkommen.«

An diesem Abend saß Donata vor dem Spiegel und betrachtete lange und prüfend ihr ungeschminktes Gesicht. Obwohl ihre Haut, von der Kehle bis zum Haaransatz, glatt und gepflegt war, mußte sie sich zugeben, daß sie nicht mehr jung wirkte. Das lag nicht so sehr an den zarten Fältchen um die Lider oder den Lachfalten um die Mundwinkel, als an dem erfahrenen wissenden Ausdruck ihrer Augen. Aber sie gefiel sich so, wie sie heute war. Sie hätte nie mehr das unbedarfe Mädchen von puppenhafter Hübschheit sein mögen, das sie vor zwanzig Jahren gewesen war. Sie glaubte auch nicht, daß sie, wenn sie jetzt noch so wäre, Tobias gefallen hätte.
Nein, im Moment ergänzten sie sich, er, der jungenhafte Mann und sie, die gereifte Frau, ganz wundervoll. Wenn auch alle Welt anderer Meinung sein mochte. Sie waren ein Paar, das nicht nur, trotz aller Konflikte, blendend miteinan-

der auskam, sondern das sich auch zusammen sehen lassen konnte.

Aber wie würde es in zwei, drei Jahren sein! Wenn Falten aus den Fältchen geworden waren? Wenn ihr Kinn schlaff wurde? Nun gut, dagegen konnte ein geschickter Chirurg etwas tun. Aber niemand konnte verhindern, daß ihre Augen dann noch älter blickten, zynisch vielleicht oder hoffnungslos enttäuscht.

Jetzt fühlte sie sich noch mitten im Spannungsfeld des Lebens, aber konnte sie sicher sein, daß diese Lust ihr erhalten bleiben, daß sie nicht nachlassen würde?

›Nein‹, antwortete sie sich ehrlich.

Es war ein Wunder, daß Tobias sie liebte. Aber es konnte nicht von Dauer sein. Nein, sie konnte ihn nicht heiraten, und sie mußte ihm das klarmachen, damit er von diesem völlig illusorischen Ziel abließ.

Donata und Tobias hatten Glück mit ihrem Urlaub in St. Moritz. Im Oberengadin war schon Schnee gefallen, als sie eintrafen, und gleich am nächsten Tag konnte Tobias seine erste Abfahrt nach Corviglia unternehmen. Donata meldete sich im Kurhaus in St. Moritz-Bad an. Fast jeden Vormittag nahm sie dort eines der eisenhaltigen Bäder, nicht, weil sie sie nötig hatte, sondern weil sie fand, daß ein Übermaß an Gesundheit ihr nicht schaden könnte. Anschließend genoß sie die Massagen einer energischen, nicht mehr jungen Frau. Täglich ging sie auch spazieren, selbst wenn es schneite, und genoß die reine prickelnde Höhenluft.

Der See war auch schon zugefroren, und immer wieder geriet sie in Versuchung sich Schlittschuhe auszuleihen. Aber sie verzichtete dann doch, weil sie sich geschworen hatte, auf sportliche Aktivitäten zu verzichten.

Statt dessen unternahm sie Schaufensterbummel und erstand sogar das eine oder andere Kleidungsstück, das ihr besonders gefiel, obwohl ihr alles überteuert schien. Aber in München hatte sie so selten Zeit und Ruhe einzukaufen.
Wenn Tobias dann bei Einbruch der Dämmerung ins Hotel zurückkam, empfing sie ihn hübsch und ausgeruht im bequemen Hausanzug und ließ ihm gleich ein Bad einlaufen. Sie scherzten und alberten, während er in der Wanne saß, sie bewunderte seinen schönen männlichen Körper und schrubbte ihm den Rücken. Oft kam es vor, daß sie sich anschließend liebten, nicht so oft jedoch, daß es zur Gewohnheit geworden wäre.
Ihre Suite mit dem Blick auf den vereisten See und die ihn umschließenden Bergriesen war prachtvoll. Donata hatte das große, er das kleinere Schlafzimmer bezogen, dazwischen lagen der Wohnraum und das Bad. Morgens überließ sie es ihm, putzte sich nur die Zähne und frühstückte mit ihm zusammen noch im Hausdress. Erst wenn er zum Skifahren aufgebrochen war, machte sie sich schön und zog sich an.
Abends aßen sie mitten im eleganten Publikum im prunkvollen Speisesaal des Hotels. Er langte kräftig zu, während sie sich an die Salate hielt und sich ansonsten nur hie und da einen kleinen Happen nahm. Im sogenannten »Roten Saal« spielte allabendlich eine Combo auf, und oft benutzten sie die Gelegenheit miteinander zu tanzen. Seltener verließen sie das Hotel um im »Pinocchio« einzukehren, eine kleine Tanzbar, die sie besonders liebten. Wenn Tobias einmal besonders müde war, zogen sie sich auch gleich nach dem Essen in ihr Wohnzimmer zurück um fernzusehen.
Am Heiligen Abend war das ganze Haus weihnachtlich geschmückt, und in der Halle stand eine prächtige Tanne. Donata hatte daran gedacht, ein Tännchen in ihrem Wohn-

raum aufzustellen, sah aber dann doch davon ab. Sie waren ja keine Kinder mehr.
Lange hatte sie überlegt, was sie ihm schenken konnte ohne ihn zu beleidigen. Eine Armbanduhr oder ein Schmuckstück durfte es jedenfalls nicht sein. Endlich hatte sie sich für einen Prachtband über die großen Luxusliner entschieden, jene überwältigenden Ozeanriesen, die das Reisen zwischen Europa und Amerika möglich gemacht hatten, als es noch keinen Flugverkehr gab. Sie hatte das Buch schon in München erstanden und auf dem Grund eines ihrer Koffer, schön verpackt, mitgebracht.
Als sie sich für das Weihnachtsdinner umgezogen hatten, trafen sie sich, er im Smoking, sie im Abendkleid, im Wohnraum, um sich ihre Geschenke zu übergeben, beide auf eine Überraschung gefaßt. Sie hielt das große Buch hinter dem Rücken, bevor sie es ihm lächelnd überreichte. Im Gegenzug gab er ihr sein Geschenk, offensichtlich auch ein Buch, ebenso groß, nur anders verpackt. Sie bedankten sich, küßten sich, lösten die Bänder und das bunte Papier und stellten fest, einen Augenblick sprachlos, daß sie sich beide für den anderen das gleiche Buch ausgesucht hatten. Sie brachen in ein freudiges Gelächter aus.
»Ich kann deines umtauschen«, erbot er sich, als er sich endlich wieder gefaßt hatte, »ich habe den Kassenzettel noch.«
»Um keinen Preis«, erwiderte sie, »ich will es behalten. Für mich ist es ein Beweis, wie gut wir uns verstehen.«
»Wenn es dessen noch bedurft hätte!«
»Du hast recht!« gab sie zu. »Soll ich dir ein Geständnis machen? Ich erinnere mich nicht, je so glücklich gewesen zu sein wie mit dir.«
Er sah sie aus hungrigen Augen an. »Weißt du, was ich mir jetzt wünsche?«

»Nur zu«, erklärte sie heiter, »von mir aus lassen wir das Dinner sausen. Du weißt, daß ich mir sowieso nichts aus dieser Esserei mache.«

»Hexe!«

»Was habe ich denn getan?«

»Du willst mich in Versuchung führen, obwohl du weißt, daß mein Magen leer ist.«

»Dein Pech! Du hättest nicht damit anfangen sollen.«

Sie nahmen noch einen Aperitif, dann fuhren sie in gelöster Stimmung hinunter.

Nach den Feiertagen begann Donata sich zu langweilen. Sie sehnte sich nach ihrer Arbeit, wollte Tobias jedoch nicht zur Abreise drängen, wie sie es am liebsten getan hätte. Sie hatten sich vorgenommen, bis nach Silvester zu bleiben und, wenn es ihnen gefiel, sogar noch länger. In Bayern herrschte klirrende Kälte, auf ihren Baustellen gab es nichts zu tun, und für Notfälle hielt Günther Winklein die Stellung.

Gerade, als sie sich vorgenommen hatte, trotz allem offen zu Tobias zu sein und ihm den Grund ihrer wachsenden Nervosität zu erklären, sorgte ein Zufall für Abwechslung. Als sie eines frühen Nachmittags die Hotelbar betrat, um sich eine Tasse Kaffee zu bestellen, sah sie zwei Herren beim Kartenspiel. Ansonsten war der gemütliche, holzgetäfelte Raum leer und, bis auf den Tisch der Kartenspieler, schlecht beleuchtet. Die jungen Gäste waren beim Sport, die älteren lagen in der Sonne oder hatten sich auf ihre Zimmer zurückgezogen. Die beiden Herren gehörten zu der Combo, wie Donata wußte, und auch sie kannten sie vom Sehen her und standen höflich auf. Der Behäbige, Glatzköpfige war Bassist, der Kleine, Quirlige Schlagzeuger.

»Bleiben Sie doch sitzen«, sagte sie rasch, »lassen Sie sich

durch mich nicht stören!« Den Jungen hinter der Bar – er war wirklich noch ein Junge, augenscheinlich ein Ersatz für den eigentlichen Keeper – bat sie um einen Espresso.
Sie war von der Straße her gekommen und hatte Mütze und Handschuhe schon ausgezogen und in ihrer Schultertasche verstaut. Als sie jetzt ihre wattierte Jacke ablegen wollte, beeilte sich der Bassist ihr zur Hilfe zu kommen.
Nach so viel Liebenswürdigkeit wollte sie den Männern nicht den Rücken zudrehen, sondern setzte sich seitlich zur Bar. Die Espressomaschine zischte.
Der Schlagzeuger mischte, der Bassist hob ab und fragte: »Sie fahren nicht Ski, gnädige Frau?«
»Nein. Ich beschränke mich auf Bäder, Massagen und Spaziergänge.«
»Hätte ich nicht gedacht.«
»Aber wieso nicht?«
»Heutzutage sieht man doch die seltsamsten Figuren auf den Pisten«, sagte der Schlagzeuger mit einem Blick zu ihr hin, der deutlich ausdrückte, daß er ihre schlanke Linie bewunderte.
»Ich hab's aufgesteckt«, erklärte Donata, »ich kann mir einen Beinbruch nicht leisten.« Der Junge stellte die kleine Tasse mit dem heißen schwarzen Getränk vor sie hin, und sie bedankte sich.
»Dann geht es Ihnen wie uns. Wir sind hier im Engagement.«
»Ja, ich weiß.«
»Und wir können nicht riskieren, daß es platzt«, fügte sein Kollege hinzu.
Donata kramte ihr Zigarettenpäckchen aus der Schultertasche, und ehe sie sie anzünden konnte, war der Bassist aufgestanden und gab ihr Feuer.
»Sie spielen sechsundsechzig?« fragte sie beiläufig.

»Zum Skat fehlt uns leider der dritte Mann.«
»Ich spiele Skat«, erklärte Donata impulsiv.
Das Gesicht des Bassisten hellte sich auf. »Und Sie würden uns die Ehre geben?«
»Aber mit Vergnügen!«
So kam es, daß Donata eine Beschäftigung gefunden hatte, mit der sie sich die Nachmittage vertreiben konnte. Während ihrer Zeit in der Schreinerei und am Bau, auch später noch als Studentin, hatte sie leidenschaftlich gern Skat gespielt. Später hatte sie es dann aufgegeben. Sobald sie jetzt die Karten in Händen hielt, war sie mit Feuereifer bei der Sache. Auch die Musiker waren höchst vergnügt, einen Partner gefunden zu haben, und die Stunden vergingen wie im Fluge.
Tobias, dem sie es ganz vergnügt gleich am ersten Abend erzählte, war nicht sehr begeistert, aber er war klug genug, seinen Unmut nicht zu äußern. Er mußte sich zugeben, daß dieser Zeitvertreib harmlos genug war. Es störte ihn jedoch – darüber war er sich selber nicht klar –, daß ihr Tag jetzt nicht mehr auf ihn gerichtet war, auf das Ziel ihn am späten Nachmittag zu empfangen, sondern daß die Gewichte sich verlagert hatten.
»Freust du dich denn nicht für mich?« fragte Donata.
»Ja, schon, natürlich, mein Kätzchen.«
»Aber?«
»Ich finde es schon ein wenig merkwürdig, daß du dich ausgerechnet in einem Höhenluftkurort in eine düstere Bar verkriechst.«
Sie lachte. »Luft habe ich hier schon mehr getankt, als für mich gut sein kann.«
Sie unterhielten sich im Wohnzimmer. Er war schon halb ausgezogen, hatte nur noch seine Skiunterwäsche an, und als Donata ihren Bericht begann, hatte er sich gesetzt.

Jetzt zog er sie zärtlich auf den Schoß. »Weißt du, was ich mir überlege ...« begann er.
Sie knabberte an seinem Ohrläppchen. »Du wirst es mir schon verraten.«
»... eigentlich genügt es mir morgens skizulaufen. Ich kann genau so gut auch mittags zurückkommen.«
Mit Schwung stellte sie sich wieder auf die Beine. »Jetzt auf einmal?«
»Ja, Kätzchen. Warum nicht?«
»Weil es gegen unsere Abmachung ist. Wir sind hierher gereist, damit du nach Herzenslust skifahren kannst.«
»Aber inzwischen bin ich gar nicht mehr so wild darauf.«
»Stimmt nicht. Gerade eben bist du ganz begeistert hier herein gestürmt.«
»Begeistert in deine Arme zu fliegen!«
»Nein, von dem schönen Tag, den du erlebt hast.«
Er merkte, daß er schon zu weit gegangen war, und daß sie ihn für albern gehalten hätte, wenn er aus so nichtigem Anlaß gekränkt oder eifersüchtig geworden wäre.
Also machte er einen Rückzieher und behauptete: »Es war ja nur ein Vorschlag, mein Kätzchen. Irgendwie hatte ich plötzlich den Eindruck, du würdest dich vernachlässigt fühlen.«
»Nein, überhaupt nicht. Nur das Nichtstun ist mir ein bißchen auf die Nerven gegangen. Aber los jetzt! Sonst wird das Badewasser kalt.«
Von nun an beeilte er sich mehr als sonst, abends so rasch wie möglich ins Hotel zu kommen, in der uneingestandenen Hoffnung, er könnte einmal früher auf dem Zimmer sein als sie. Aber das gelang ihm nie. Denn schon bevor die Bar sich zu füllen begann, mußten die Musiker sich umziehen, um rechtzeitig zur Teezeit auf ihrem Podium zu sein. So nahm das Spiel noch vor Einbruch der Dämmerung sein zwangs-

läufiges Ende. Für Donata hatte es dann meistens auch lange genug gedauert.

Donata und Tobias hatten auf ihrer ersten gemeinsamen Reise unter sich bleiben wollen. Trotzdem war es merkwürdig, saß sie überhaupt keinen Kontakt zu den anderen Gästen des Hotels fanden. Niemals wurden sie auch nur in ein Gespräch verwickelt. Es war nicht so, daß man sie schnitt. Ihr Gruß oder ihr Lächeln wurde jeweils freundlich erwidert. Das war aber auch schon alles.

In der ersten Woche ihres Aufenthaltes war Donata eines Vormittags auf eine Dame etwa in ihrem Alter getroffen, deren Gesicht ihr vom Speisesaal her vertraut gewesen war. Die Begegnung hatte sich in einer Boutique abgespielt, in der die Dame sich etwas einpacken ließ, während Donata gerade erst gekommen war.

Sie hatte gegrüßt und unbefangen gefragt: »Haben Sie etwas Schönes gefunden?«

»Oh ja! Eine Bluse aus reiner Seide. Champagnerfarben. Genau das, was ich mir schon lange gewünscht habe«, war die Antwort gewesen.

Die Verkäuferin hatte das gute Stück wenigstens so weit aus der Umhüllung gezogen, daß Farbe und Stoff zu sehen waren.

»Wirklich wunderschön«, bestätigte Donata. Sie begann sich umzusehen.

Die Verkäuferin hatte der Dame die Tüte gereicht und gleichzeitig Donata gefragt: »Haben Sie einen besonderen Wunsch?«

»Eigentlich nicht.«

Überraschend hatte die Dame das Geschäft nicht verlassen, sondern war zögernd stehengeblieben. Als Donata sich einige Pullover zeigen ließ, hatte die Dame endlich die

Frage, die ihr anscheinend am Herzen lag, vorgebracht: »Sagen Sie, ist der reizende junge Mann in Ihrer Begleitung eigentlich Ihr Bruder?«

»Wie kommen Sie darauf?«

»Ich habe so etwas läuten hören. Aber geglaubt habe ich es von Anfang an nicht.«

»Er ist einer meiner Mitarbeiter.«

»Ach so. Ja dann.« Die Dame wandte sich der Tür zu. »Grüezi mitnand.«

»Auf Wiedersehen!« hatte Donata ihr nachgerufen.

Kurz hatte sie resümiert, daß im Hotel über sie geredet wurde, aber sie hatte dieser Tatsache keine Bedeutung zugemessen. Auch daß die Dame es bei zukünftigen Begegnungen immer nur bei einem kurzen Gruß beließ, war ihr gleichgültig gewesen.

Es war ihr klar, daß sie und Tobias als Paar aus dem Rahmen fielen und für die anderen nicht leicht einzuordnen waren. Sie gehörten nicht dazu. Für die Gesellschaft der Jungen war sie zu alt. Tobias für die der Älteren zu jung. Zudem war das Publikum im teuren und luxuriösen »Palace« bürgerlich bis kleinbürgerlich. Die Reichen und Berühmten, der wirkliche Jet Set, in dem sie sicher kein Aufsehen erregt hätten, hatte sich in ihre eigenen, Tag und Nacht bewachten Villen in den Schweizer Bergen zurückgezogen.

Eines Abends beobachtete Donata im »Roten Saal«, daß ein sehr junges Mädchen, das zwischen Vater und Mutter saß, kein einziges Mal zum Tanz geholt wurde und immer verdrossener blickte. Sie bat Tobias, sich um die Kleine zu kümmern.

Er trat an den Tisch der Familie, verbeugte sich lächelnd und bat korrekt und höflich um einen Tanz.

Das Mädchen strahlte auf und machte schon Anstalten sich zu erheben, aber der Vater drückte auf ihren Arm und

erklärte: »Tut mir leid, aber meine Tochter ist noch erschöpft vom Skilaufen.«
Tobias schluckte die Kränkung. »Dann vielleicht ein andermal«, sagte er unerschüttert und zog sich zurück.
Zurück bei Donata erzählte er ihr, was passiert war.
»Vielleicht ist die Kleine wirklich zu müde«, meinte Donata.
»Unsinn! Warum wären sie dann mit ihr in den Tanzsaal gegangen?«
»Um die Musik zu hören, zuzusehen.«
»Glaube ich nicht. Es würde mich nicht wundern, wenn sie gleich am Arm eines anderen vorbeitanzen würde.«
Aber das geschah nicht. Niemand näherte sich mehr dem Mädchen, und eine halbe Stunde später verließ sie mit ihren Eltern den Saal. Tobias konnte sich also einreden, daß er gar nicht brüskiert worden wäre.
Aber Donata wußte nur zu gut, daß es doch geschehen war. Man hielt im Hotel ihren Freund zumindest für einen Bruder Leichtfuß, der sich von ihr, der älteren Frau, aushalten ließ. Sie beschloß, sich nun ihrerseits um die anderen Gäste überhaupt nicht mehr zu kümmern. Sie brauchte sie ja nicht. Sie hatte Tobias, und sie hatte ihre Musiker zum Skat. Das genügte ihr vollkommen. Sie war sogar froh, daß ihr keine Bekannten von München her über den Weg gelaufen waren.
Aber das Publikum von Sankt Moritz bestand natürlich nicht nur aus den Gästen des »Palace Hotels«. Es war Donata klar, daß Tobias auf den Pisten mit jüngeren Leuten aus bescheideneren Unterkünften zusammenkam, und sie gönnte ihm das Vergnügen. Doch hin und wieder überschnitten sich diese Welten, und dann wurde es schwierig.
So saßen sie eines Abends im »Pinocchio«, als eine junge Frau, ein weißes Pelzkäppchen keck auf der blonden Mähne, den schweren Ledervorhang, der die Kälte abhielt, beiseite schob und suchend in die Tanzbar blickte.

Sie stürmte auf ihren Tisch zu und rief laut, um die Musik der Band zu übertönen: »Ach, hier bist du also, Tobias! Ich bin so froh, daß ich dich endlich gefunden habe.« Sie knöpfte ihre Lammfelljacke auf.

»Guten Abend, Sybille«, sagte er ohne Enthusiasmus, erhob sich, half ihr aus der Jacke und reichte sie einem Kellner, der sie zur Garderobe trug.

›Eigentlich‹, dachte Donata, ›Sollte er uns bekanntmachen.‹ – Aber er tat es nicht, war der Situation offensichtlich nicht gewachsen, und Donata ihrerseits entschied sich dafür nicht einzugreifen, sondern abzuwarten.

Unaufgefordert und ohne Donata zu beachten, ließ sich Sybille an ihrem Tisch nieder. »Plötzlich ist mir eingefallen, daß wir ganz vergessen haben unsere Adressen zu tauschen. Kannst du dir sowas vorstellen? Das wäre ein schöner Schlamassel geworden!«

»Ich habe zur Zeit keine eigene Wohnung«, sagte Tobias; er war so verlegen, wie Donata ihn noch nie erlebt hatte.

»Aber ich!« Sybille beugte sich eifrig über den Tisch. »Ich wohne in München-Bogenhausen, Robert Koch Straße vierzehn, meine Telefonnummer ist ...« Sie unterbrach sich. »Sag mal, willst du dir das nicht besser aufschreiben?«

»Ich behalt's auch so.«

»Glaube ich dir nicht!«

»Ich brauche doch bloß im Telefonbuch nachzusehen, nicht wahr?«

»Wirst du es auch tun?«

Donata fand, daß es nun genug wäre. Sie legte ganz sacht, aber doch besitzergreifend ihre Hand auf seinen Arm. »Laß uns tanzen!«

Er sprang auf. »Mit Vergnügen!« Er zog sie mit sich auf das Parkett und schloß sie in die Arme. »Bist du mir böse?«

Sie schmiegte sich an ihn und sah lächelnd zu ihm auf. »Warum sollte ich?«
»Du hast wirklich keinen Grund, das mußt du mir glauben. Es ist alles ganz harmlos. Sybille ist mit einer Freundin hier. Ich habe mit den beiden ein bißchen ... nun, ja, geflirtet. Aber ich hatte keine Ahnung, daß sie es auf mich abgesehen hat.«
»Mein armer unschuldiger Cherubin!«
»Ich war wie vom Donner gerührt, als sie hier hereinplatzte.«
»Das war nicht zu übersehen. Du hast nicht einmal daran gedacht, uns bekanntzumachen.«
»Natürlich. Du hast recht. Dann hätte sie gemerkt ...«
»Keine Sorge, sie merkt es auch so.«
»Es tut mir so leid, Donata!«
Sie legte ihm den Zeigefinger auf die Lippen. »Psst! Wir sind hierhergekommen, um uns zu amüsieren, nicht um zu diskutieren. Lassen wir uns das Vergnügen doch nicht verderben!«
Fünf Tänze hintereinander blieben sie auf dem Parkett, gaben sich dem Rhythmus der Musik und dem erotischen Genuß der Bewegungen hin, und als sie an ihren Tisch zurückkehrten, war die schöne Sybille verschwunden.

Wenige Tage nach Sylvester fuhren Donata und Tobias nach München zurück, bester Laune und mit dem Gefühl, neue Kraft getankt zu haben. Wegen der Hotelrechnung hatte es eine kleine Auseinandersetzung gegeben. Er hatte darauf bestanden zu gleichen Teilen zu zahlen, und sie hatte es schließlich dabei belassen, obwohl sie der Meinung gewesen war, daß er für sich allein ja nie und nimmer eine Suite gebraucht hätte. Aber sie war sicher, früher oder später eine Möglichkeit zu finden, ihm das zu viel gezahlte Geld auf die eine oder andere Weise wieder zurückzugeben. Voll Freude und Tatkraft waren sie beide bereit, sich auf neue Aufgaben zu stürzen.
Aber es gab keine. Der Auftrag für die Mehrzweckhalle, auf

den Tobias so viel Zeit und Energie verwendet hatte, war einem anderen Architekturbüro zugefallen. Der Umbau, an dem Günther Winklein gearbeitet hatte, war inzwischen fertiggestellt und bezahlt worden – dadurch war gerade so viel eingenommen worden, daß der Betrieb zwei Monate weiter laufen konnte. Der Bau des Pallenbergschen Hauses ruhte und konnte erst zum Frühjahr wieder aufgenommen werden. Das Gleiche galt für die »Mercator-Siedlung« in Rosenheim.

Neue Aufträge kamen nicht in Sicht.

Aber es kam noch schlimmer. Das Haus in der Wolfratshausener Straße, das für einen Brotfabrikanten namens Herbert Siebner erbaut worden war, hatte zwar termingerecht zum Herbst bezogen werden können, die letzte Rate des Honorars war aber noch nicht bezahlt worden. Statt dessen lag ein Brief auf Donatas Schreibtisch, in dem Siebner sich über Mängel am Bau beklagte und mit einem Prozeß drohte.

»Was wirst du tun?« fragte Tobias ganz erschüttert.

Sie zuckte die Achseln. »Versuchen, zu einer gütlichen Einigung zu kommen.«

»Hast du das nötig?«

»Was willst du damit sagen?«

»Sind diese Mängel vorhanden? Und sind sie wirklich so gravierend, daß er sich vor der Zahlung drücken kann?«

»Weder noch. Aber ein Prozeß würde eine teure und langwierige Angelegenheit werden. Es müßten Gutachten gemacht und Gegengutachten vorgelegt werden, und wie es ausgehen würde, weiß man nie.«

»Und das weiß dieser Siebner auch, also ist er doch ein Gauner!«

So verärgert sie selber war, mußte sie über seine Empörung doch lächeln. »Er ist ein ganz normaler Geschäftsmann.

Wenn der Bau erst steht, wissen die meisten Kunden nicht mehr, wozu sie einen Architekten überhaupt gebraucht haben.«
»Das ist doch keine Entschuldigung!«
»Nein, sicher nicht. Aber doch eine Erklärung. Wer ein neues Haus bezieht, ist meist knapp bei Kasse. Hypothekenzinsen sind zu zahlen, und man braucht neue Möbel, um sich einzurichten.«
»Das kann auf diesen Siebner doch nicht zutreffen – ich meine, der muß doch Geld wie Heu haben.«
»Die reichsten Leute, mein Lieber«, sagte sie resigniert, »sind meist auch die geizigsten. Außerdem ist es nicht ausgeschlossen, daß Siebner sich an mir rächen will.«
Seine tiefblauen Augen weiteten sich vor Erstaunen. »Rächen? Wofür?«
»Ursprünglich wollte er ein ausgebautes Dachgeschoß. Aber das haben die Behörden uns nicht genehmigt. Er bestand trotzdem darauf und hatte den Baumeister schon auf seine Seite gebracht. Aber da konnte ich nicht mitziehen, verstehst du?«
»Wäre es nicht schwarz zu machen gewesen?«
»Ja, natürlich. Doch bei der behördlichen Abnahme des Baus wäre die Sache mit Sicherheit aufgeflogen. Das hätte Abriß bedeutet oder eine hohe Geldstrafe oder sogar auch beides. Siebner wäre noch verärgerter auf mich geworden, und mein Ruf als Architektin hätte Schaden genommen. Ich saß also in einer ziemlichen Zwickmühle. Wenn ich es mir recht überlege: Schon damals sah ich Unheil auf mich zukommen.«
»Eine scheußliche Geschichte«, sagte er teilnahmsvoll.
»An so etwas muß man sich in unserer Branche gewöhnen.« Sie lachte auf. »Überleg's dir gut, Tobias! Vielleicht willst du doch lieber noch umsatteln.«

»Nie und nimmer.« Er wollte sie in die Arme nehmen, verbot es sich dann aber, weil er wußte, daß sie Vertraulichkeiten während der Arbeitszeit nicht mochte, auch wenn sie, wie gerade jetzt, allein in ihrem großen Büro waren.
Sie hatten beisammengestanden; nun nahm sie hinter ihrem Schreibtisch Platz.
Obwohl er ein Zeichen dafür sah, daß er entlassen war, konnte er sich noch nicht entschließen zu gehen. »Und du willst wirklich klein beigeben?«
»Nicht sofort. Man muß solchen Haien die Zähne zeigen. Erst werde ich mein Honorar anfordern und ihm zu verstehen geben, daß ich einem Prozeß mit Gelassenheit entgegensehe. Bitte, schick mir jetzt doch Frau Sforzi herein.«
Es wäre gut gewesen, wenn ihr Artikel über das Haus in der Wolfratshausener Straße in der »DBZ« erschienen wäre. Das hätte Siebner mit Sicherheit stolz gemacht. Donata hatte fest damit gerechnet. Der Bau war interessant genug, sie hatte ihn selber abgelichtet und mit großer Genauigkeit beschrieben. Aber sie hatte ihn mit dem schlichten Vermerk »zu unserem Bedauern für eine Veröffentlichung nicht geeignet« zurückerhalten. Das war ihr noch nie passiert, und sie hatte den Verdacht, daß die Ursache zu dieser Ablehnung in ihrem Lebenswandel liegen könnte. Der Redakteur, der ihre Beziehung zur »DBZ« darstellte, war jedenfalls ein verknöcherter alter Junggeselle, dem eine solche Prüderie wohl zuzutrauen war.
Donata wollte sich nicht lächerlich machen, indem sie in sein Büro stürmte, protestierte und Rechenschaft forderte. Aber irgendwann, irgendwo würde Dr. Graaf ihr schon über den Weg laufen, und dann würde sie ihn zur Rede stellen. Dazu war sie entschlossen.
Mit Tobias sprach sie nicht darüber.

Einen Lichtblick in dieser Zeit der Enttäuschungen brachte der Besuch des Ehepaars Strutzinger. Er, Oberstudienrat, mochte um die Fünfzig sein, sie, kaum jünger, hatte ein kleines Grundstück in einem oberbayerischen Dorf geerbt. Sie hatten für die Beratung und Planung das Architekturbüro Donata Beck gewählt, weil sie zufällig ebenfalls in der Schlierseestraße wohnten.

Donata mußte sich Mühe geben, nicht allzu deutlich zu zeigen, wie sehr sie sich über einen möglichen Auftrag freute. Es kam zu dem üblichen ersten Gespräch. Sie fertigte eine Skizze nach den Wünschen und Vorstellungen der potentiellen Kunden an. Das Haus sollte zwei Wohnungen enthalten. Das Erdgeschoß sollte für das Ehepaar bestimmt sein, der erste Stock für den schon erwachsenen Sohn, der erst allein, später womöglich mit einer Frau dort einziehen sollte. Donata deutete an, daß das junge Paar wahrscheinlich besser unten untergebracht sein würde, zumal ein Kindersegen doch nicht auszuschließen war. Aber als sie merkte, daß der Studienrat das Treppensteigen vermeiden wollte, schwenkte sie sofort auf die vorgeschlagene Linie um. Wie die Strutzingers später das Haus zwischen sich und der Familie des Sohnes teilen wollten, war schließlich allein ihre eigene Sache.

Mit ihnen fuhr sie zur Besichtigung des Baulandes hinaus. Das Grundstück war klein, aber, da nahe München gelegen, sehr wertvoll. Der Charakter der umliegenden Häuser war ausgesprochen ländlich, und Donata war klar, daß sie sich diesem Stil anpassen mußten, wollten sie die Baugenehmigung bekommen. Das Ehepaar Strutzinger war damit vollkommen einverstanden.

Anschließend traf man sich im Konferenzraum. Frau Sforzi und Wilhelmina hatten Getränke bereitgestellt. Tobias stieß dazu, Donata machte ihn bekannt. Er legte die Mappe mit

den Formularen nach der Vertragsordnung für Architekten und Ingenieure griffbereit vor sich auf den Tisch.
Aber im Augenblick, da er sie öffnen wollte – es war der »magische Augenblick«, wie Donata und Arthur Stolze ihn unter sich genannt hatten – begannen die Eheleute miteinander zu tuscheln.
Donata ahnte Unheil und sah Tobias warnend an. Er zog die Hand vom Schloß der Mappe zurück.
Der Oberstudienrat setzte sich aufrecht hin. »Ich glaube, wir sollten uns die Angelegenheit doch noch einmal überlegen«, erklärte er ohne Verlegenheit.
»Unsereiner baut ja nur einmal im Leben, nicht wahr?« fügte seine Frau hinzu.
»Sehr richtig«, erklärte Donata, denn sie spürte, daß Überredungskünste hier nichts nutzen würden.
Tobias wollte protestieren, hielt dann aber doch wohlweislich den Mund.
»Wie gut, daß Sie das verstehen!« rief die Frau des Oberstudienrates erleichtert.
»Ja, das tue ich. Obwohl ich sehr daran zweifle, ob ein anderer Architekt bessere Arbeit leisten könnte als wir.«
»Darüber wollen wir uns doch, bitte, nicht streiten«, sagte der Oberstudienrat und erhob sich.
Die Frau folgte seinem Beispiel. »Sie sind noch so jung«, sagte sie bedauernd.
»Ich arbeite länger als zehn Jahre als selbständige Architektin«, stellte Donata richtig.
Frau Strutzinger wandte sich an Tobias. »Und Sie?« rutschte es ihr neugierig heraus.
»Seit sieben Jahren«, log er, ohne mit der Wimper zu zucken.
»Komm, Lottchen«, sagte der Oberstudienrat, »das hat doch jetzt keinen Zweck mehr. Auf Wiedersehen und einen schönen Tag noch!«

»Warten Sie, ich bringe Sie hinaus!« Mit einem Satz war Tobias bei der Tür und öffnete sie den Eheleuten.
Als er zurückkam, hatte Donata sich eine Zigarette angesteckt; sie inhalierte tief, um sich zu beruhigen.
Tobias ließ sich in den Sessel neben ihr sinken. »So ein Reinfall«, stöhnte er.
»Das kannst du laut sagen.«
»Habe ich was falsch gemacht?«
»Nicht, daß ich wüßte.«
»Wäre ich nicht dazugekommen, hättest du den Abschluß bestimmt geschafft.«
»Kann sein oder kann nicht sein. Mir scheint eher, daß Strutzinger zu den Menschen gehört, die ihre Macht genießen. Wahrscheinlich werden wir nicht die letzten Architekten sein, die er wegen seines Häuschens aufsucht. Er wird noch einige andere damit verrückt machen.«
»Glaubst du?« fragte er zweifelnd.
»Es hat keinen Zweck uns nachträglich darüber den Kopf zu zerbrechen.« Sie lachte auf. »Jedenfalls eins steht fest: Du scheinst mir eine Aura von Jugend zu verleihen.«
»Du bist jung, Donata«, behauptete er ernsthaft, »wären wir verheiratet gewesen, jeder mit einem goldenen Ring an der rechten Hand, seriös bis zum Gehtnichtmehr, hätten wir den Auftrag bekommen.«
»Oder auch nicht.«
»Du weißt genau, daß ich recht habe.« Unvermittelt ließ er sich vor ihr auf die Knie sinken. »Bitte, Donata, heirate mich!«
»Tobias! Wenn nun jemand hereinkommt!«
»Wird er merken, daß ich dir einen Heiratsantrag mache.«
Er legte seinen Kopf in ihren Schoß. »Bitte, Donata!«
Sie massierte seinen Nacken. »Das ist ganz unmöglich.«
Er blickte flehend zu ihr auf. »Kann ich nicht verstehen.«

»Ich kann nicht einmal mehr Kinder bekommen.«

»Na und?« Er stand auf. »Du glaubst doch nicht im Ernst, daß ich dich zur Mutter und Hausfrau machen will?«

»Es ist etwas anderes, ob man keine Kinder haben will oder keine mehr bekommen kann.« Sie drückte ihre Zigarette aus. »Verstehst du das denn nicht?«

»Die Kinderfrage ist doch total irrelevant. Bisher hattest du keine, und warum denn jetzt auf einmal?«

»Eines Tages wirst du einen Sohn wollen«, sagte sie und stand auf.

»Eines Tages werde ich vielleicht an Krücken gehen. Was soll das alles? Tatsache ist: Du willst mich nicht heiraten, weil du mich nicht genug liebst.«

»Das ist doch Unsinn.«

»Ich verstehe ja, daß du nicht Tag und Nacht mit mir zusammen sein willst, daß du einen gewissen Freiraum brauchst, und du wirst zugeben, daß ich das immer respektiert habe. Aber das läßt sich in einer Ehe doch auch alles arrangieren. Ich will dich ja nicht in Besitz nehmen, Donata, es ist mir nur zuwider, als dein Gigolo aufzutreten.«

»Dann mußt du dich von mir trennen.«

Er starrte sie an. »Ist das dein Ernst?«

Beinahe hätte sie »ja« gesagt, aber dann würde ihr bewußt, wie schmerzlich es für sie sein würde, ihn zu verlieren. »Es wäre schlimm für mich«, gab sie zu.

»Oh, Donata!« Er riß sie in die Arme und küßte sie.

Nur ganz kurz erwiderte sie seinen Kuß. Dann schob sie ihn von sich. »Bitte, nicht hier und nicht jetzt!«

»Das ist auch so etwas – wenn wir verheiratet wären, könnten wir uns küssen, wann und wo wir wollen.«

Sie mußte lachen. »Nun, das denn doch nicht.«

Seine Miene erhellte sich. »Weißt du, was ich tun werde?

Ich lasse mir einen Bart wachsen. Mit Bart werde ich bestimmt seriöser wirken und noch besser zu dir passen.«
»Ach, du Tollkopf, sagte sie liebevoll und wollte zur Tür. Aber er behielt das letzte Wort. »Du wirst schon sehen!«

Die Wohnung, die Donata für Tobias gefunden hatte, gehörte einem Autoverkäufer, der von seiner Firma zum Mutterhaus nach Düsseldorf beordert worden war. Da er nicht für immer dort bleiben wollte, hatte er sich entschlossen, sie möbliert zu vermieten, vorläufig für ein Jahr. Sie war, unweit des Architekturbüros gelegen, für einen Junggesellen ideal, einfach und praktisch eingerichtet, sogar mit Spülmaschine und Mikrowelle versehen.
Aber es war nicht einfach, Tobias zu überreden, den Vertrag zu unterschreiben. Er sah nicht ein, warum er Donatas Haus verlassen sollte, behauptete, keinen separaten Eingang zu brauchen und auf den Besuch von Freunden leicht verzichten zu können.
Schließlich kam sein Bruder Donata zur Hilfe. »Gut und schön«, sagte Sebastian, als er Sonntag nachmittags zu Besuch kam – Christian und Klein-Silvi ließen sich, seit sie von dem Verhältnis ihrer Tante mit dem jungen Mann wußten, nicht mehr blicken –, »du fühlst dich wohl hier, es macht dir auch nichts aus, als nicht zahlender Gast bei deiner Chefin zu leben …«
Tobias ließ ihn nicht ausreden. »Das läßt sich doch leicht ändern. Ich werde Miete zahlen. Daß ich nicht schon eher darauf gekommen bin!«
»Ich habe doch keine Pension«, verwehrte sich Donata.
Sie saß mit den Brüdern bei Kuchen und Tee im Frühstückszimmer zusammen. Die verschneiten Büsche und Bäume vor dem Panoramafenster wirkten bizarr und so nah, daß sie Kälte auszuströmen schienen, obwohl das Haus gut geheizt

war. Tobias hatte Feuer im offenen Kamin gemacht und spielte während des Gesprächs mit der Feuerzange.

»Frau Becks Haus«, fuhr Sebastian fort, »kann doch niemals eine Adresse für dich sein.«

»Und warum nicht? Es ist doch heutzutage üblich, daß auch unverheiratete Menschen zusammen leben.«

»Aber nicht in eurem Fall, und du weißt genau, warum.«

»Weil wir nicht gleichaltrig sind?«

»Vor allem, weil sie deine Chefin ist.«

»Stell dir nur mal vor, Tobias«, sagte Donata, »ich gebe eine Einladung und während die ersten Gäste schon in der Halle sind, kommst du die Treppe herunterstolziert.«

»Das muß ja nicht sein. Ich könnte schon früher unten sein – oder ich komme mit dem Auto angefahren. Ja, so machen wir's.«

»Ich mag meine Beziehungen nicht einem Gespinst von Lügen verbergen.«

»Ich sehe nicht ein, warum du dich meiner schämst.«

»Das tue ich doch gar nicht, Tobias, im Gegenteil, ich bin stolz auf dich.«

»Dann zeig es auch!«

»In erster Linie geht es ja nicht um mich, sondern um dich. Ich will, daß du ein normales Leben führst, wie es einem jungen Mann in deinem Alter zusteht.«

»Das ehrt Sie, Frau Beck!« sagte Sebastian. »Du mußt endlich klare Verhältnisse schaffen, Tobias. Den Ruf, daß du dich von einer älteren Frau ...« Er verbeugte sich entschuldigend vor Donata. »... hast aushalten lassen, wirst du so leicht nicht wieder los.«

»Ich lasse mich nicht aushalten.« Tobias stieß mit der Feuerzange gegen die brennenden Holzscheite, daß die Funken stoben. »Daran ist kein wahres Wort.«

»Solange du hier lebst, mein Junge, sieht es aber ganz so

aus. Der äußere Schein ist manchmal genau so wichtig wie die Tatsachen, ganz davon abgesehen, daß du hier Vorteile genießt, die du dir selber noch gar nicht leisten könntest. Wenn ich dich mal darauf aufmerksam machen darf: Diese Haushälterin putzt dein Zimmer und vielleicht macht sie sogar deine Wäsche, du benutzt das Schwimmbad und den Fitneßraum – das alles könntest du nicht mal bezahlen, selbst wenn Frau Beck dein Geld annehmen würde.«

Tobias wurde kleinlaut. »Darüber habe ich noch gar nicht nachgedacht«, gestand er.

»Sieht dir ähnlich!« bemerkte sein Bruder trocken. »Jetzt paß mal auf! Niemand beneidet dich um dein gutes Leben, und ich denke auch nicht, daß Frau Beck dir jemals vorhalten wird, du hättest sie ausgenutzt ...« Er unterbrach sich. »... oder doch erst dann, wenn es zum Krach kommt.«

»Für so kleinlich, lieber Doktor Müller«, warf Donata ein, »sollten Sie mich denn doch nicht halten.«

»Gut, ich glaube Ihnen das, Frau Beck. Aber 'rauswerfen werden Sie ihn doch, wenn er nicht mehr spurt.«

»Sie haben eine etwas sonderbare Weise sich auszudrücken, Doktor Müller! Aber ich gebe zu, daß es dazu kommen könnte.«

»Und was dann, Tobias? Ich nehme dich nicht noch einmal auf.«

»Das brauchst du auch nicht. Ich komme schon allein zurecht.«

»Das habe ich schon mehr als einmal gehört, mein Junge. Aber ich nehme es dir nicht ab.«

»Es ist doch wirklich besser, Tobias, wenn du eine eigene Wohnung hast, eine eigene Adresse, ein gewisses Maß von Freiheit«, beschwor ihn Donata. »Das heißt ja nicht, daß du von hier verbannt bist. Dein Zimmer steht dir natürlich auch weiterhin zur Verfügung.«

»Du willst mich loshaben«, beklagte er sich.

»Das wäre nur zu verständlich«, sagte sein Bruder, »bisher bist du noch bei jeder Frau 'rausgeflogen, früher oder später.«

»Bei jeder?« fragte Donata amüsiert.

»Es waren nur zwei!« Tobias sprang auf. »Und bei Isabell bin ich freiwillig gegangen, weil ich ihre Unordnung nicht mehr ertragen konnte.«

»Versuch bloß nicht, uns was vorzumachen«, erwiderte sein Bruder, »kein Mann verläßt eine Frau, bloß weil sie unordentlich ist – bestimmt nicht, bevor er eine andere Unterkunft gefunden hat.«

»Wie dem auch war, lassen wir die Vergangenheit ruhen!« schlug Donata vor. »Versuch lieber zu begreifen, Tobias, daß ich nur dein Bestes will. Wenn du hierbleibst, wirst du eines Tages das Gefühl haben, in einem goldenen Käfig eingesperrt zu sein. Aber ich will nicht, daß du mich verläßt.«

»Deshalb wirfst du mich hinaus?«

Donata war des Streitens müde. »Nenn es, wie du willst. Ich bestehe jedenfalls darauf, daß du dir diese Wohnung nimmst.«

»Und das völlig zu Recht, meine liebe Frau Beck. Tobias, Menschenskind, nun werde doch endlich erwachsen!«

Tobias blickte auf seinen Bruder herab. »Zugegeben, du bist ein paar Jahre älter als ich, aber ich bin der Reifere von uns beiden. Du sitzt in deiner winzigen Bude, spielst den großen Intellektuellen und läßt keine Frau wirklich an dich heran. Im Gegensatz zu mir scheust du dich vor einer festen Bindung.« Wütend warf er die Feuerzange vor den Kamin. »Das wollte ich dir schon immer mal sagen.«

Donata hob die Feuerzange auf und hängte sie an den schmiedeeisernen Ständer. »Jetzt reicht's mir aber. Du

fährst jetzt sofort in die Weringerstraße und unterschreibst den Vertrag. Ich habe Herrn Grundert fest zugesagt, daß du die Wohnung zu seinen Bedingungen übernimmst. Sonst wäre sie längst fort. Für die Kaution komme ich auf. Du kannst mir das Geld später wiedergeben, wenn du es gerade mal hast.«
Sebastian stand auf und verbeugte sich. »Wir müssen uns wohl bei Ihnen entschuldigen, Frau Beck.«
»Müssen Sie nicht. Aber wenn Sie sich danach besserfühlen. Von mir aus.«
Als die beiden Männer gegangen waren, stellte Donata das benutzte Geschirr auf einem Tablett zusammen und trug es zum Speiseaufzug. Danach legte sie noch einen Scheit auf das Feuer und kauerte sich davor. Sie fühlte sich sehr allein.
Silvia hatte sich mehr und mehr von ihr zurückgezogen und war auch heute nicht zu Hause. Sie traf sich mit ihren Kindern in der Stadt. Es würde wohl nicht mehr lange dauern, bis sie eine eigene Unterkunft gefunden hatte.
Aber natürlich war es nicht die Schwester, die sie vermißte. Silvia wäre wohl der letzte Mensch gewesen, der ihre Situation verstanden und ihr Trost gegeben hätte.
Sie trauerte um Tobias. Es war so schön gewesen, ihn hier bei sich zu haben. All die Nächte, die sie miteinander verbracht hatten, die gemeinsamen Frühstücksstunden, seine Späße und seine Zärtlichkeit – nein, es würde nicht ganz damit vorbeisein, es würden sich Gelegenheiten ergeben. Aber es würde doch alles viel schwieriger werden.
Von ihr aus hätte er, so lange er immer wollte, bei ihr wohnen bleiben können. Er hatte sie nie gestört, sie hatte sein Dasein genossen.
Es war um seinetwillen, daß sie ihn fortgeschickt hatte, aber es schmerzte tiefer, als sie erwartet hatte. Sie brachte ihm ein wirkliches Opfer, und es tat doppelt weh, daß er das nicht begriff.

Der Auszug von Tobias vollzog sich gänzlich unspektakulär. Donata war nicht zugegen, als er am Abend seine Sachen zusammenpackte. Frau Kowalski half ihm und achtete darauf, daß er nichts vergaß.

Donata saß allein im Frühstückszimmer, als er kam, um sich zu verabschieden. Sie hörte weder Musik, noch hatte sie ein Feuer im Kamin gemacht, denn sie war sehr darauf bedacht, keine Sentimentalität aufkommen zu lassen.

»Bis morgen dann«, sagte sie freundlich und blickte von ihrem Buch auf, als er eintrat.

»Ja, dann bis morgen«, erwiderte er, aber er stand da und rührte sich nicht von der Stelle.

»Oder soll ich dich bringen?«

»Nein, laß nur. Ich nehme mir ein Taxi.«

»Du hättest deinen Bruder anrufen können.«

»Wozu? Ich bin doch kein Kind mehr.«

Jetzt konnte sie doch nicht anders, sie legte ihr Buch beiseite, stand auf und ging auf ihn zu. »Sei nicht traurig, mein Katerchen«, sagte sie und schlang die Arme um ihn, »es ist ja keine Trennung.«

Er hielt sich steif und erwiderte ihre Umarmung nicht. »Was denn sonst?«

»Ein neues Arrangement. Zu deinen Gunsten.«

»Nein. Du weißt, daß ich das nie gewollt habe.«

»Aber es ist zu deinem Besten.«

Er faßte ihre Handgelenke und drückte sie von sich. »Wann wirst du endlich darauf kommen, daß ich selber weiß, was für mich gut ist?« Dann drehte er sich um und ging.

Ihr stiegen Tränen in die Augen. Beinahe hätte sie ihn zurückgerufen. Warum nur mußte sie ihn und sich selber so quälen? Aber sie wußte es nur zu gut. Sie war nicht der Mensch, der sich über alle Konventionen hinwegsetzen konnte. Ihren Erfolg verdankte sie nicht zuletzt ihrer Disziplin. Sie aufzugeben hieße, sich selber fallenzulassen, und das wollte und konnte sie nicht. Sie fühlte sich für Tobias verantwortlich. Er sollte ein Leben führen können, wie es seinem Alter entsprach.

Unwillkürlich straffte sie die Schultern. Es tat weh, aber sie würde darüber hinwegkommen. Sie besaß die Kraft dazu.

Aber jetzt, in diesem Augenblick, war es fast unerträglich. Was sollte sie mit sich anfangen? Es war noch zu früh zu Bett zu gehen. Das Buch, mit dem sie sich zu schützen versucht hatte, interessierte sie nicht wirklich. Fernzusehen hatte sie auch kein Lust, und wenn sie eine ihrer Lieblingsplatten auflegte, würden ihr bestimmt die Tränen kommen. Gewöhnlich hatte sie die Abende mit Tobias verplaudert. Was hatte sie getan, bevor er in ihr Leben getreten war? Sie wußte es nicht mehr. Es kam ihr selber seltsam vor, aber sie hatte es vergessen.

In dieser deprimierten Stimmung traf Silvia sie an, als sie von einem ausgedehnten Bridge-Nachmittag nach Hause kam. Sie brachte einen Schwall von Zigarettenrauch und Eau de Toilette in den Raum. »Ist er fort?« rief sie.

Donata nickte nur.

»Dem Himmel sei Dank! Das hast du gut gemacht, Donata. Jetzt können endlich wieder friedliche Verhältnisse eintreten.«

Donata schwieg.

»Was machst du denn für ein Gesicht? Sag bloß nicht, daß es dir leidtut!«

»Es ist nicht einfach für mich.«

»Ach was, das kommt dir jetzt nur so vor. Warte ein Momentchen, ich hole uns nur was zu trinken.« Sie lief hinaus und kam wenig später mit einer angebrochenen Flasche Whisky und einem kleinen Silberkübel voller Eiswürfel zurück.

Ganz mechanisch hatte Donata inzwischen Gläser auf den Tisch gestellt.
Silvia verteilte Eis, goß Whisky ein und ließ sich in einen der Sessel fallen. Sie griff zur Fernbedienung und drückte einige Knöpfe nacheinander, auf der Suche nach einem Programm, das ihr gefiel.
»Bitte, nicht!« sagte Donata.
»Was – nicht?« fragte Silvia.
»Ich will nicht fernsehen.«
Silvia schaltete den Apparat aus. »Soll mir auch recht sein.« Sie kramte ihr Zigarettenpäckchen aus der Handtasche und hielt es der Schwester hin. Donata bediente sich, und Silvia gab ihr und sich selber Feuer.
»War es ein starker Abgang?«
»Wie man es nimmt.«
»Nun sei doch nicht so mundfaul! Ich dachte, wir wollten uns mal ganz gemütlich unterhalten.«
Donata sagte nicht, daß sie am liebsten alleingeblieben wäre, um die Schwester nicht zu kränken. Sie war sich auch nicht sicher, ob sie das wirklich wollte. Sie wußte es nicht. »Erzähl du was!« bat sie statt dessen.
Silvia schlug die langen Beine übereinander. »Ich kann dir nur sagen, ich bin unendlich froh, daß du den Jungen mit gutem Wind losgeworden bist. Nichts gegen Tobias an sich. Er ist ein netter Kerl, keine Frage. Aber er hatte kein Recht hier zu sein. Jetzt, wo er weg ist, können uns endlich auch die Kinder wieder besuchen. Laden wir sie doch gleich ...«
Donata ließ sie nicht aussprechen. »Konnten sie das bisher etwa nicht?«
»Aber ich bitte dich! Unter diesen skandalösen Umständen ...«
»Ich erinnere mich nicht, daß es einen Skandal gegeben hätte.«

»Na schön. Du bist noch mal haarscharf daran vorbeigekommen.«
»Eigentlich hätte ich von Christian und Silvi gedacht, daß sie in dieser schwierigen Situation zu mir halten würden.«
»Wie denn?«
»Sie hätten einen Rahmen der Normalität bieten können.«
»Also wirklich, Donata! Das war keine Aufgabe für sie.«
»Ich habe auch keine Pflicht für sie darin gesehen – es wäre einfach liebevoll gewesen, findest du nicht auch?«
»Nein, absolut nicht.«
»Du weißt, ich habe einiges für sie getan.«
»Du hast sie verwöhnt, ja. Aber gerade deshalb hat es sie doppelt verletzt, daß du sie hinter diesen hergelaufenen jungen Mann zurückgesetzt hast!«
Donata nahm noch einen Schluck; der genossene Whisky machte sie zusehends lockerer. »Die jungen Leute verlangen von uns, daß wir Verständnis für ihre Verliebtheiten haben. Ich meine, wir könnten das Gleiche auch von ihnen erwarten.«
»Wie könnten sie verstehen, daß eine Respektsperson wie du sich so daneben benimmt?«
»Ich habe niemals die Respektsperson gemimt.«
»Aber du warst es für sie. Immer so tüchtig, so vernünftig, so überlegen – und dann das!«
»Du sprichst über mich, als wenn ich eine Großmutter wäre.«
»Wenn du nur früh genug mit dem Kinderkriegen angefangen hättest, könntest du es längst sein.«
»Danke.« Donata drückte ihre Zigarette aus.
Silvia zündete sich eine neue an. »Du solltest das nicht als Beleidigung auffassen. Es ist nur die Wahrheit.«
»Meine liebe Silvia, es gibt Probleme, die sich nicht einfach rechnerisch lösen lassen.«

»Das zahlenmäßige Verhältnis ist aber auch niemals unwichtig. Das müßtest du als Archtektin doch am besten wissen.«
»Sei dem, wie ihm sei, deine Kinder haben mich enttäuscht, und du übrigens auch.«
Silvia warf den Kopf in den Nacken. »Was hätte ich denn tun sollen?«
»Dich auf meine Seite stellen. Mir meine Liebe gönnen. Dich mit mir freuen. Statt dessen ist dir nichts Besseres eingefallen, als den Teufel an die Wand zu malen.«
»Nun vielleicht«, gab Silvia überraschend zu und schenkte sich Whisky nach, »hätte eine andere Frau anders reagiert. Aber ich bin nun mal, wie ich bin.«
»Ich hatte gehofft, wir könnten Freundinnen werden.«
»Wir sind Schwestern.«
»Ohne Freundschaft bedeutet das gar nichts.«
Silvia stieß Rauch durch die Nasenlöcher. »Warum erzählst du mir das alles? Soll ich mich vor dir auf den Bauch werfen und um Verzeihung winseln? Da kannst du lange warten. Meine Haltung in dieser Affäre war absolut korrekt.«
»Ich will, daß du ausziehst!« – Genau das hatte Donata ihrer Schwester schon lange sagen wollen; jetzt war sie selber verblüfft, daß sie es ausgesprochen hatte.
Silvia war geradezu geschockt; sie schnappte nach Luft.
Um ihr Zeit zu geben, mit dieser Eröffnung fertig zu werden, zündete Donata sich eine Zigarette an.
»Das ist doch nicht dein Ernst?« stieß Silvia endlich hervor.
»Doch.«
»Ich hatte nie den Eindruck, daß ich dich störe.«
»Du beschränkst meine Freiheit.«
»Nun erlaube mal! Nur weil ich gegen dieses unmögliche Verhältnis war ...«

Donata fiel ihr ins Wort. »Nicht nur deshalb. Ich werde das Haus wahrscheinlich verkaufen ...«
»Das wäre doch hirnrissig!«
Donata ließ sich nicht unterbrechen. »... und wenn es so weit ist, will ich mich ganz frei entscheiden können und nicht vorher lange Diskussionen mit dir durchstehen.«
»Jetzt verstehe ich dich überhaupt nicht mehr. Ich dachte, du liebst dein Haus.«
»Ich habe es geliebt. Aber es ist doch nur etwas ganz Materielles – Holz, Ziegel, Mörtel, nach meinen Vorstellungen zusammengefügt. Ich hatte lange Jahre Freude daran, aber inzwischen ist es zu groß für mich geworden. Anders ausgedrückt könnte man auch sagen: Ich bin ihm entwachsen.«
»Und was wird aus deinen Cocktailpartys? Deinen berühmten Dinners?«
»Das Ergebnis hat den Aufwand nie gelohnt.«
Silvia schlug sich mit der Hand, die die Zigarette hielt, gegen die Stirn. »Mir ist's, als spräche ich mit einer Fremden.«
»Vielleicht bin ich das wirklich für dich. Aber mach dir nichts daraus. Das soll in den besten Familien vorkommen. Wichtig ist nur, daß du begreifst, was ich will. Ich bitte dich auszuziehen.«
»Wann?«
»So bald wie möglich natürlich. Ich will dich nicht drängen müssen und mich auch nicht mehr mit dir streiten.«
Silvia drückte ihre Zigarette aus. »Und was soll aus den Kowalskys werden?«
»Das ist zweitrangig. Ich bin sicher, daß sie Ersparnisse haben. Wahrscheinlich werden sie in den Ruhestand gehen, es sei denn, der neue Besitzer besteht darauf, sie noch für eine Weile zu behalten – was ich übrigens an seiner Stelle tun würde.«

»Du redest, als wäre alles schon entschieden.«
»Es ist nahe daran.«
»Nenn mir nur einen winzigen plausiblen Grund. Deine Argumente – das Haus ist zu groß, du bist ihm entwachsen – leuchten mir einfach nicht ein.«
»Na schön, wenn du dir das nicht selber denken kannst: Ich brauche Betriebskapital.«
Silvia erschrak sichtlich. »Laufen die Geschäfte so schlecht?«
»Ja.«
»Dann gebe ich dir einen Rat: Leg das Geld, was du aus dem Verkauf erzielst, in guten Wertpapieren an. Dann brauchst du überhaupt nicht mehr zu arbeiten.«
Donata lachte auf. »Das sieht dir ähnlich. Du bist nicht imstande zu begreifen, daß Arbeit mehr ist als bloßes Geldverdienen. Sie ist mein Lebensinhalt.« Jetzt stand auch sie auf. »Geh schlafen, Schwester! Ich werde noch lüften.«
Als sie dann in der offenen Terrassentür stand, atmete sie tief die frische, trockene Winterluft ein. Sie stellte fest, daß sie sich schon viel besser fühlte, als beim Abschied von Tobias. Endlich hatte sie es geschafft, Silvia gegenüber deutlich zu werden. Das hätte sie schon längst tun sollen. Sie war entschlossen, diese harte Linie einzubehalten, bis die Schwester endlich auszog. Mit ihr zusammen zu leben, war nie eine Lösung gewesen.
Donata begriff, daß sie nach dem Tod ihres Mannes versucht hatte, so weiter zu machen wie bisher. Das große Haus hatte ihr die Gelegenheit dazu geboten, und sie hatte sie genutzt. Auf die Idee, ganz neu und ganz anders noch einmal zu beginnen, war sie gar nicht gekommen.
Noch war es ihr nicht wirklich ernst damit, das Haus zu verkaufen; sie spielte nur mit dem Gedanken. Aber sie mochte es nicht mehr so wie früher. Es hatte sich ihrer Liebe entgegengestellt. In einer normalen Wohnung, in einem

gewöhnlichen Mietshaus, hätte Tobias bei ihr bleiben können, so lange sie beide es gewollt hätten. Es gab unzählige Paare, die das taten. Weder der Altersunterschied hätte dabei eine Rolle gespielt, noch die Tatsache, daß sie seine Chefin war.

Das Haus und der Lebensstil, den es ihr bot, hatte die Kluft zwischen ihnen nicht unüberbrückbar gemacht. Wenn sie Tobias nicht, wie er es nannte, in die Rolle eines Gigolos drängen oder ihn ganz verlieren wollte, mußte sie sich seinen bescheidenen Verhältnissen anpassen.

Wenn die Entscheidung hieß ihn oder das Haus zu wählen, würde sie ihr nicht schwerfallen.

Die Auftragslage des Architekturbüros war ausgesprochen schlecht. Außer der »Mercator-Siedlung«, an der die Arbeiten noch bis Ende des Jahres weitergehen würden, hatte sich nur ein einziger neuer Auftrag ergeben: Dr. Heide Hurler hatte das Haus ihres Großvaters in Alt-Schwabing geerbt und hatte sich an Donata um Hilfe gewandt. Die Villa des sehr alten Herrn war verkommen, sie mußte von Grund auf renoviert und nach den Wünschen der Ärztin umgebaut werden. Aber da sie eine Freundin war, konnte und wollte Donata ihr Honorar nicht nach der HOAI berechnen, sondern nur einen Betrag für die tatsächlichen Unkosten kassieren.

Eines Morgens im Februar – es war der erste schöne Tag nach diesem langen kalten Winter – ließ Donata ihr Team im Konferenzzimmer zusammenkommen und schilderte ihm ganz offen die Lage.

»Falls es nicht ganz unumgänglich ist«, schloß sie, »will ich trotzdem niemanden entlassen. Aber ich bin der Ansicht, wir sollten uns alle mit doppeltem Eifer in die Arbeit werfen. Wenn wir uns um jede Ausschreibung bemühen,

egal ob es sich um ein gewaltiges oder ein winziges Objekt handelt, wenn unsere Pläne so exzellent ausfallen, daß sie nicht zu überbieten sind, dann sollte es doch mit dem Teufel zugehen, wenn wir nicht aus dieser Krise herauskämen!«
Ihre Worte wurden mit Beifall aufgenommen. Besonders die erst im letzten Herbst engagierten Kräfte waren erleichtert, daß die gefürchtete Kündigung doch noch nicht vor der Tür stand. Selbstverständlich hatten alle das befürchtet.
»Wir werden unser Bestes tun, Donata«, beteuerte Günther Winklein, indem er sich als Ältester der Angestellten zu ihrem Sprecher machte.
»Euer Bestes könnte nicht gut genug sein«, erwiderte sie, »ich verlange mehr. Ihr müßt euch buchstäblich selbst übertreffen!«
Das Telefon tönte, sie nahm den Hörer ab und fragte: »Ja?« – Sie wußte, daß der Anruf nicht von auswärts kam, sondern Frau Sforzi das Gespräch vermittelte.
Sie hörte zu. »Sagen Sie ihm, daß ich in einer Besprechung bin. Ich rufe in einer halben Stunde zurück.« Wieder lauschte sie, dann brachte sie ihre Angestellten, die begonnen hatten, sich leise zu unterhalten, mit einer energischen Armbewegung zur Ruhe. »Also gut, stellen Sie durch!« – Wieder hörte sie zu.
Die anderen wußten nicht, wer ihr Gesprächspartner war, konnten auch nicht verstehen, was er sagte. Aber es wurde ihnen deutlich, daß der Mann sehr aufgeregt war, und sie verfielen in beklommenes Schweigen.
»Nein, das können Sie uns nicht anlasten, Herr Pichler.« erklärte Donata scharf. »Ich gebe zu, es handelt sich um eine Schlamperei, und ich bedaure, daß so etwas vorgekommen ist. Aber die Verantwortung liegt in erster Linie bei Obermann!« Es entstand eine Pause. »Selbstverständlich behauptet er das, das war nicht anders zu erwarten! Ich komme

selbst hinaus und sehe mir den Schaden an!« – Donata legte den Hörer auf.
Es war ihr anzusehen, daß sie kochte. Alle, außer Tobias, duckten sich unwillkürlich oder vermieden doch zumindest ihren Blick.
»Wer ist für die Häuser eins bis sieben in Rosenheim verantwortlich?« – Das war eine dumme Frage, denn sie kannte die Antwort selbstverständlich, aber ihr Bedürfnis sich Luft zu machen war stärker als ihre Vernunft.
»Ich«, sagte Tobias.
»Hast du dich vergewissert, daß das Wasser aus den Leitungen gelassen worden ist?« – Auch das war eine rein rhetorische Frage, denn hätte er es getan, wäre es ja nicht passiert.
»Ich habe es angeordnet.«
Seine Ruhe steigerte noch ihren Zorn. »Aber nachgesehen hast du nicht.«
»Donata, erwartest du im Ernst ...«
»Du wirst staunen, doch, das tue ich. Ich erwarte, daß auf meinen Bauten alles, aber auch alles bis ins letzte Detail unter Kontrolle ist.« – Sie sprang auf.
»Ein Wasserrohrbruch?« fragte Tobias, der jetzt doch sehr blaß geworden war.
»In drei Häusern!«
»Tut mir entsetzlich leid, Donata!«
»Das nutzt mir gar nichts.« Sie wandte sich zur Tür. »Ich fahre hin.«
Tobias war mit wenigen Schritten bei ihr. »Soll ich dich begleiten?«
»Nein, danke«, sagte sie und ließ ihn stehen.
Die Tür knallte hinter ihr ins Schloß.
»Wie kann sie nur sowas von gemein sein?« rief Wilhelmina; ihre Pausbacken glühten.

»Da bin ich aber ganz anderer Meinung«, sagte Günther Winklein mit einem süffisanten Lächeln.
»Ach, wirklich?« fragte Wilhelmina aufgebracht.
»Ihr kennt die Chefin nicht gut genug. Wenn unser Herr Müller nicht ihr Liebhaber wäre, wäre er nicht so glimpflich davongekommen.«
Tobias drehte sich zu ihm um. »Am liebsten würde ich Ihnen jetzt eine runterhauen. Genau das hätten Sie verdient.«
»Warum tun Sie es nicht?« fragte Winklein aufreizend. »Sie können sich in dieser Firma doch offensichtlich alles erlauben.«
Wilhelmina war außer sich. »Tobias ... Herr Winklein, ihr werdet euch doch nicht etwa prügeln?« rief sie händeringend. »Ihr wißt doch genau, wie es um uns steht. Da könnt ihr doch nicht auch noch ...«
Tobias hatte sich wieder gefaßt. »Keine Sorge, Wilhelmina, ich lasse mich nicht provozieren.«
»Ich weiß überhaupt nicht, warum Sie auf mich losgehen wollten, Herr Müller!« behauptete Winklein. »Ist es Ihnen etwa peinlich, der Liebhaber der Chefin zu sein?«
Wilhelmina warf sich förmlich zwischen die beiden Streithähne. »Jetzt ist es aber genug«, verlangte sie, »wirklich genug! Auseinander mit Ihnen. Gehen Sie alle wieder zurück an Ihre Zeichentische, aber sofort! Sie wissen, was die Chefin von uns erwartet.«
»Mich würde es interessieren, woher ausgerechnet Sie Küken das Recht hernehmen, uns Befehle zu erteilen«, schimpfte Winklein.
Aber Wilhelminas Durchgreifen hatte Erfolg. In sehr kurzer Zeit war das Konferenzzimmer geräumt.
Donata bedauerte ihr Verhalten, kaum daß sie aus der Stadt hinausfuhr; sie empfand es als beschämend so völlig die Beherrschung verloren zu haben.

Grund ärgerlich zu sein hätte sie gehabt, aber nicht so übertrieben zu reagieren. Pannen waren am Bau nun einmal unvermeidbar, und es war ja tatsächlich so, daß die praktische Ausführung in den Verantwortungsbereich des Bauunternehmers fiel. Aber sie hatte gelernt, daß man sich darauf nicht verlassen, sondern sich immer mit eigenen Augen oder auch einem Handgriff davon überzeugen mußte, ob alles in Ordnung war. Tobias verfügte nicht über ihre Erfahrung.
Es wäre durchaus berechtigt gewesen ihn zur Rede zu stellen, aber doch nicht in diesem Ton und nicht vor versammelter Mannschaft. Er mußte es als Demütigung empfunden haben.
Sie war fest entschlossen sich noch heute bei ihm zu entschuldigen.
Sie wollte am späten Nachmittag mit ihm sprechen, wenn die anderen gegangen waren.
Aber dazu kam es nicht. Sie mußte feststellen, daß er nicht wie sonst längergeblieben war. Er hatte nicht gewartet, bis auch sie Schluß machte.
Das Lächeln, mit dem sie ihn hatte um Verzeihung bitten wollen, erstarb auf ihren Lippen. Die Enttäuschung traf sie wie ein Schlag in den Magen. Sie krümmte sich.

In den nächsten Tagen verkehrten Donata und Tobias nur rein geschäftsmäßig mteinander und gingen sich ansonsten, so weit das möglich war, aus dem Weg.
Sie dachte nicht daran, noch einen Versöhnungsversuch zu starten. Keinesfalls wollte sie den Eindruck erwecken, daß sie hinter ihm herjammerte. Wenn er es für richtig hielt zu schmollen, sollte er es nur tun. In der Sache immerhin hatte sie recht gehabt. Auch sie hätte eine Entschuldigung erwarten können.
Wie die Dinge lagen, konnte sie nichts anderes, als Haltung

zeigen, und das kostete sie gewaltige Anstrengung. Natürlich drückte der Konflikt auch auf die Stimmung im Büro. Es wurde weniger gelacht und gescherzt, geflirtet und geneckt als früher, aber alle stürzten sich versessen in die Arbeit.
Von dem Zusammenstoß zwischen Tobias und Günther Winklein ahnte Donata nichts. Aber Wilhelminas Besorgtheit fiel ihr auf, die ganz im Gegensatz zu ihrer üblichen munteren Art stand. Donata nahm sich vor, mit der jungen Frau zu reden und ihr auf den Zahn zu fühlen. Wilhelmina konnte, ihrer Meinung nach, doch den wenigsten Grund haben, unter dem Bruch ihrer Beziehungen zu Tobias zu leiden. Sie, Wilhelmina, hatte ja nie ein Hehl daraus gemacht, wie sehr sie Tobias mochte.
Aber es bot sich keine Gelegenheit, sie beiläufig zu fragen; allzu feierlich wollte Donata es nicht machen. Statt dessen kam es zu einem Gespräch mit Rosemarie Sforzi.
Die Sekretärin pflegte sich, wenn gerade keine Besucher im Architekturbüro waren, ausgesprochen mürrisch zu geben. Daran war Donata gewöhnt, sie nahm es hin und schob es auf private Sorgen.
Aber eines Morgens, als Frau Sforzi ihr die Post hereinbrachte, schien ihr Gesicht noch finsterer als gewöhnlich.
Donata stand hinter dem Zeichentisch. »Was ist denn eigentlich los mit Ihnen?« fragte sie. »Fühlen Sie sich nicht wohl?«
»Es geht schon«, war die ausweichende, mit einem Achselzucken begleitete Antwort.
Donata trat auf die Sekretärin zu und nahm die Post entgegen. »Wenn Sie nämlich krank sind, sollten Sie besser zu Hause bleiben.«
»Zu Hause?« wiederholte die Sekretärin und lachte freudlos auf. »Da würden mir die Wände auf den Kopf fallen.«
»So schlimm kann es doch nicht sein«, sagte Donata, wäh-

rend sie die eingetroffenen Schreiben – es waren nur Absagen – eines nach dem anderen überflog.
»Noch schlimmer!« platzte Frau Sforzi heraus.
Überrascht blickte Donata auf; einen solchen Ausbruch der sonst eher stillen Frau hatte sie nicht erwartet.
»Ich wollte nicht darüber reden«, fuhr die Sekretärin fort, »es geht ja niemanden was an, habe ich mir gedacht. Aber wie die Dinge stehen, sollten Sie es jetzt doch wissen, Frau Beck: Ich bin mit einem sehr attraktiven Mann verheiratet, und es ist die Hölle.«
Donata ahnte, worauf die Sforzi hinauswollte, aber sie schwieg.
»Tino ist zwar nicht jünger als ich, sondern gleichaltrig – und trotzdem. Ich habe mir mit ihm zuviel zugemutet. Es ist als hätte man ein zu dickes Stück von einem Apfel abgebissen, das einem in die falsche Kehle gerutscht ist. Als müßte man ersticken.«
Donata verstand, was die Frau ihr begreiflich machen wollte, aber sie war nicht bereit sich nun ihrerseits mitzuteilen.
»Donnerwetter«, sagte sie statt dessen, »Sie werden ja geradezu poetisch.«
»Besser kann ich es nicht beschreiben.«
»Haben Sie denn nie an Scheidung gedacht?«
»Eher würde er mich totschlagen. Ich hätte mich niemals mit ihm einlassen dürfen, das war mein Fehler. Dafür muß ich jetzt büßen.«
Donata setzte sich auf die Schreibtischkante. »Wenn Sie noch einmal vor die Entscheidung gestellt würden, würden Sie es dann nicht wieder tun?«
»Niemals! Wo denken Sie hin?«
»Sie würden auf alles verzichten, was Ihnen diese Ehe gebracht hat? Auch auf die Höhepunkte, die zärtlichen Stunden? Die muß es ja doch gegeben haben.«

Darauf wußte Frau Sforzi nichts zu sagen.
»Sie wären wirklich lieber ganz für sich allein geblieben?« insistierte Donata. »Hätten ein Leben ohne Aufregung vorgezogen? Stille Feierabende mit einem Buch, einer Handarbeit oder vor dem Fernseher?«
Bei dieser Vorstellung wurde Frau Sforzi kleinlaut. »Ich hätte mir einen anderen nehmen können.«
»Meine liebe Frau Sforzi, das ist doch nicht Ihr Ernst. Als Sie noch in Ihren Tino verliebt waren – damit will ich übrigens nicht behaupten, daß Sie es jetzt nicht mehr sind –, hatten Sie für einen anderen Mann doch überhaupt keine Augen. Und ich glaube, das war ganz gut so. Sie kennen mich, ich bin eine Frau, die in erster Linie ihrem Verstand folgt. Aber wenn man sich immer nur daran halten würde, wäre das Leben doch sehr langweilig, nicht wahr? Den einen lieben und den anderen heiraten, nur weil der Verstand dafür spricht – puh, mir schaudert bei dem bloßen Gedanken.«
»Sie müssen ja nicht unbedingt einen anderen heiraten, Frau Beck!« Die Sforzi schlug sich mit der Hand auf den Mund. »Oh, Entschuldigung, das hätte ich nicht sagen sollen.«
Donata ließ sich vom Schreibtisch gleiten. »Mein Privatleben steht überhaupt nicht zur Debatte. Sie haben mir Ihren Kummer erzählt, und ich habe Ihnen zugehört. Lassen wir es dabei bewenden.«
»Ja, natürlich, Frau Beck, und ich danke Ihnen.«
Erst als Frau Sforzi aus dem Zimmer gehuscht war, wurde es Donata klar, daß die Sekretärin sie nicht etwa vor Tobias hatte warnen, sondern sie über seinen Verlust hatte trösten wollen, etwa nach dem Motto: »Seien Sie froh, daß Sie noch einmal davongekommen sind.«
Sie wußte nicht, ob sie darüber lachen oder sich ärgern sollte. Aber eines fühlte sie ganz deutlich: Sie litt heftiger

unter dem Verlust des Freundes, als sie es je für möglich gehalten hatte. Er fehlte ihr überall. Es war ihr, als könnte nichts die Leere wieder ausfüllen, die er in ihrem Inneren hinterlassen hatte.

Obwohl ihr nicht danach zumute war, besuchte Donata auch weiterhin Partys und Vernissagen. Sie erwartete nicht, dort Zerstreuung zu finden, aber sie wußte, daß es richtig war, sich auch ohne Tobias sehen zu lassen.

Als sie eines Abends aus der Innenstadt nach Hause fuhr, machte sie, einer plötzlichen Eingebung folgend, einen Umweg über Alt-Bogenhausen. Schon von weitem sah sie, daß die Baustelle unbeleuchtet war, was nicht hätte sein dürfen. Sie parkte ihr Kabriolett unvorschriftsmäßig auf dem Bürgersteig, weil es keine andere Möglichkeit gab, und sprang hinaus.

Im schwachen Licht einer entfernten Laterne sah sie, daß sich jemand auf der Baustelle bewegte. Sie erschrak und dachte, daß ein Stadtstreicher sich den Umbau zum Quartier erkoren haben könnte. Um nicht ganz wehrlos zu sein, holte sie ihre schwere Taschenlampe aus dem Handschuhfach. Als sie sich umdrehte und wieder auf das Haus zuging, war die Beleuchtung wieder eingeschaltet, und sie stellte fest, daß der Mann, der sich daran zu schaffen gemacht hatte, Tobias war.

»Du hast mir einen schönen Schrecken eingejagt!« rief sie mit klopfendem Herzen.

»Und du willst wieder mal mit hohen Absätzen eine Baustelle inspizieren«, gab er zurück.

Sie sahen sich in die Augen und brachen gleichzeitig in ein befreiendes Gelächter aus. Ohne zu wissen, wie ihr geschah, lag sie in seinen Armen, und sein intensiver Kuß erweckte ihre Leidenschaft.

»Du kommst zu mir«, bestimmte er, als er sie endlich freigab.
»Ja!« sagte sie atemlos. »Aber was hast du hier gemacht?«
»Mich vergewissert, daß alles in Ordnung ist – wie ich es von dir gelernt habe.« Er zog sie wieder in die Arme und fügte hinzu: »Wenn dich jemand in der Nacht angerufen hätte, weil die Beleuchtung nicht in Ordnung war, hättest du mir wohl nie verziehen.«
»Doch«, sagte sie, »alles!« Sie küßten sich wieder.
Danach gab sie zu: »Ich wäre wütend geworden. Das werde ich immer, wenn etwas nicht klappt. Das ist einer meiner schlimmsten Fehler.«
»Und ich schnappe ein, wenn jemand mir Vorwürfe macht, ob sie nun berechtigt sind oder nicht. Du solltest das meiner Jugend zugute halten.«
»Wir sind wirklich ein paar ganz große Dummköpfe, nicht wahr?«
Wieder brachen sie in Gelächter aus.
»Fahr du schon vor«, sagte er dann, »ich möchte mein Rad nicht gern hierlassen.«
»Ist schon recht. Ich erwarte dich dann.«
»Du hast doch meinen Wohnungsschlüssel noch?«
»Denkst du, ich hätte ihn in die Isar geworfen?« – Sie gab ihm noch einen raschen Kuß, dann lief sie zum Auto zurück.
In der Werinherstraße brauchte sie einige Zeit, bis sie einen Parkplatz gefunden hatte, so daß sie nicht sehr lange vor ihm in seiner Wohnung war. Sie war sehr einfach eingerichtet, mit dunklen, rustikalen Möbeln, vielen farblich aufeinander abgestimmten Kissen, die sie Tobias geschenkt hatte, um es ihm gemütlich zu machen. Die schweren gelben Vorhänge gehörten zum Eigentum des Vermieters.
Donata war schon, vor dem großen Streit, mehrfach hier gewesen und kannte sich aus. Es hatte sich kaum etwas

verändert, ein paar Bücher waren hinzugekommen, und die Stereo-Anlage war neu. Alles war blitzsauber und aufgeräumt, als hätte er Besuch erwartet.
Das brachte sie auf den Gedanken, ob er damit gerechnet haben könnte, sie auf der Baustelle zu treffen. Es wäre möglich. Er kannte ja ihre Gewohnheit, hin und wieder nach Arbeitsschluß noch nach dem Rechten zu sehen. Aber er hatte nicht wissen können, wann. Also hatte er sich vielleicht schon mehrere Abende dort zu schaffen gemacht, in der Hoffnung sie zu treffen.
Diese Vorstellung rührte sie, und sie hätte gern gewußt, ob ihre Annahme richtig war. Aber natürlich würde er es niemals zugeben.
Donata legte ihre Handtasche auf das Bücherregal, in dem auch die Stereo-Anlage untergebracht war, hängte ihren braunen Seidenmantel auf einen Arm des freistehenden Kleiderständers und ihre, heute rotblonde Perücke dazu. Mit allen zehn Fingern fuhr sie sich durch das kurzgeschnittene helle Haar, um es aufzulockern. Dann ging sie in die Mini-Küche und setzte Wasser auf.
Tobias kam hereingestürmt, warf einen Blick in die Zimmer und rief: »Wo steckst du, Kätzchen?«
Donata trat aus der Küche und sah ihm lächelnd entgegen.
Tobias hatte sich in den letzten Wochen sehr verändert. Er hatte sich einen Bart wachsen lassen, der sehr viel heller ausgefallen war als sein Haar, das er nun nicht mehr mit Gel glättete, sondern locker trug. Der Bart, kurz gestutzt und sehr gepflegt, ließ ihn älter erscheinen, was ja auch die Absicht war. Aber seine tiefblauen Augen strahlten immer noch, besonders gerade jetzt, jungenhafte Fröhlichkeit aus.
»Nachlässiges Weib!« rief er. »Dein Mann kommt müde und verschmutzt von der Arbeit heim, und du hast ihm noch kein Bad eingelassen?«

»Hätte ich das sollen?«
»Unbedingt.«
»Na schön. Dann schalte ich den Herd wieder ab. Ich wollte uns einen Tee kochen.«
»Erstens kann ich das besser als du, und zweitens geht das Bad vor.«
Gehorsam verstöpselte sie die Wanne und drehte die Hähne auf.
Er beugte sich von hinten über sie und sagte: »Solltest du dich nicht freier machen?«
»Warum?«
»Damit dein schönes Kleid beim Rückenschrubben nicht pitsch-patsch naß wird.«
Sie wußte, was kommen würde, und so tat sie, um was er sie gebeten hatte, zog Kleid, Schuhe, Strümpfe und Halter aus und behielt nur ihr Höschen an. Als er dann in der Wanne saß, versuchte er, sie zu sich zu ziehen, aber sie wich ihm eine Weile aus, bis sie ihn dann doch gewinnen ließ. Sie liebten sich in der für zwei Menschen eigentlich viel zu kleinen Wanne.
Später saßen sie sich beim Tee gegenüber, er im Pyjama und Hausmantel, sie in seinem viel zu großen Frotteemantel. Für Donata gab es unendlich viel zu erzählen, und er hörte ihr zu, aufmerksam, interessiert, mit einem winzigen belustigten Lächeln um die Mundwinkel.
»Weißt du, was mir am meisten gefehlt hat?« fragte sie endlich.
Sein Lächeln wurde breiter. »Oh ja, das weiß ich.«
»Nicht das, was du denkst! Mit dir zu reden. Du bist der einzige Mensch, mit dem ich so richtig reden kann. Ich könnte die ganze Nacht weiter schwatzen.«
»Dann tu's doch!«
»Du weißt, daß das nicht geht. Ich muß Kleider und Wäsche wechseln.«

»Und wenn du das morgen früh machst? Deinen Drachen von Schwester kannst du anrufen.«
»Wir sind sie ja bald los.«
»Darüber bin ich sehr froh. Mich hat sie zwar nie gestört, aber sie hat mich zu deutlich spüren lassen, daß ich sie störe.«
»Dabei wäre das Haus wirklich groß genug für drei Menschen gewesen.«
»Willst du es wirklich verkaufen?«
»Mal sehen, was sich ergibt. Jedenfalls habe ich festgestellt, daß ich nicht mehr daran hänge, verstehst du? Der Besitz ist mir nicht mehr so wichtig.«
»Wie was?«
»Wie du, wenn du es denn unbedingt hören willst. Meine Arbeit und du, ihr seid mir das Wichtigste auf der Welt.«
»In dieser Reihenfolge? Das ist nicht gerade schmeichelhaft.«
»Aber es ist wahr, und du solltest eigentlich glücklich darüber sein. Meine Arbeit wird mir Halt geben, wenn ...« Sie sprach nicht weiter.
Aber er hatte sie schon verstanden. »Ich werde dich nie verlassen.«
»Ich glaube dir, daß du jetzt so denkst, und das ist schon wunderbar genug. Aber wer kann in die Zukunft sehen?«

Die nächsten Wochen wurden eine glückliche Zeit für Donata. Erst jetzt, da sie sich wieder gefunden hatten, wurde ihr ganz bewußt, wie sehr sie unter der Trennung von Tobias gelitten hatte. Sie genoß es mehr denn je, mit ihm zusammenzusein. Die Wochenenden verlebten sie in ihrem Haus, und als Silvia endlich auszog, feierten sie das ganz ungeniert. Donata dachte eine Form gefunden zu haben, mit Tobias zusammenzusein oder, genauer gesagt, sie glaubte,

daß dies ganz formlos möglich wäre. Daß er nicht mehr ganz so unbekümmert war wie früher fiel ihr zwar auf, aber sie machte sich keine Gedanken, sondern schob es darauf, daß er an ihrer Seite rasch erwachsen geworden wäre.
In diesem Frühling gelang es ihr auch wieder einen Auftrag an Land zu ziehen. Es war der Baulöwe Anton Mittermeier, dem sie ihn verdankte, und sie wußte, daß er eher als eine Herausforderung als eine Unterstützung gedacht war. Sie hatte nie verleugnet, daß sie es haßte, wenn Mieter aus alten Häusern vertrieben und billiger Wohnraum in teure Luxusquartiere umgestaltet wurde. Genau ein solches Objekt, im Münchener Stadtteil Haidhausen gelegen, hatte Mittermeier ihr angeboten, und er hatte sich ganz offen daran geweidet, daß sie ihre Grundsätze verleugnen und annehmen mußte. Sie hatte ihren Stolz geschluckt, denn sie war für ihre Belegschaft verantwortlich, und wenn sie nicht bereit gewesen wäre, den Umbau auszuführen, hätte Mittermeier das Projekt ja gewiß nicht fallenlassen, sondern einfach einen anderen Architekten damit betraut.
Aber als eine Besichtigung des alten Hauses mit dem Bauunternehmer Blume angesetzt war, bat sie Tobias sie zu vertreten. Er verstand sie, teilte ihren Widerwillen allerdings nicht, sondern sonnte sich in dem Bewußtsein, als Mann eben doch mehr Härte aufzubringen. Wenn erst die letzten Mieter draußen waren, dachte Donata, würde ihr auch diese Aufgabe Freude machen. Bis es so weit war, litt sie darunter, mit scheelen Augen beobachtet oder gar gehaßt zu werden.
Sie arbeitete an dem Entwurf für einen Kindergarten, als ihr Frau Sforzi eine Besucherin meldete. »Eine Frau Helm möchte Sie sprechen. Sie ist zwar nicht angemeldet, aber sie sagt, es sei wichtig.«
»Eine Kundin?«
»Schon möglich.«

»Schicken Sie sie bitte herein!«
Donata ging zur Tür, um die Besucherin zu empfangen. Falls es sich um eine künftige Auftraggeberin handelte, konnte man nicht höflich genug sein, falls es eine Vertreterin war, wollte sie sie so schnell wie möglich wieder loswerden.
Die junge Frau war weder das eine, noch das andere. Sie war jene Sybille, die Tobias im »Pinocchio« ihre Adresse gegeben hatte. Donata erkannte sie sofort.
»Weiß Tobias, daß Sie hier sind?« fragte sie statt jeder Begrüßung.
»Nein.«
»Dann haben Sie Glück gehabt.« Sie wies mit der Hand auf einen der Zeichentische. »Er arbeitet gewöhnlich dort.«
»Das habe ich mir nicht so vorgestellt.«
»Wahrscheinlich gibt es im realen Leben einige Dinge, die nicht Ihren Vorstellungen entsprechen. Kommen Sie herein!« – Sie schloß die Tür hinter der Besucherin.
Sybille Helm war zweifellos ein schönes Mädchen. Ihre goldene Mähne fiel ihr üppig und glänzend bis auf die Schultern, das taillierte, fliederfarbene Kostüm betonte ihre Figur und das Blau ihrer erstaunlichen Augen. Obwohl sie flache Schuhe trug, war sie einen guten Kopf größer als Donata.
So zog die Architektin es vor, rasch hinter ihrem Schreibtisch Platz zu nehmen, um ihrer eigenen Erscheinung mehr Bedeutung zu geben. »Setzen Sie sich!« sagte sie freundlich.
»Ich will Sie nicht lange aufhalten.«
Donata lehnte sich zurück und wappnete sich innerlich gegen das, was nun kommen würde.
Sybille warf den Kopf in den Nacken. »Tobias und ich, wir lieben uns nämlich.«
Donata rechnete nach, daß sie sich in den letzten Wochen

nicht sehr häufig gesehen haben konnten. »Aha«, sagte sie nur.
»Jetzt erwarte ich ein Kind von ihm.«
»Ich gratuliere.«
»Ihr Zynismus wird Ihnen gar nichts nutzen.«
»Ich habe es ernst gemeint. Es ist doch herrlich, ein Kind zu bekommen, und von einem Mann wie Tobias erst recht.«
»Schon, ja, aber es wirft Probleme auf.«
»Die mich nun wirklich nichts angehen.«
»Doch, gerade Sie, Frau Beck. Er behauptet, er wäre Ihnen verpflichtet. Wenn es sich um Geld handelt ...«
»Nein«, sagte Donata.
»Ich bin bereit seine Schulden zu zahlen.«
›Sieh mal an‹, dachte Donata, ›einen reichen Vater hat sie also auch!‹ – »Nein«, sagte sie noch einmal.
»Sie müssen ihn freigeben!«
»Er ist frei.«
»Aber er gibt vor ...«
Donata hatte plötzlich keine Lust mehr, kampflos das Feld zu räumen. »Tatsache ist, wir sind verlobt«, behauptete sie.
Das brachte Sybille aus dem Konzept. »Ja, aber«, stammelte sie, »sind Sie nicht viel älter als er?«
»Doch«, gab Donata unumwunden zu.
»Aber dann können Sie in doch nicht ernsthaft heiraten wollen?«
»Und warum nicht? Wir haben eine Menge gemeinsamer Interessen.«
»Aber ich bekomme ein Kind von ihm!«
»Er weiß es, nehme ich an.«
»Ja, natürlich.«
»Wenn Sie meine aufrichtige Meinung hören wollen –

das ist eine Angelegenheit, die nur Sie, Tobias und das Kind angeht. Ich habe nicht das Mindeste damit zu tun und will mich damit auch nicht belasten.«

»Aber Sie müssen doch einsehen – wie können Sie ihn denn heiraten wollen, wenn er Sie jetzt schon betrügt?«

»Die gleiche Frage sollten Sie sich selber stellen.«

»Ich bin dazu gezwungen. Des Kindes wegen.«

»Unsinn. Sie sind durchaus in der Lage, das Kind allein großzuziehen. Ich bin sicher, daß er die Vaterschaft anerkennen und zahlen wird. Es besteht kein Grund, sich und ihn wegen des Kindes unglücklich zu machen – falls es denn wirklich unterwegs ist.«

»Wollen Sie etwa unterstellen, daß ich lüge?«

»Nein, aber daß Sie sich irren könnten. Meiner Berechnung nach sind Sie noch nicht einmal im dritten Monat.«

»Das können Sie nicht wissen!«

›Oh doch‹, dachte Donata, ›ich weiß es ganz genau. Es muß passiert sein, als ich ihn wegen der Wasserrohrbrüche vor dem versammelten Team heruntergeputzt habe. Vielleicht ist er da zu ihr hingestürzt, um sich seelisch aufrichten und bewundern zu lassen, vielleicht auch hat er sie ganz zufällig getroffen, aber das ist ja egal. Aber warum soll ich das diesem Mädchen erzählen‹ – »Man braucht Sie doch nur anzusehen«, sagte sie.

»Sie wollen damit sagen, daß noch Zeit genug ist abzutreiben?«

»Nein, überhaupt nicht. Das fände ich abscheulich. Sie sind gesund und jung und offensichtlich nicht mittellos. Also bringen Sie das Kind zur Welt. Aber benutzen Sie es nicht als Geisel, um Tobias unter Druck zu setzen.«

Sybille schnappte hörbar nach Luft.

»Offen gesagt«, fuhr Donata fort, »Sie sind doch alles andere als ein kleines Dummerle, das in die Patsche geraten ist, weil es sich mit den Möglichkeiten der Verhütung nicht auskennt. Das können Sie mir nicht vormachen. Falls Sie wirklich schwanger sind, dann nur, weil Sie es so gewollt haben. Weil Sie die einzige Möglichkeit darin gesehen haben, Tobias an sich zu fesseln. Das ist der schlagende Beweis dafür, daß Sie nicht zueinander passen. So sehe ich es jedenfalls. Mehr ist dazu nicht zu sagen. Und jetzt gehen Sie, bitte!«

Sybilles Wangen hatten sich heftig gerötet. »So leicht werden Sie mich nicht los!«

»Oh doch, meine Liebe. Tobias kann jeden Augenblick zurückkommen, und ich denke nicht, daß Sie die Auseinandersetzung hier mit ihm fortführen wollen.«

»Sie hören noch von mir!« drohte Sybille, wandte sich aber zur Tür.

»Hoffentlich nicht!« sagte Donata. »Hoffentlich sehen Sie ein, daß ich nicht der richtige Ansprechpartner für Sie bin.«

Dann war sie allein, und ihre Selbstsicherheit fiel von ihr ab wie eine schlecht befestigte Maske. Bildete sie sich wirklich ein, mit diesem schönen jungen Mädchen konkurrieren zu können? Mit allen jungen Frauen dieser Welt? Was hatte sie ihnen entgegenzusetzen? Reife und Erfolg, ohne Zweifel. Aber war das genug?

Tobias kam voller Eindrücke und Ideen von der Inspizierung des verkommenen Mietshauses zurück. Donata ließ ihn ausführlich berichten und ermunterte ihn, einen ersten Entwurf zu Papier zu bringen. Zwar brannte sie darauf, mit ihm über Sybille zu sprechen, aber sie fand, daß es nicht der richtige Zeitpunkt war. Außerdem war sie sich ihrer selbst noch nicht sicher genug. Auf keinen Fall wollte sie ihn durch Vorwürfe verletzen.

Erst nach Feierabend, als die anderen schon gegangen waren,

suchte sie ein privates Gespräch. Sie fand Tobias im Computerraum, wo er gerade den Grundriß ihres Kindergartenmodells in das elektronische Gerät eingegeben hatte.
Donata blickte ihm über die Schulter auf das flimmernde Bild. »Hübsch, nicht wahr?« fragte sie selbstzufrieden.
Er sprang auf. »Was heißt hier hübsch? Die Einteilung ist genial. Warte, ich laß ihn dir ausdrucken.«
Immer wieder von neuem fasziniert beobachteten beide das geschäftige und zielstrebige Tun des Gerätes, das, nicht größer als eine Faust, fast wie ein lebendes Wesen wirkte. Jetzt nahm es sich einen der Stifte, die Tobias eingelegt hatte – den breiteren für die grobere Arbeit – und fing an die ersten Linien zu ziehen. Es ging dabei nach einem seltsamen System vor, das nicht dem menschlichen Verstand entsprach und selbst für die beiden Architekten immer noch undurchschaubar war. Aber sie wußten, daß es den im Computer eingegebenen Plan exakt darstellen würde.
Donata war sich immer noch nicht schlüssig, wie sie die fällige Aussprache beginnen sollte und entschied sich, sozusagen mit dem Kopf voraus ins kalte Wasser zu springen. »Tobias«, fragte sie, »willst du mich immer noch heiraten?«
Überrascht sah er sie an. »Was für eine Frage!«
»Sie ist ziemlich unmißverständlich.«
»Bist du wirklich ... jetzt auf einmal ...« stotterte er.
Er atmete tief durch, um sich zur Ruhe zu bringen. »Ja, Donata, tausendmal ja!« Er wollte sie in die Arme reißen.
Sie wich vor ihm zurück. »Ein einziges, klares ›Ja‹ würde mir genügen.«
»Ja, Donata, ich will.«
»Dann sollten wir so schnell wie möglich das Aufgebot bestellen.«

Er strahlte. »Einverstanden, mein Kätzchen! Wir lassen alles stehen und liegen und gehen gleich morgen zum Standesamt. Meine Papiere sind in Ordnung.«

Diesmal gab sie ihm nach, als er sie küssen wollte. Es war so gut, in seinen Armen zu liegen, seinen kräftigen jungen Körper zu spüren und sich so sehr geliebt zu fühlen.

»Mein Gewissen ist nicht ganz rein«, gestand sie, als er sie freigab, »ich habe dich überrumpelt, nicht wahr?«

Er lachte. »Du weißt genau, wie sehr ich darauf gewartet habe. Ich hatte es schon nicht mehr zu hoffen gewagt.« Rasch wurde er wieder ernst. »Ich verstehe nur nicht, wieso du auf einmal ...«

»Deine Freundin Sybille war hier.«

Seine gute Laune war dahin; er wurde rot vor Zorn. »Wie konnte sie sich unterstehen ...«

Sanft legte sie ihm einen Finger auf den Mund. »Reg dich nicht auf, mein Katerchen! Ich habe sie natürlich abgeschmettert.«

Er küßte ihre Hand. »Ich schäme mich, daß das passiert ist. Ich hatte gehofft, du würdest es nie erfahren. Sie bedeutet mir nichts, wirklich nichts, verstehst du ...«

»Du brauchst mir nichts zu beichten, Geliebter. Ich habe mir schon alles zusammengereimt.«

»Ich fühlte mich so gedemütigt – ein Nichts an deiner Seite!«

»Ja, ich weiß. Und eben deshalb will ich dich heiraten. Damit so etwas nie wieder vorkommt.« Lächelnd fügte sie hinzu: »Und falls doch, will ich wenigstens das Recht haben, eine richtige Szene zu machen.« Sie trat einen Schritt zurück und deklamierte: »Sie wagen es hier aufzukreuzen? Sie Flittchen, Sie! Was unterstehen Sie sich? Er ist mein Mann!«

»Sowas«, sagte Tobias skeptisch, »sieht dir aber gar nicht ähnlich.«

»Meinst du? Ich kann ganz schön eifersüchtig sein.«

»Glaube ich dir nicht. Dazu bist du viel zu selbstbewußt. Du weißt genau, daß dir keine andere Frau das Wasser reichen kann. Deshalb liebe ich dich ja so sehr.« Er nahm sie in die Arme. »Ich werde niemals von dir loskommen.«

›Schön wäre es!‹, dachte sie. ›Aber was ist schon von Dauer? Nicht einmal das Leben‹. – »Wir werden zusammenbleiben«, versprach sie, »so lange wir miteinander glücklich sind.«

»Für immer!« behauptete er, und sie wußte, daß er es glaubte.